図説

# 源氏物語

あらすじと地図で面白いほどわかる!

JN175433

竹内正彦 [監修]

青春新書
INTELLIGENCE

# はじめに

『源氏物語《げんじものがたり》』は、今からおよそ一〇〇〇年前の平安時代に書かれた古典文学です。登場人物はおよそ四五〇名。四代の帝《みかど》の御代《みよ》、七十余年にわたる期間の出来事とその世界に生きる人間たちの姿を描き出したこの作品は、現代の作家たちの手によって現代語訳され、多くの外国語にも翻訳されて、世界の人々に読まれています。まさに世界に誇るべき日本古典文学のひとつといえます。

『源氏物語』には、平安時代という時代を背景とした、光源氏《ひかるげんじ》と女性たちとの恋愛模様が描かれています。ただ、世界の人々を魅了するのは、絢爛《けんらん》たる王朝絵巻《おうちょうえまき》のような世界ばかりではありません。

じつは『源氏物語』には本当に幸福だといえる人物は登場しません。現実に生きる私たちと同じように、それぞれに悩みを抱え、苦しみもがきながら生きています。物語はその心のありようを、しっかりとつかみとり、とても繊細に描き出しています。『源氏物語』は、そのような意味で、すぐれた心理小説ともいえます。『源氏物語』が時代を越え、国境を越えて読まれるのは、人の心の奥底を深く見つめた作品だからでもあるのです。

けれども、『源氏物語』の世界に入り込むのは簡単なことではありません。古文で書かれていて、しかも長い。原文どころか、現代語訳で読み通すのも大変です。

本書は、抵抗なく『源氏物語』の世界に入っていけるよう、あらすじと図によってわかりやすく解説したものです。とくに、できるだけ地図を掲載して、『源氏物語』の空間を実感できるように工夫《くふう》をしました。『源氏物語』は物語ですから、もちろんそこに描かれる空間も基本的には虚構のものですし、描写そのものも多くはありません。したがって、本書で示した建物の位置や経路等も推定に基づいたものですが、これによって、よりいっそう人物たちの姿が目の前に生き生きと浮かびあがってくることでしょう。

『源氏物語』の世界へ、そしてそこに生きる人々の心の奥へと分け入っていきましょう。

竹内　正彦

# 図説 あらすじと地図で面白いほどわかる！ 源氏物語●目　次

## 第二章　禁断の恋と紫の上——藤壺との恋の成就と訪れた破滅の時　42

カバー写真提供／DNPartcom、徳川美術館
本文写真提供／DNPartcom、石山寺、徳川美術館、
国立国会図書館、Fotolia、
PIXTA
図版・DTP／ハッシイ

# 序章

# 『源氏物語』とは何か

# 『源氏物語』

## 平安貴族の愛と苦悩を描く、世界最古の長編小説

### ●五十四帖からなる長編小説

『源氏物語《げんじものがたり》』は、平安時代中期に紫式部《むらさきしきぶ》によって書かれた世界最古の長編小説である。

平安時代の貴族社会を舞台に、帝《みかど》の子として生まれて容姿、才能に恵まれた光源氏《ひかるげんじ》の数多くの恋愛模様を描きながら、その栄華と苦悩に彩《いろど》られた生涯を描いた王朝《おうちょう》ロマン作品である。「源氏の物語」「光源氏の物語」「紫のゆかり」などとも呼ばれ、成立から一〇〇〇年が過ぎた今なお多くの人々に読み継がれ、物語文学の最高峰として評価されている。

ただしその成立過程はいまだ謎が多い。紫式部が書いた原本は残っておらず、現在伝わる最も古い写本も鎌倉時代のものである。

また紫式部が執筆したことは間違いないと考えられるが、作者複数説も古くからささやかれるなど、諸説あって解明されない点も多い。

『源氏物語』は五十四帖《ごじゅうよじょう》で構成されている。それぞれの巻には文中、または物語のなかで登場する和歌に用いられた言葉などにちなんで「桐壺《きりつぼ》」「若紫《わかむらさき》」「若菜上《わかなのじょう》」などの巻名

## 『源氏物語』の全体構成

### 第一部（三十三帖）

帚木三帖

桐壺《きりつぼ》　帚木《ははきぎ》　空蟬《うつせみ》　夕顔《ゆうがお》　若紫《わかむらさき》　末摘花《すえつむはな》　紅葉賀《もみじのが》　花宴《はなのえん》　葵《あおい》　賢木《さかき》　花散里《はなちるさと》

須磨《すま》　明石《あかし》　澪標《みおつくし》　蓬生《よもぎう》　関屋《せきや》　絵合《えあわせ》　松風《まつかぜ》　薄雲《うすぐも》　朝顔《あさがお》　少女《おとめ》　玉鬘《たまかずら》

玉鬘十帖

初音《はつね》　胡蝶《こちょう》　蛍《ほたる》　常夏《とこなつ》　篝火《かがりび》　野分《のわき》　行幸《みゆき》　藤袴《ふじばかま》　真木柱《まきばしら》　梅枝《うめがえ》　藤裏葉《ふじのうらば》

帝の子として誕生した光源氏が多くの女性と恋愛をしながら、栄華を極めていく。その間に、流離するなどの波乱もある内容になっている。

### 第二部（八帖）

若菜上《わかなのじょう》　若菜下《わかなのげ》　柏木《かしわぎ》　横笛《よこぶえ》　鈴虫《すずむし》　夕霧《ゆうぎり》　御法《みのり》　幻《まぼろし》　（雲隠《くもがくれ》）

栄華を極めた光源氏が、絶望的な苦悩に生きる後半生。最愛の妻を亡くすと同時に、光源氏の人生も幕を閉じていく。

### 第三部（十三帖）

匂兵部卿《におうひょうぶきょう》　紅梅《こうばい》　竹河《たけかわ》　橋姫《はしひめ》　椎本《しいがもと》　総角《あげまき》　早蕨《さわらび》　宿木《やどりぎ》　東屋《あずまや》　浮舟《うきふね》

宇治十帖

蜻蛉《かげろう》　手習《てならい》　夢浮橋《ゆめのうきはし》

光源氏が没したあとの時代が舞台。光源氏の子・薫と宇治の姫君たちとの苦しい恋が描かれ、第一部と第二部の続編というべき内容になっている。

がつけられている。

全体構成は大まかに三部に分けることができる。

第一部の第一帖「桐壺」から三十三帖「藤裏葉《ふじのうらば》」までは、帝の子として生まれた光源氏が、多くの女性と恋愛をしながら、苦難を乗り越え栄華を極めるまでの前半生を描く。

第二部の三十四帖「若菜上」から四十一帖「幻《まぼろし》」までは、光源氏がさまざまな苦悩の果てに出家《しゅっけ》を志す後半生を描く。

第三部の四十二帖「匂兵部卿《におうひょうぶきょう》」から五十四帖「夢浮橋《ゆめのうきはし》」までは光源氏の没後、次世代の薫《かおる》と宇治《うじ》の姫君たちの恋愛を中心に展開する物語となっている。「橋姫《はしひめ》」から最後の「夢浮橋」まではとくに「宇治十帖《うじじゅうじょう》」と呼ばれている。

## ●虚構の物語としての『源氏物語』

『源氏物語』では、帝四代の七十余年の間に、およそ四五〇人の人物が登場する。これらの登場人物の心情が、和歌を用いた和文体で表現され、「もののあはれ（自然や人事にふれて生じるしみじみとした情感や哀愁《あいしゅう》）」の情趣《じょうしゅ》を醸《かも》し出している。

第二十五帖の「蛍《ほたる》」の巻で主人公の光源氏は物語論を述べているがそこでは事実をその

## 『源氏物語』が構想された石山寺

紫式部には、中宮に新しい物語を依頼され、石山寺に７日間籠り『源氏物語』の構想を練ったという伝説があり、今でも『源氏物語』に関する行事が行なわれている。

まま描くよりも虚構《きょこう》の作り物語こそが人間の本質を捉《とら》えているとしている。その言葉のとおり、『源氏物語』は、それまでにはなかった、物語としての巧《たく》みな虚構性、心理描写や感情表現に富んだ叙情性《じょじょうせい》が融合した「小説」となっている。

主人公である光源氏を軸にして、物語に登場する人物一人ひとりの心情を深く掘り下げ、男女の愛、人生の苦悩と無常など、人間の普遍的な真実をあますところなく描き出している。

「もののあはれ」の情趣のなかに描きだされた人間の真実。その物語世界は一〇〇〇年を経た今も色褪《いろあ》せることなく、多くの人々の心に語りかけている。

# 紫式部

## 中宮彰子のサロンに仕えた才気溢れる物語作者

### 受領階層出身の才女

『源氏物語』の作者とされる紫式部は受領《ずりょう》階層の家に生まれた。生没年も本名も不明である。

その生家は藤原冬嗣《ふじわらのふゆつぐ》につながる名家だったが、地方官回りの受領階層に没落した。しかし歌人《かじん》、学者が多い家系で、公卿《くぎょう》だった父方の曽祖父《そうそふ》藤原兼輔《かねすけ》は「三十六歌仙《さんじゅうろっかせん》」にも数えられる有名な歌人であった。祖父や伯父も歌人で、父の為時《ためとき》は『後拾遺集《ごしゅういしゅう》』や『新《しん》古今集《こきんしゅう》』に和歌を採られるほどの歌人であると同時に、一流の漢学者《かんがくしゃ》としても知られ、その才が評価されて国司《こくし》のポストを得たという話も伝えられている。

母親を早くに亡くした紫式部は幼い頃から父親の影響を受け、本来男性が学ぶものであった漢籍《かんせき》なども学んだ。弟（または兄）より覚えるのが早く、父親が「お前が男だったらよかったのに」と嘆くほどの学才を発揮していたようだ。彼女は父のもとで学問を身につけ、博識で客観的な思考を持つ女性に成長する。

越前守《えちぜんのかみ》になった父親とともに二十代半ばで越前に下向《げこう》するが、一年余で帰京。この時

## 摂関政治のしくみ

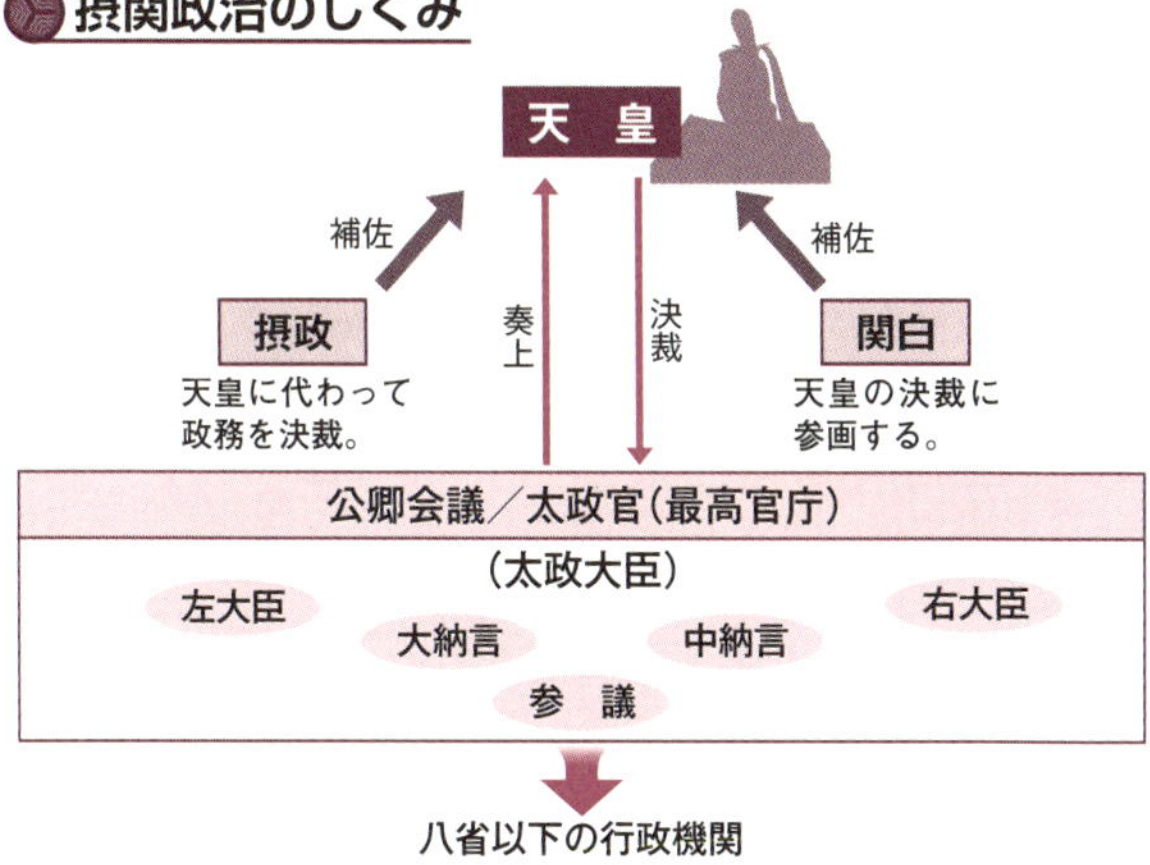


平安時代の摂関政治では、天皇が幼少の間は摂政が、成人してからは関白が、政治を補佐した。しかし、実際には摂政や関白は天皇の補佐役にとどまらず、天皇の権威を借りて朝廷の最高権力を握っていた。

## 藤原摂関家の系図

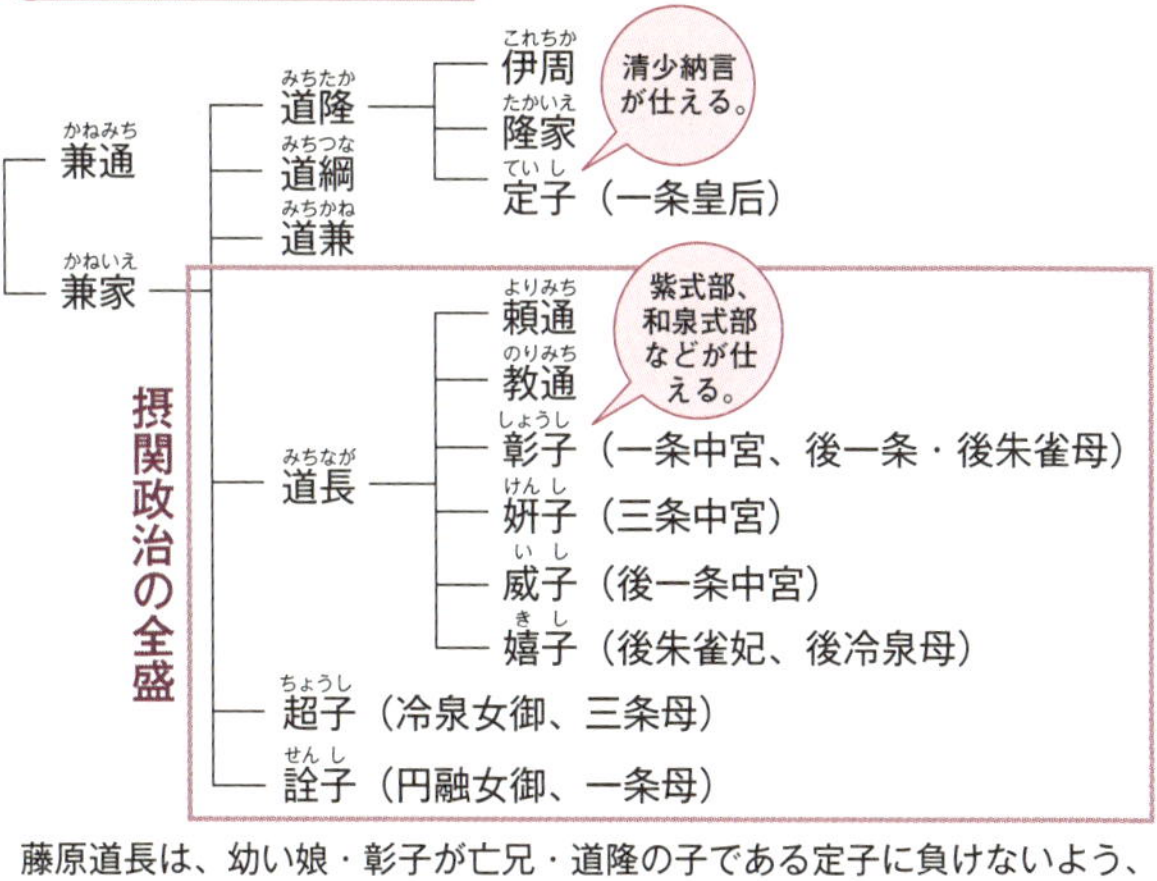


藤原道長は、幼い娘・彰子が亡兄・道隆の子である定子に負けないよう、彰子のサロンを作ろうと考えるなかで『源氏物語』の評判を聞きつけ、紫式部に出仕を促した。

の地方へ行った体験がその後の執筆で活かされたともされる。

その後、またいとこの藤原宣孝《のぶたか》と結婚した。当時としては晩婚といえる。父為時はかつて式部省《しきぶしょう》に務めていたが、越前守になるまで長らく官職《かんしょく》を得ることができなかった。紫式部の遅い結婚についても、そうしたことも影響したのかもしれない。相手の宣孝は四十代半ばで、紫式部以外にすでに三人の子をなした女性がいた。やがて二人の間に娘の賢子《けんし》（のちの歌人、大弐三位《だいにのさんみ》）が生まれたが、結婚して三年目に宣孝は病没した。

## 物語作者としての紫式部

宣孝と死別した紫式部は、その寂しさを紛らわせるために『源氏物語』を書き始めたといわれている。当初は友人たちに読ませるだけだったが、次第に世間の評判にのぼるようになった。

その評判が当時の権力者・藤原道長《みちなが》の耳に入り、紫式部は一条《いちじょう》天皇に入内《じゅだい》した道長の娘彰子《しょうし》の女房《にょうぼう》として迎えられた。これは家庭教師としての役割も期待されたものであろう。少し前に彰子のライバルである定子《ていし》のもとに清少納言《せいしょうなごん》が同じように仕《つか》えていた。

宮中では藤式部《とうしきぶ》（かつて父が式部省にいたため）と呼ばれ、彰子に『白氏文集《はくしぶんじゅう》』の楽《がく》府《ふ》を進講《しんこう》するなどしたが、一方で道長の支援を得て『源氏物語』の執筆も続けた。『紫式部日記』によると、寛弘《かんこう》五年（一〇〇八）頃には『源氏物語』が宮中で読まれていたことがうかがわれる。物語のヒロイン紫《むらさき》の上《うえ》にちなみ紫式部と呼ばれるようになったとされる。彼女の作品としては『源氏物語』以外に『紫式部日記』と『紫式部集』があるが、前者はこの宮仕えの日々を書きとどめたものである。

宮仕えを辞した後の紫式部の消息は不明だが、四十代で亡くなったとされる。

## 紫式部の越前への旅

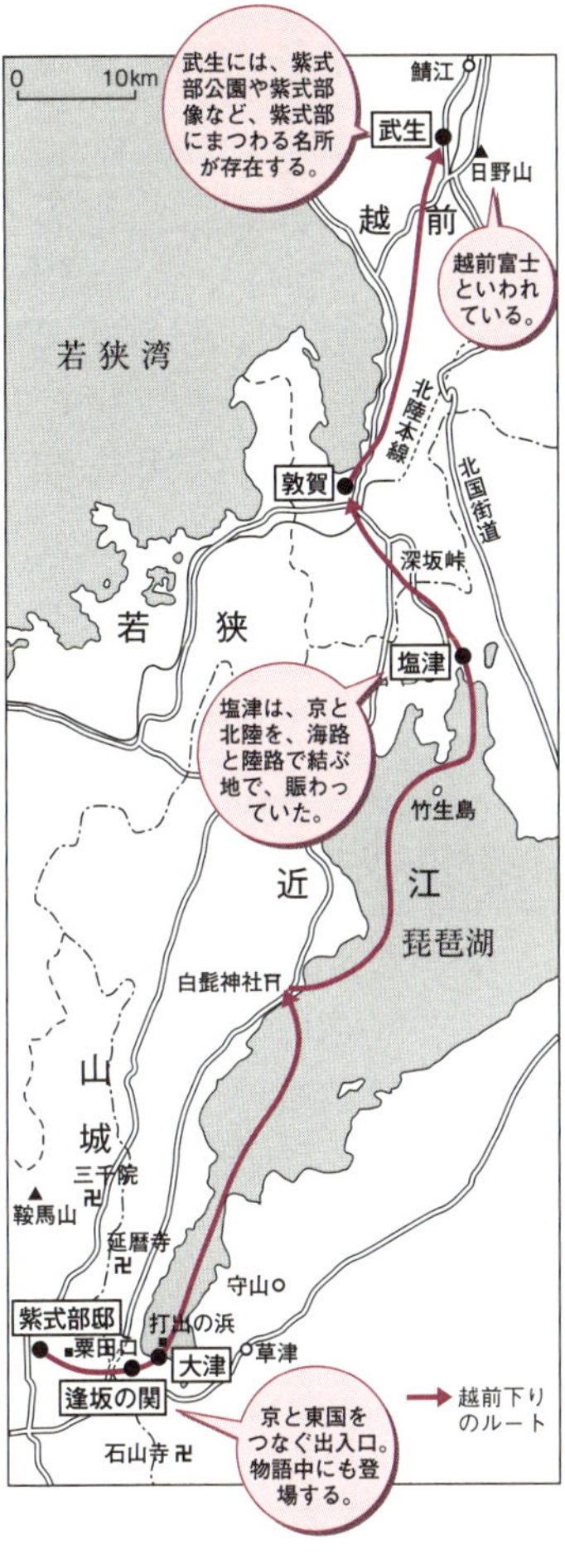


紫式部は父・為時の赴任地である越前へ向かう。

# 第一章

## 光源氏の誕生

――「源氏の君」の青春と恋の冒険の始まり

## 第一章のあらすじ

桐壺帝《きりつぼてい》の御代《みよ》、帝《みかど》の寵愛《ちょうあい》を受ける更衣《こうい》が美しい皇子《おうじ》（光源氏《ひかるげんじ》）を産む。

更衣は身分があまり高くなかったために、ほかの女御《にょうご》らの迫害を受け、心労から三年後に病のため没してしまうが、美貌と才能に秀でた光源氏は、成長するにつれ漢学をはじめ音楽などでも才能を発揮する。しかし、有力な後見のない身であることを案じ、帝は皇子の将来にまつわる占いの結果を受けて臣籍《しんせき》に下した。

帝は更衣の死後、寂しく辛い日々を送っていたが、更衣にそっくりな藤壺《ふじつぼ》が入内《じゅだい》。光源氏も藤壺を理想の女性として慕うようになる。

十二歳で元服《げんぷく》した光源氏は左大臣の娘・葵《あおい》の上《うえ》と結婚する。しかし、互いに打ち解けることがない。一方で藤壺への想いを募《つの》らせていく。

やがて十七歳になった光源氏は、ある雨の夜、頭中将《とうのちゅうじょう》たちと女性談義（雨夜《あまよ》の品定《しなさだ》め）を交わし、事情があって零落《れいらく》した「中《なか》の品《しな》の女性」に興味を抱く。

その後、中の品の女性を求めて、伊予介《いよのすけ》の妻・空蝉《うつせみ》、伊予介の先妻の娘・軒端荻《のきばのおぎ》、五条《ごじょう》に暮らす謎の女性・夕顔《ゆうがお》などとの恋愛遍歴をたどる。

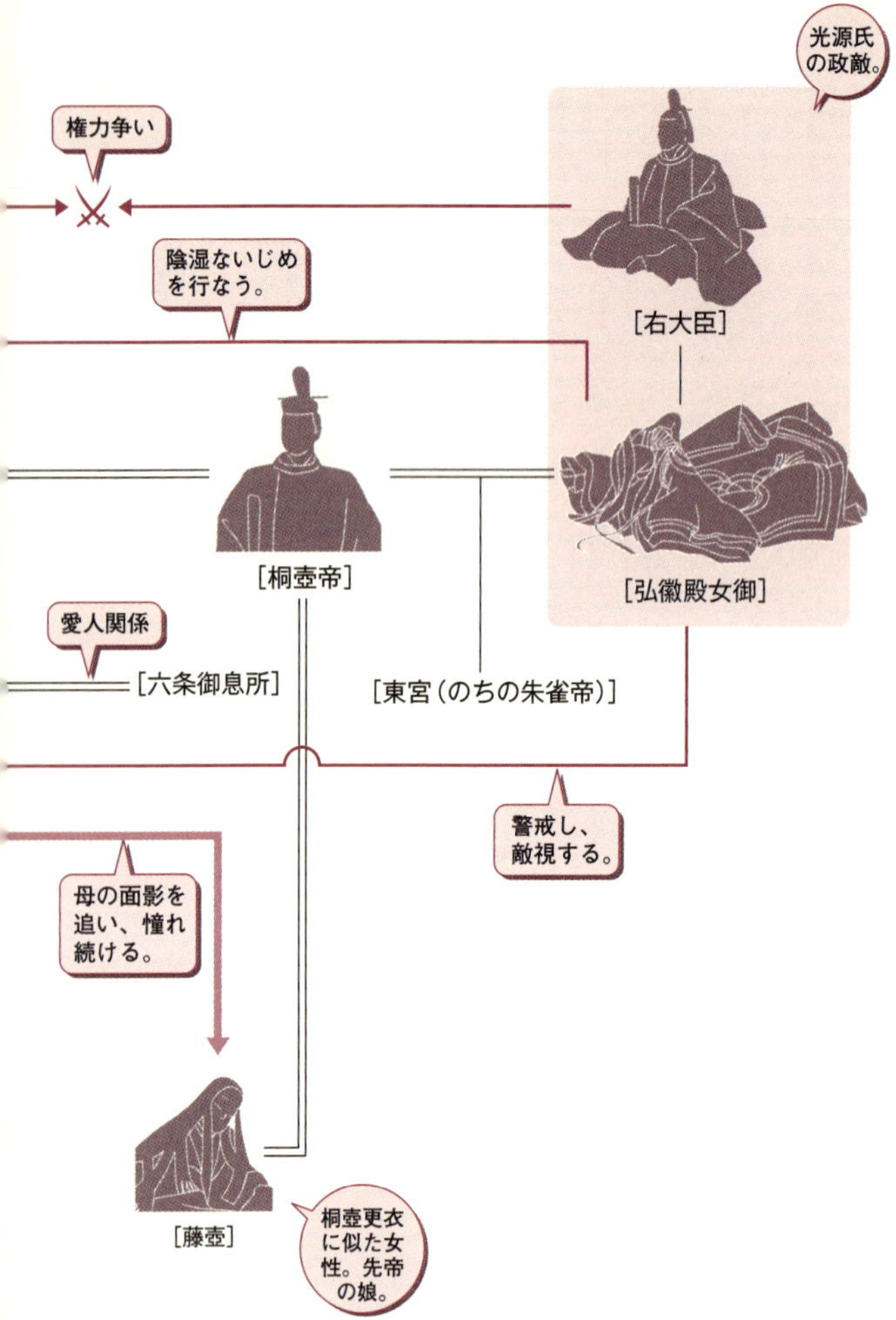
光源氏
の政敵。
権力争い
陰湿ないじめ
を行なう。
[右大臣]
[桐壺帝]
[弘徽殿女御]
愛人関係
[六条御息所]
[東宮(のちの朱雀帝)]
警戒し、
敵視する。
母の面影を
追い、憧れ
続ける。
[藤壺]
桐壺更衣
に似た女
性。先帝
の娘。

## 第一章の登場人物

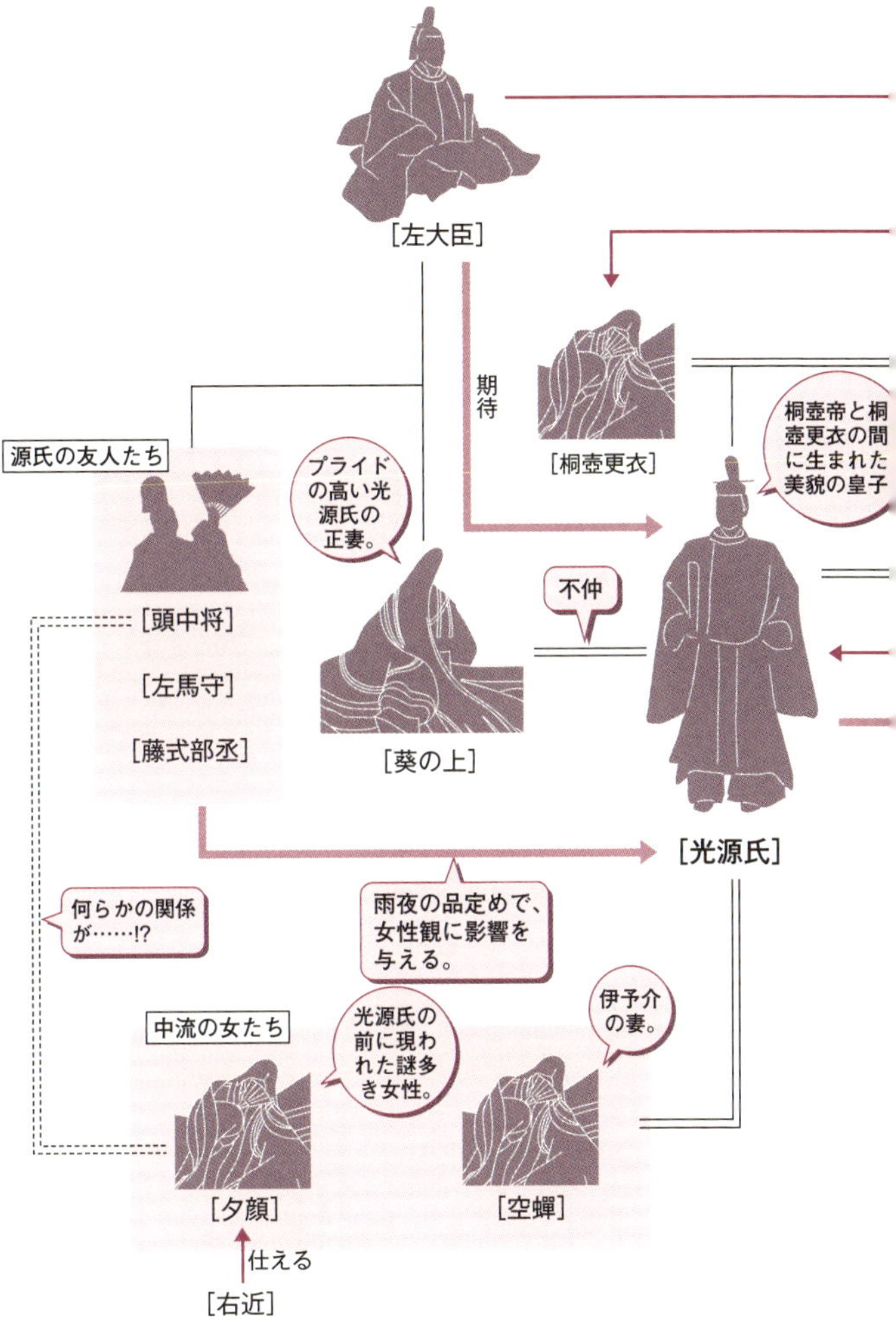

[左大臣]
期待
[桐壺更衣]
桐壺帝と桐壺更衣の間に生まれた美貌の皇子
源氏の友人たち
[頭中将]
[左馬守]
[藤式部丞]
プライドの高い光源氏の正妻。
不仲
[葵の上]
[光源氏]
何らかの関係が……!?
雨夜の品定めで、女性観に影響を与える。
中流の女たち
光源氏の前に現われた謎多き女性。
伊予介の妻。
[夕顔]
[空蟬]
仕える
[右近]

# 光源氏の誕生

## 帝の寵愛を一身に受けた桐壺更衣とその美しき皇子

「桐壺」（第一帖）

### 帝の寵遇を受けた桐壺更衣

『源氏物語《げんじものがたり》』は主人公「光源氏《ひかるげんじ》」の父である帝《みかど》と母の悲恋から始まる。

ある帝の御代《みよ》に、あまり高い身分ではないものの、帝の寵愛《ちょうあい》を一身に集めている更衣《こうい》がいた。この女性は宮中の桐壺《きりつぼ》に部屋を与えられていたことにちなんで桐壺更衣と呼ばれる。

しかし彼女は帝の妃《きさき》たちの激しい嫉妬《しっと》や憎悪《ぞうお》を集めることになる。妃たちは、実家の社会的地位によって宮中での身分が決まっており、帝の正式な后《きさき》である中宮《ちゅうぐう》を頂点に女御《にょうご》、更衣と続いていた。父親が皇族や大臣以上は「女御」、その下の大納言《だいなごん》以下は「更衣」となるのだが、この帝には中宮がおらず、妃たちはその座を競い合っていたのである。

そうしたなか、身分の高くない更衣が、分不相応《ぶんふそうおう》な寵愛を受けることが、ほかの妃たちを嫉妬に駆り立てたのはいうまでもない。しかも桐壺は帝のいる清涼殿《せいりょうでん》から離れた場所にあったため、桐壺更衣は帝に呼ばれるたびにほかの妃が居住する部屋の前を通ることになる。そのさまも妃たちを刺激した。桐壺更衣に対する帝の寵愛ぶりには、世間でも唐《とう》の

## 内裏の構造と桐壺更衣

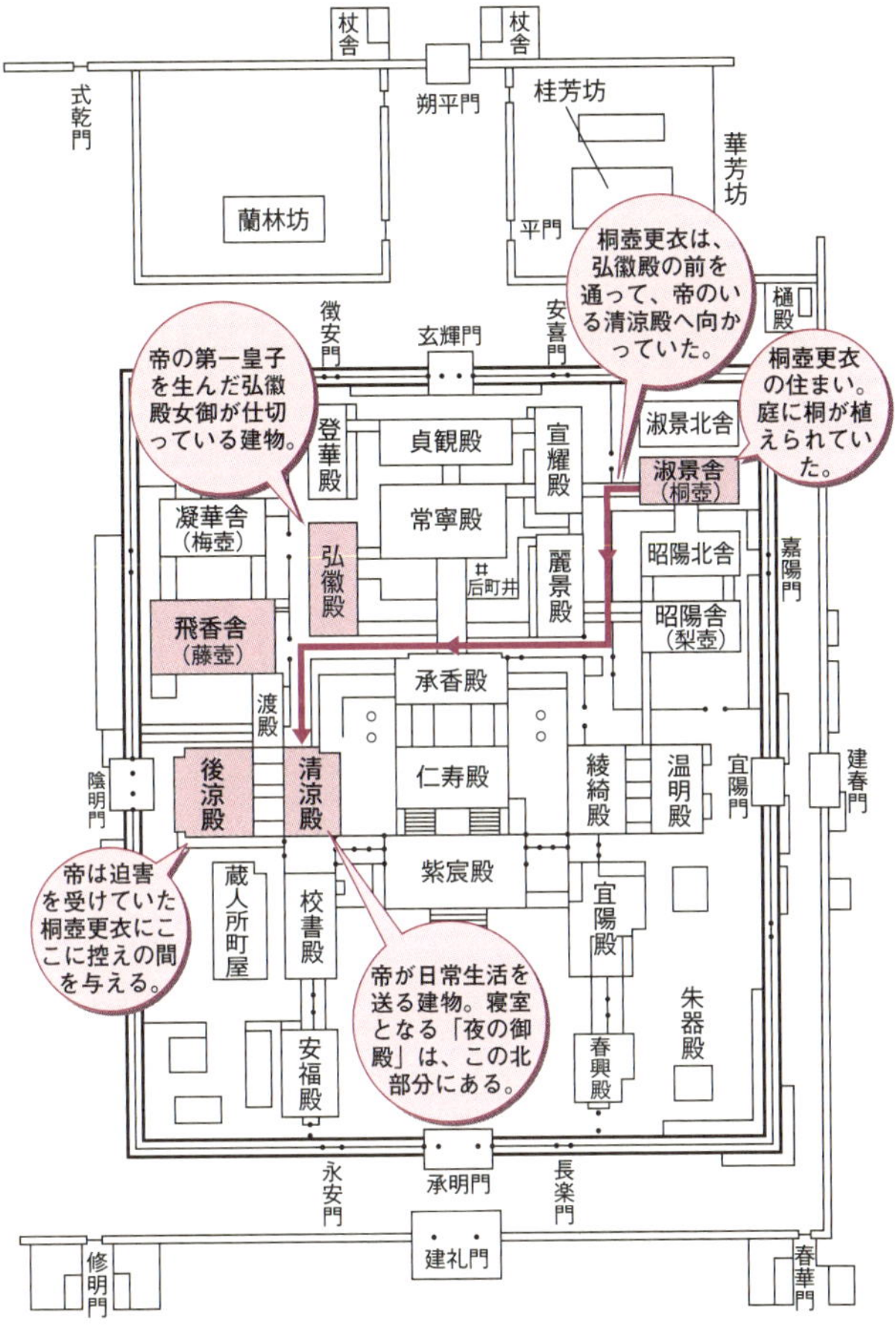


後宮には、帝の妃である中宮や女御などが住んでいた。桐壺更衣は、帝から遠い所に部屋を持つ身分の低さであったが、たびたび帝に呼ばれたため、清涼殿へ通う時、ほかの女性たちから迫害を受けた。

玄宗《げんそう》の政治を混乱させた楊貴妃《ようきひ》の例を引き合いに出して批判の声が上がるほどであった。

桐壺更衣はこうした非難に帝の愛情だけを頼りとして宮仕えを続けていたが、前世《ぜんせ》からの宿縁《しゅくえん》が深かったためか、二人の間に光り輝く玉のような皇子が誕生した。これがのちの光源氏である。帝は愛する更衣が産んだ美貌《びぼう》の皇子を溺愛《できあい》した。

この慶事《けいじ》はますますほかの女性たちを刺激した。とくに憎悪を募《つの》らせたのが、弘徽殿女御《こきでんにょうご》である。権門随一《けんもんずいいち》の右大臣《うだいじん》の娘にして第一皇子の母でもある弘徽殿女御は、わが子を差し置いて、この皇子が次の天皇に選ばれかねないと危惧《きぐ》し、桐壺更衣と皇子を敵視する。以後、彼女は生涯を通じて光源氏と敵対することとなる。

孤立した桐壺更衣に対する迫害は激化し、桐壺更衣が帝のところに参上する際には、通り道に汚《きたな》い物を撒《ま》いて、おつきの女性たちの着物の裾《すそ》を汚したり、廊下の戸を閉めて更衣を閉じ込めたりするなど数々の嫌がらせをやめない。心配した帝は更衣に清涼殿の近くに控えの間を与えたが、それがまた追い出された者の恨《うら》みを買う有様だった。

## 若君、三歳にして母を失う

それでも帝の愛情は深まるばかりで皇子が三歳になると、第一皇子に劣らない盛大な袴着《はかまぎ》（幼児から少年になったことを祝う儀式で、初めて袴を着用）を行なった。人々は批判するが、その一方で、皇子の並外れた美しさに驚かされることになった。

しかしその年の夏、女御たちの迫害に晒《さら》され続けた桐壺更衣は、心労から死の床についてしまう。更衣と離れがたい帝が「死出《しで》の道へ私を残してはいけますまいね」と語りかけるも、すでに息も絶え絶えの更衣は、「限りとて別るる道の悲しきにいかまほしきは命なりけり」と、私も帝と一緒に生きとうございましたと歌うのがやっとであった。

『源氏物語』には、七九五首の歌があるが、これがその最初の歌である。

更衣が世を去ると帝は部屋に籠《こも》ってしまう。母の服喪《ふくも》のため宮中を退出する幼い皇子が、おそばの人や父の帝が涙を流すのを不思議そうに眺める姿が人々の涙を誘った。

## 平安時代の宮廷と女性たち

| | | |
|---|---|---|
| 帝の妃 | 中《ちゅう》宮《ぐう》 | 皇后（正妻）と同資格を持っている后。女御からの昇格。 |
| | 女《にょう》御《ご》 | 中宮の次位。皇族や大臣の娘がなる。 |
| | 更《こう》衣《い》 | 女御の次位。大納言以下の娘がなる。 |
| 女官・女房 | 尚侍《ないしのかみ》 | 内侍司（後宮の役所）の長官。摂関家の娘などがなる。 |
| | 典侍《ないしのすけ》 | 内侍司の次官。 |
| | 掌侍《ないしのじょう》 | 内侍司の三等官。 |
| | その他 | 宮廷に使える女官のほか、貴人に私的に仕える女房がいた。 |
| 斎王 | 斎《さい》宮《くう》（いつきのみや） | 伊勢神宮に奉仕する皇女。天皇の即位ごとに未婚の内親王か王女から選ばれる。 |
| | 斎《さい》院《いん》 | 賀茂神社に奉仕する未婚の内親王、もしくは王女。 |

後宮でも帝の正妻である中宮を頂点とした身分秩序が存在した。

# 光源氏の美貌と才能

## その運命を予言した高麗人の占い

「桐壺」（第一帖）

桐壺更衣の産んだ皇子の美貌《びぼう》は幼い頃から秀《ひい》でていた。どのような武人《ぶじん》や仇敵《きゅうてき》であっても、皇子を見るとつい微笑《ほほえ》み、遠ざけることができないほどである。

また、七つになって読書始《ふみはじ》めをさせると類《たぐ》い稀《まれ》な聡明《そうめい》さを発揮し、音楽などの才においても宮中の人々を驚かせた。これは将来、漢詩文をはじめ、音楽、絵画などで才能を発揮した光源氏の美質の片鱗《へんりん》を示している。とくに楽器については琴《きん》の琴《こと》はもとより、琵琶《びわ》や笛も優雅に奏《かな》で、人々を魅了する貴公子《きこうし》へと成長していった。

幼い頃から優れた資質を見せた皇子を、帝は、一時は東宮《とうぐう》（皇太子）にとも考え、皇子が七歳の頃、高麗人《こまうど》の人相見《にんそうみ》に占わせた。すると「国の親になって帝王の地位におのぼりになる相をお持ちの方だが、そうなると世が乱れるかもしれません。ただ臣下で終わる相でもございません」との答えであった。これを受けて帝は、皇子を親王《しんのう》にしても有力な後《こう》見《けん》のない身の上では将来が頼りなく、皇位継承争いにも巻き込まれかねないと考え、臣籍《しんせき》に下し、「源《みなもと》」姓を与える。以後皇子は「源氏《げんじ》の君」などと呼ばれることになった。

## 平安時代の官位表

| | 位階 | 太政官 | 衛府 | 蔵人 | 大宰府 | 国 |
|---|---|---|---|---|---|---|
| 公卿 | 正《しょう》一位<br>従《じゅ》一位 | 太政大臣 | | | | |
| | 正二位<br>従二位 | 左大臣<br>右大臣<br>内大臣 | | | | |
| | 正三位《しょうさんみ》 | 大納言 | | | | |
| | 従三位《じゅさんみ》 | 中納言 | 近衛《このえ》大将 | | 帥《そち》 | |
| 殿上人 | 正四位上《しょうしいのじょう》 | | | 頭 | | |
| | 正四位下《しょうしいのげ》 | 参議（宰相） | | | | |
| | 従四位上《じゅしいのじょう》 | | | | | |
| | 従四位下《じゅしいのげ》 | | 近衛中将<br>衛門督 | | 大弐《だいに》 | |
| | 正五位上《しょうごいのじょう》 | | | 五位 | | 越前守／播磨守など |
| | 正五位下 | | | | | |
| | 従五位上《じゅごいのじょう》 | | | | | |
| | 従五位下 | | 近衛少将 | | 少弐 | |
| | 正六位上 | | | 六位 | | |
| | 正六位下 | | | | | 常陸介 |
| | 従六位上 | | | | | |
| | 従六位下 | | | | | 淡路守 |

光源氏は「少女」の巻で、太政大臣になる。

位階が三位以上または役職が参議以上の上級貴族

昇殿を許された五位以上の貴族および六位の蔵人

原則として三位以上が公卿、昇殿を許される五位以上が殿上人となる。

# 藤壺の入内

## 母・桐壺更衣に似た女性を一途に恋する光源氏

「桐壺」（第一帖）

### 桐壺更衣によく似た義母が登場

桐壺更衣の死後、源氏の君の生涯を大きく左右する女性が登場する。それが藤壺《ふじつぼ》である。彼女は先帝《せんだい》の皇女《こうじょ》で、「御容貌《かたち》ありさまあやしきまでぞおぼえたまへる」というほど桐壺更衣に似た容貌《ようぼう》をしていた。帝に乞《こ》われて入内《じゅだい》し、藤壺に住むことになった彼女は、藤壺と呼ばれる。

藤壺の存在により帝の心は大いに慰《なぐさ》められた。そして母の面影《おもかげ》も覚えていない源氏の君も、藤壺が母親に似ていると聞くにつけ懐かしい気持ちになり、この継母《ままはは》を慕うようになった。

その源氏の君は、やがてその輝くような美しさから「世の人光る君と聞こゆ」ともてはやされ、「光源氏」とあだ名されるようになる。

光源氏は十二歳で元服《げんぷく》を迎える。元服とは男子の成人式で、角髪《みずら》をといてもとどりを結《ゆ》い、冠《かんむり》をつけて大人の装束《しょうぞく》に改める儀式である。臣籍に降下《こうか》した身とはいえ、前年に行

## 清涼殿の間取り

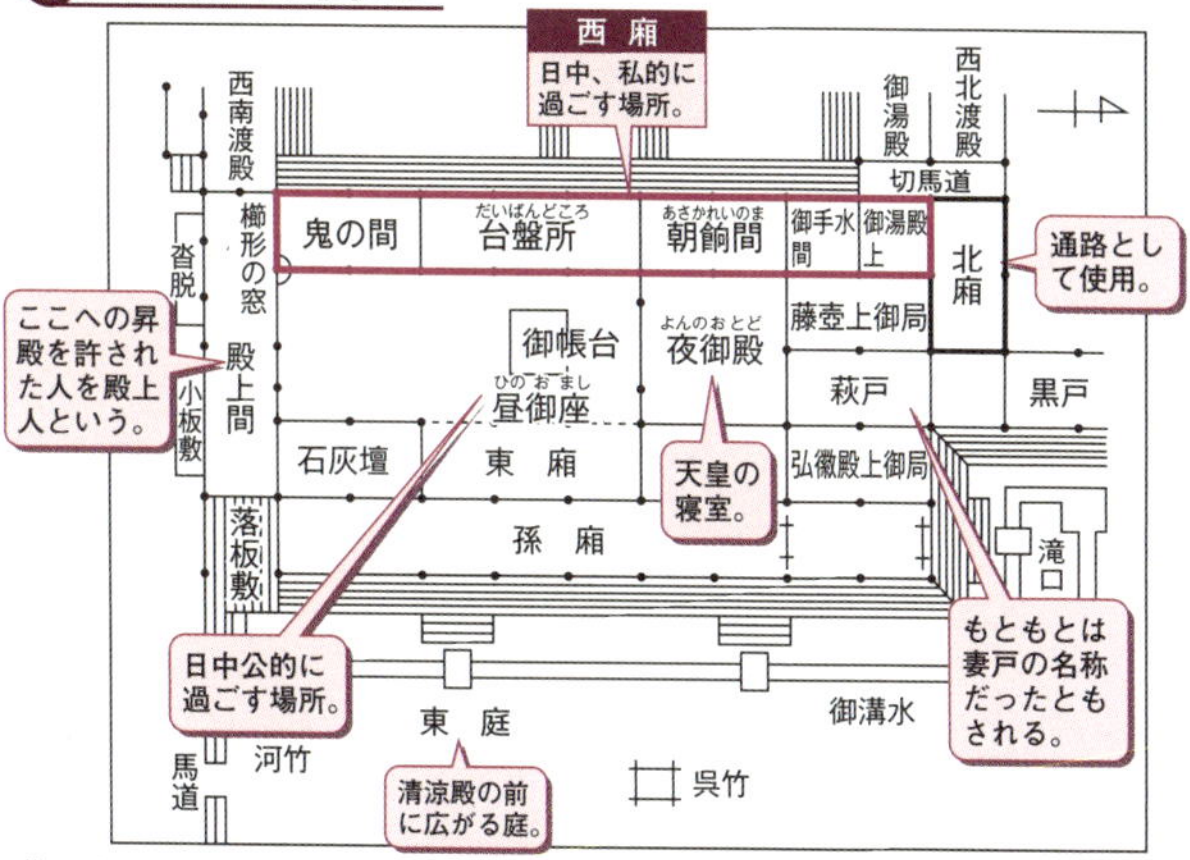


『源氏物語』で最も多く登場する内裏内の建物が清涼殿。桐壺更衣を亡くした桐壺帝は「夜御殿」で寝付けず、「昼御座」でとるべき食事もできなかった。光源氏の元服の儀は「東廂」で行なわれた。

なわれた東宮の元服に劣らない華やかな式であり、成人の装束をまとう光源氏の輝くような美しさに人々は涙を流すのであった。

### 光源氏の初恋と葵の上との結婚

成人を迎えた光源氏は結婚する。相手は左《さ》大臣《だいじん》家の姫君で四つ年上の葵《あおい》の上《うえ》。その母・大宮《おおみや》は桐壺帝の姉妹（皇女）なので、いとこ同士の間柄である。

弘徽殿女御から右大臣側から警戒されている光源氏にとって、それに対抗する左大臣家に婿入《むこい》りすることは最上の後見を得たことになる。一方で左大臣家でも葵の上を東宮妃にという要望を断り光源氏の妻にするという異例の選択をしていた。

これは右大臣と左大臣との対立構造に光源氏が組み込まれたことを示すとともに、東宮をも超える光源氏の素晴らしさを浮き彫りにするものである。

だが光源氏当人からすると、不幸な結婚であった。光源氏は美しくもとりすまして気位《きぐらい》の高い葵の上にどうしてもなじめなかったのである。

平安時代は婿の通《かよ》い婚《こん》だったので、左大臣家から足も遠のきがちになる。心中では「藤壺の御ありさまをたぐひなしと思ひきこえて、さやうならむ人をこそ見め」と藤壺のような人を妻にしたいと思い詰めるのであった。

しかし元服した光源氏はもう藤壺とは会わせてもらえない。管絃《かんげん》の催しなどの際に、御簾《みす》の奥から聞こえる藤壺の琴に合わせて笛を吹き、かすかに聞こえる藤壺の声を慰めにするしかなかった。

こうして光源氏は葵の上との結婚によってよりいっそう藤壺への思いを募《つの》らせていく。光源氏にとって藤壺は母の投影というよりも、初恋の人にして理想の女性であった。しかしその恋はけっして許されるものではなかった。

光源氏は以降、藤壺の面影を追い続け、数々の恋愛を繰り返しつつ、危うい恋の道へと足を踏み入れてしまうことになる。

## 平安時代の成人儀礼——男性編

| 元服（初冠・初元結） | |
|---|---|
| 「理髪の儀」 | 一人前の男子になった証として、角髪に結っていた髪を頭の上でまとめて髻とする儀式。 |
| 「加冠の儀」 | 初めて冠をつける儀式。元服するまでの年少者は、被り物をつけなかった。冠者に冠をかぶせる役の人を「加冠」といい、最も重要な役目で、冠者との強い繋がりが示される。天皇の元服では太政大臣が務めた。 |

光源氏の元服では、左大臣が加冠を務めた。

元服の儀は、11歳から20歳まで（皇族は17歳まで）の間に行なわれ、元服をする男子を「冠者」という。

［角髪］

元服する前の男子の髪型。

## 平安時代の成人儀礼——女性編

| 裳着（着裳） | |
|---|---|
| 「髪上げの儀」 | 髪を結い上げる儀式。女子の髪型が変化するにつれて、裳着後も、垂れ髪のままになり、形骸化した儀式。 |
| 「腰結の儀」 | 初めて裳をつける儀式。裳を腰で結ぶ役を「腰結」といい、最も重要な役目。高貴で名声のある人に依頼した。（玉鬘の腰結は、実の父・内大臣が務めた） |

裳着の儀は、12歳から15歳頃に行なわれるのが一般的。これが結婚の前提となる。玉鬘が20歳を過ぎて行なったのは異例。

［裳］

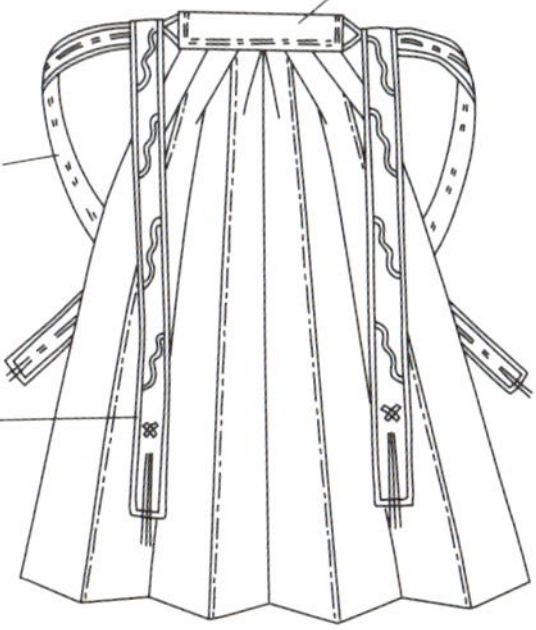


平安時代の成人女性がまとうフォーマルウェア。

# 中の品の女性・空蟬

## 青年となった光源氏が経験する恋の冒険

「帚木」（第二帖）
「空蟬」（第三帖）

### 「中の品の女性」に恋をする

十七歳になった光源氏が宮中で宿直《とのい》勤務にあたっていた五月雨《さみだれ》の夜、光源氏を中心に、葵の上の兄で親友の頭中将《とうのちゅうじょう》と、左馬頭《さまのかみ》、藤式部丞《とうしきぶのじょう》の三人が集まり、女性談義を始めた。そのなかで左馬頭が「中《なか》の品《しな》の女性がよい」と述べ、光源氏は強く興味を惹《ひ》かれる。「中の品の女性」とは、もともとの家柄は悪くないものの、現在は零落《れいらく》しているなどの事情を抱えた中流階級の女性のことである。

この雨夜《あまよ》の品定《しなさだ》めによってそうした女性に興味を抱いた光源氏は、その翌日方違《かたたが》え（禁《きん》忌《き》の方角を避けるため一時的に別の方角の場所に移動すること）で訪れた紀伊守邸《きのかみてい》で、ある中流階級の女性と出会った。紀伊守の老父・伊予介《いよのすけ》の年若い後妻・空蟬《うつせみ》である。

光源氏はその夜、空蟬の部屋に入り込んで強引に契《ちぎ》りを交わした。しかし空蟬は、光源氏に心惹かれながらも、身分の釣り合わない立場であることをわきまえ、光源氏になびくまいと決意する。

## 空蟬との出会い

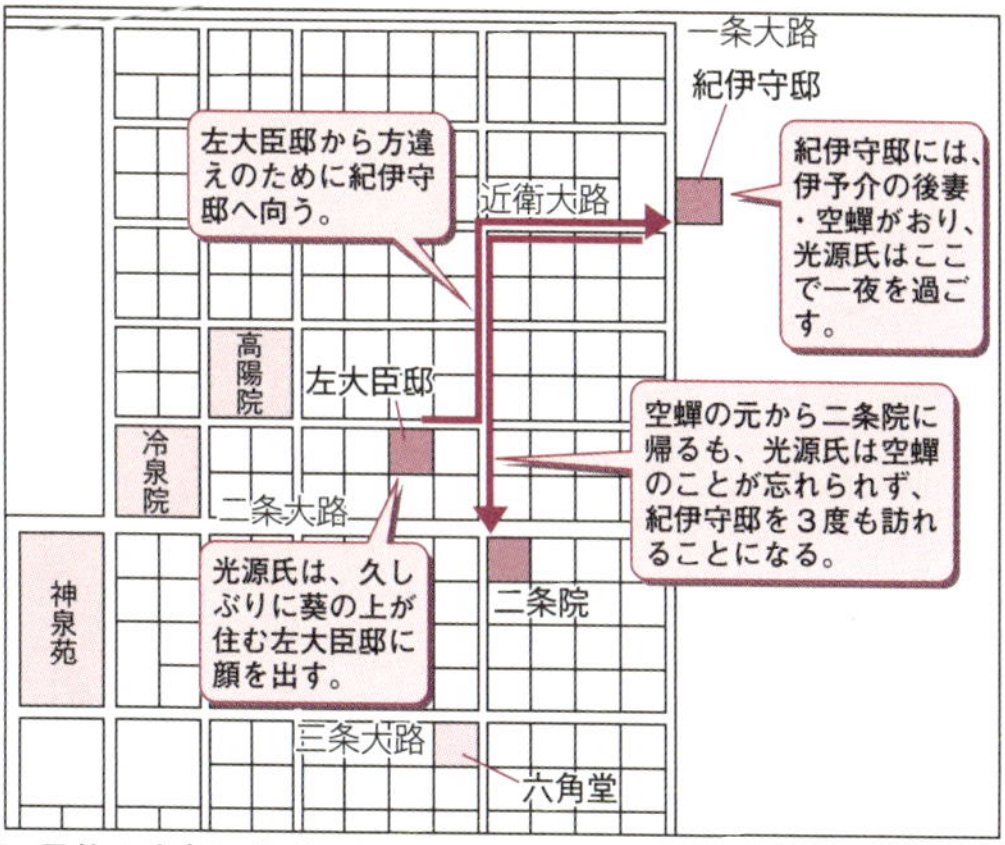


外出の際、目的の方角に吉凶の作用をもたらす神がいる時、その方位神がいる方角を避けて別の方角へ進み、一夜を過ごして、目的地に進むことを「方違え」という。

そのため光源氏が再訪しようとすると、空蟬はこれを拒《こば》んだ。光源氏は「帚木《ははきぎ》の心をしらでその原の道にあやなくまどひぬるかな」と、近寄ると見えなくなるという伝説の帚木にちなんだ手紙を送って思いを訴えるが、空蟬は受け入れない。

諦めきれない光源氏は紀伊守邸を訪れ、空蟬が若い女と碁《ご》を打っているのを覗き見た。その相手は伊予介の先妻の娘の軒端荻《のきばのおぎ》。光源氏はほっそりとしてつつましやかな空蟬に対し、やや品に欠けるが、若くて肉づき豊かな軒端荻にも惹かれるのであった。

### 光源氏から逃げた空蟬

光源氏はその夜、再び空蟬の部屋に忍び

込むが、その気配を察した空蝉はとっさに単衣《ひとえ》ひとつを着て逃げ出した。

そうとは知らない光源氏が近寄ると、そこにいたのは軒端荻。光源氏はいまさら人違いとも言えず軒端荻と一夜を過ごし、空蝉の小袿《こうちぎ》を持ち帰った。

そして朝、光源氏は、空蝉の弟で文使いに召し使っていた小君《こぎみ》に懐紙《ふところがみ》を渡す。そこには「空蝉の身をかへてける木《こ》のもとになほ人がらのなつかしきかな」と蝉《せみ》の抜け殻に託してその殻の衣を残したあなたの気配を感じていますという歌が記されていた。

空蝉は心乱れて、光源氏の愛を受けいれられない境遇をひそかに嘆いた。そして「空蝉の羽《は》におく露《つゆ》の木《こ》がくれてしのびしのびにぬるる袖《そで》かな」と人目を忍んで涙に濡れるやりきれない悲しさを光源氏の懐紙に書きつけるのであった。

一方、軒端萩はお便りを差し上げますという光源氏の甘い言葉をうのみにして待っていたが、光源氏は後朝《きぬぎぬ》の手紙を送らず、再び訪ねることもしなかった。

光源氏は軒端荻のことを不憫《ふびん》に思いながら、空蝉の思うところが気になるのであった。

二人の逢瀬《おうせ》ははかなく終わった。

そして空蝉も二度と光源氏になびくことはなかった。空蝉が夫と伊予国《いよのくに》に下行する際、光源氏は餞別《せんべつ》とともにこの小袿を返してこの恋に終止符を打っている。

こらむ

## 後朝《きぬぎぬ》の手紙

平安時代の恋人たちは逢瀬を過ごした朝、男性が帰宅後すぐに「後朝」の手紙を女性に送るのが儀礼となっていた。これは男女が着ているものを交換して別れた「衣衣《きぬきぬ》」に由来するものとされる。この手紙を男性がどれだけ早く出すかが愛情の深さを示したため、女性はその手紙を待ち焦がれた。逆にこの手紙が届かないのは男性から二度と会う気がないという残酷な別れの意思表示でもあった。

ところが光源氏は空蟬の代わりに一夜を共にした軒端荻に対し、その後朝の手紙どころか伝言すら送っていない。それは昨日の逢瀬は一時の出来心、戯《たわむ》れに過ぎないという男の冷たい意思表示であり、当時の女性にとって何より残酷な仕打ちだったのである。

## 平安女性の装束（裳《も》唐衣《からぎぬ》姿）

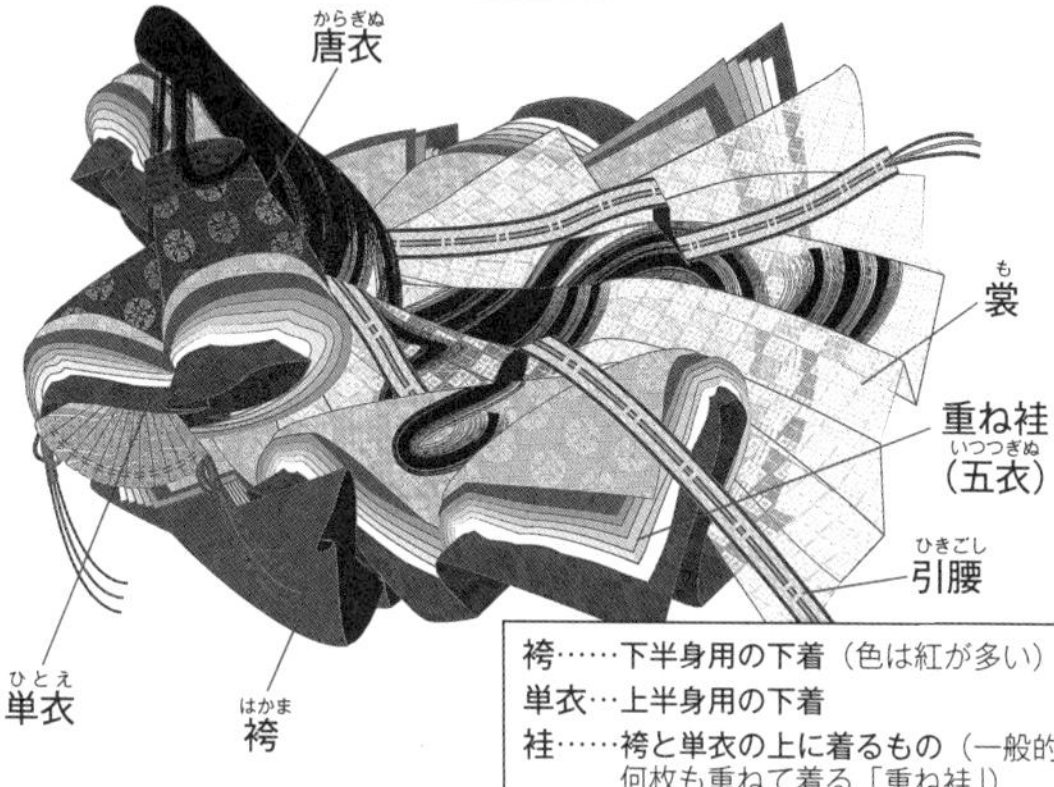
唐衣《からぎぬ》
裳《も》
重ね袿
（五衣《いつつぎぬ》）
引腰《ひきごし》
単衣《ひとえ》
袴《はかま》

袴……下半身用の下着（色は紅が多い）
単衣…上半身用の下着
袿……袴と単衣の上に着るもの（一般的に何枚も重ねて着る「重ね袿」）
裳……腰につけるもの
唐衣…一番上に羽織るもの

一般に「十二単《じゅうにひとえ》」と呼ばれているのが、裳唐衣姿である。女房の正装で、ふだんは裳と唐衣をつけない袿姿で過ごした。そのうえに袿より小ぶりの小袿を着ると格式があがった。

# 謎めいた恋

## 名前も明かさないまま
## 命を落とした夕顔

「夕顔」（第四帖）

### ●お互い正体を知らない秘密の恋

光源氏の青年期の忘れえぬ恋人といえば夕顔《ゆうがお》である。お互い素性《すじょう》を知らぬまま忍び愛を続けるが、最後は悲劇的な結末を迎える。

ある日、光源氏は愛人の六条《ろくじょうの》御息所《みやすどころ》のもとへ赴く途中、病気の乳母《めのと》を見舞うため五《ご》条《じょう》の家に立ち寄る。

その隣りの夕顔が咲くみすぼらしい家を住まいとしていたのが夕顔である。光源氏が花を所望《しょもう》したところ、女童《めのわらわ》が使いの随身《ずいしん》にこれへ載《の》せてあげてくださいと扇《おうぎ》を差し出した。

その扇には「心《こころ》あてにそれかとぞ見る白露《しらつゆ》の光《ひかり》そへたる夕顔の花《はな》」と詠《よ》まれていた。風流な女主人に興味を抱いた光源氏は、乳母の息子で腹心《ふくしん》の惟光《これみつ》に女の素性を調べさせたが、頭中将と関わりのあること以外は分からずじまい。

それでも惟光の手引きでお互い素性を隠したままの恋が始まった。光源氏は顔を隠して夜更《よふ》けになって訪れ、女の方も素性を明かさない。お互いの正体を知らないという謎めい

## 光源氏と夕顔の逢瀬経路

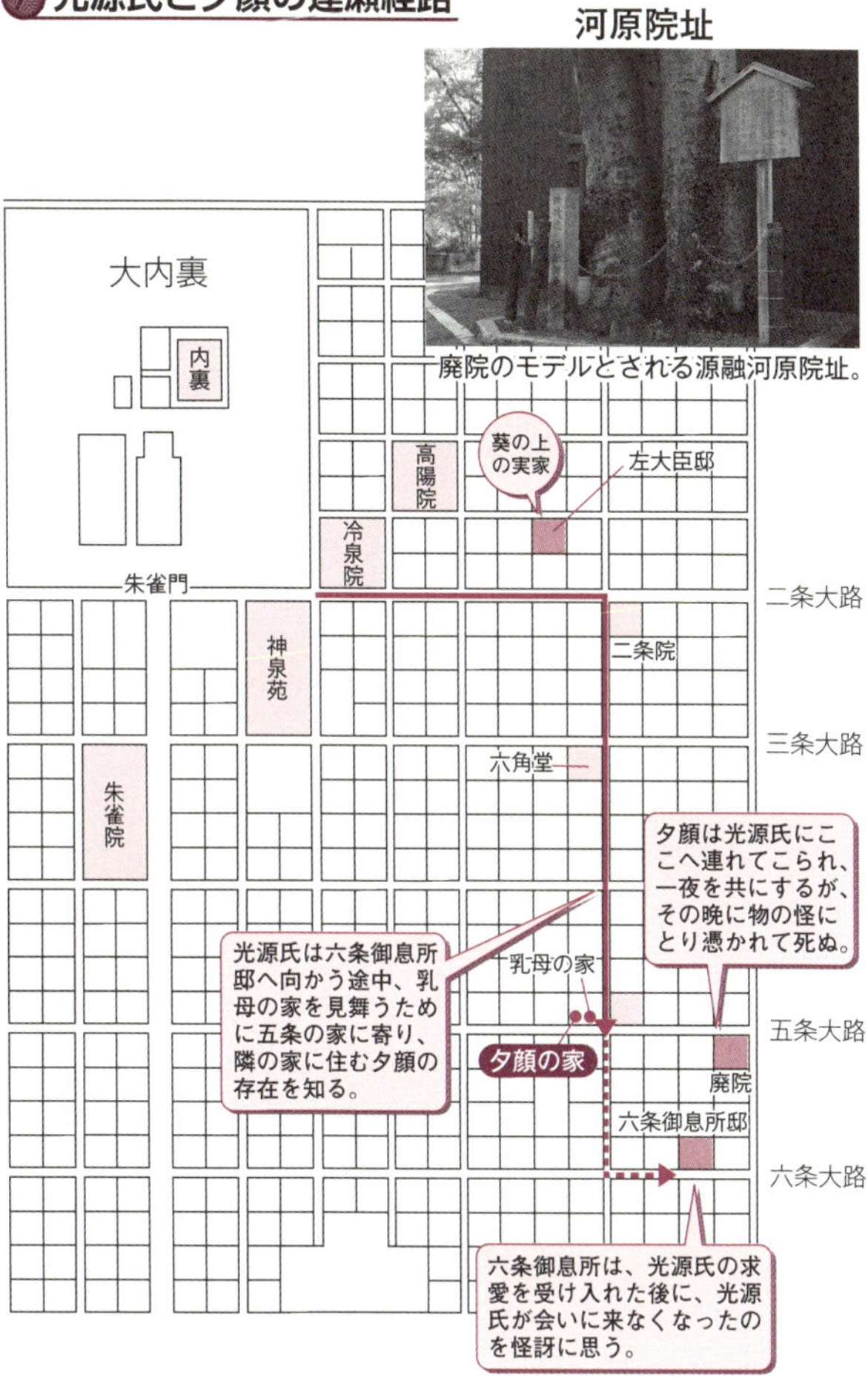
河原院址
廃院のモデルとされる源融河原院址。
大内裏
内裏
朱雀門
高陽院
冷泉院
葵の上の実家
左大臣邸
二条大路
神泉苑
二条院
三条大路
朱雀院
六角堂
夕顔は光源氏にここへ連れてこられ、一夜を共にするが、その晩に物の怪にとり憑かれて死ぬ。
光源氏は六条御息所邸へ向かう途中、乳母の家を見舞うために五条の家に寄り、隣の家に住む夕顔の存在を知る。
乳母の家
夕顔の家
五条大路
廃院
六条御息所邸
六条大路
六条御息所は、光源氏の求愛を受け入れた後に、光源氏が会いに来なくなったのを怪訝に思う。

光源氏の乳母が住む五条界隈は、平安京のなかでも庶民的な一帯で、隠れ住むのに適した地域だった。光源氏が偶然出会った夕顔はこの地でひっそりと暮らしていた。

た恋に光源氏はのめりこんでいく。光源氏はおっとりしながら、幼さと大人の風情《ふぜい》を同居させる、夕顔の魅力に夢中になっていった。一方の夕顔も光源氏の上品な物腰に魅《み》せられていった。光源氏は昼の時間も待ち遠しく思うほど惚《ほ》れ込み、夕顔を失うことを恐れ、やがて二条院《にじょういん》に引き取ろうかとさえ考えるようになる。

## ●物の怪にとり殺される夕顔

秋のある夕方、光源氏は夕顔を近くの廃院《はいいん》に連れ出した。この廃院は万里小路《までのこうじ》の東、六《ろく》条坊門《じょうぼうもん》の南にあった河原院《かわらのいん》がモデルとされる。もともと左大臣の源融《みなもとのとおる》の邸宅であったが、その死後、宇多天皇に献上され、延長《えんちょう》四年（九二六）に融の亡霊が現われたという。

ものさびしい荒れ果てた廃院の不気味さにおびえながらも無邪気に打ち解けていく夕顔をいじらしいと思いながらも、ふと気位の高い六条御息所のわずらわしさを思い比べる。

その夜半、光源氏は美しい女が現われる夢を見る。「こんな女をかわいがっているとは恨《うら》めしく思います」と横で眠る夕顔を引き起こそうとする夢である。光源氏が眼を覚ますと、あたりの灯火《ともしび》がふっと消える。光源氏は太刀《たち》を引き抜いて傍《かたわら》に置くと、従者《じゅうしゃ》らを起こし魔除《まよ》けのための弦打《つるう》ちを命じる。

滝口《たきぐち》の男が持ってきた紙燭《しそく》をかざすと、「ただその枕上《まくらがみ》に夢に見えつる容貌《かたち》したる女、面影に見えてふと消え失せぬ」と恐ろしい女が幻のように一瞬現われたかと思うとすぐに消えた。

光源氏が傍らの夕顔に声をかけたところ、すでに夕顔は命を吸われるようにして息絶えていた。

## 夕顔の埋葬

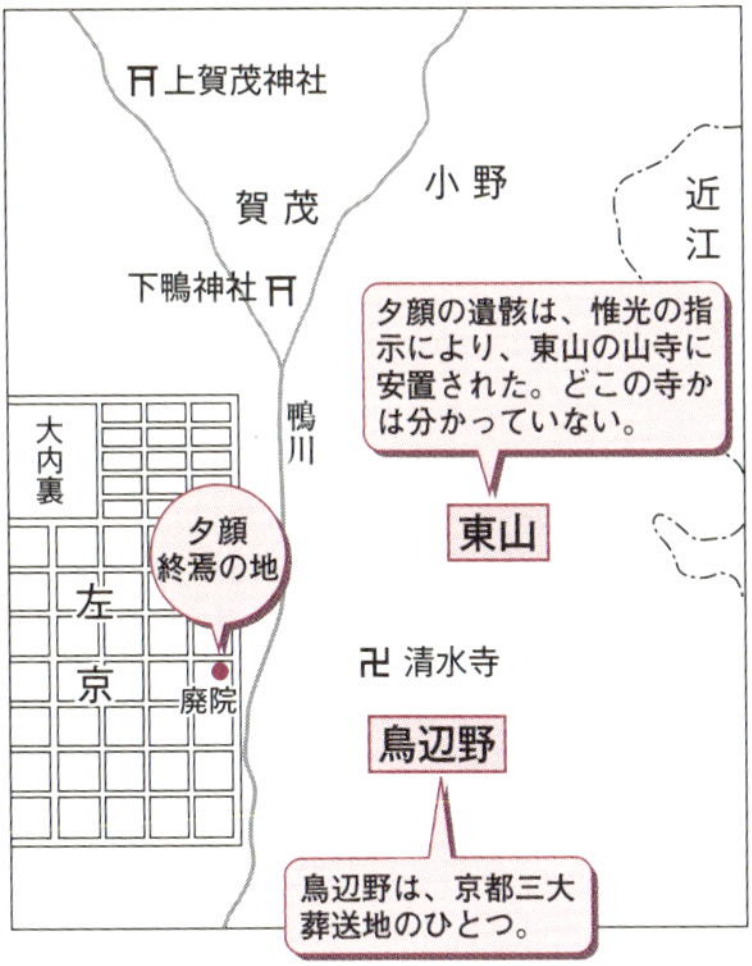


廃院で物の怪にとり憑かれて亡くなった夕顔は、平安京の外に位置する東山のほうに送られた。

夕顔とはいったい誰だったのか。

それは夕顔の没後、彼女に仕える右近という女房によって明らかとなる。

夕顔の正体はかつて頭中将と契りを交わした「常夏《とこなつ》の女」と呼ばれる女性だったのである。二人の間には幼い娘もいたが、頭中将の妻の実家である右大臣家の横やりを恐れて夕顔は各地を転々と移り住んだ上、五条の一画にたどり着いたのだ。

# 第二章

# 禁断の恋と紫の上

――藤壺との恋の成就と訪れた破滅の時

## 第二章のあらすじ

十八歳になった光源氏《ひかるげんじ》は、病治療のために訪れていた北山《きたやま》で、藤壺《ふじつぼ》に似た少女・若紫《わかむらさき》（紫《むらさき》の上《うえ》）を垣間見《かいまみ》る。光源氏はこの少女を自分の手で理想的な女性に育てたいと考え、二《に》条院《じょういん》へ引き取った。

一方で藤壺が里へ下った際には、恋情が抑えきれず藤壺のもとを訪れ、ついに逢瀬《おうせ》を持つ。だがその後、藤壺の懐妊《かいにん》が発覚する。

己の罪に懊悩《おうのう》する光源氏は、花宴《はなのえん》の夜、政敵である右大臣の娘・朧月夜《おぼろづきよ》との出会いも果たしている。ふたりはすぐに恋に落ち、光源氏は危うい恋の道へと足を踏み入れてしまう。

そうしたなかで光源氏の正妻・葵《あおい》の上《うえ》が懐妊。結婚以来打ち解けられなかった夫婦の間にようやく雪解けの兆しが見え始めた。だが、葵の上は、長男夕霧《ゆうぎり》を出産すると六条御息《ろくじょうのみやす》所《どころ》の生霊《いきりょう》にとり憑かれ没してしまう。失意の光源氏は、喪《も》に服してその死を悼《いた》む。そして、久しぶりに二条院に帰った光源氏は美しく成長した紫の上と契《ちぎ》りを交わすのだった。

その後桐壺院《きりつぼいん》が崩御《ほうぎょ》すると、光源氏の求愛に耐えかねた藤壺が出家《しゅっけ》。そうしたなか、光源氏と政敵・右大臣の娘・朧月夜との密会が露見《ろけん》。窮地に追い込まれた光源氏は、自ら都を去ることを決意し、須磨《すま》へ退去していった。

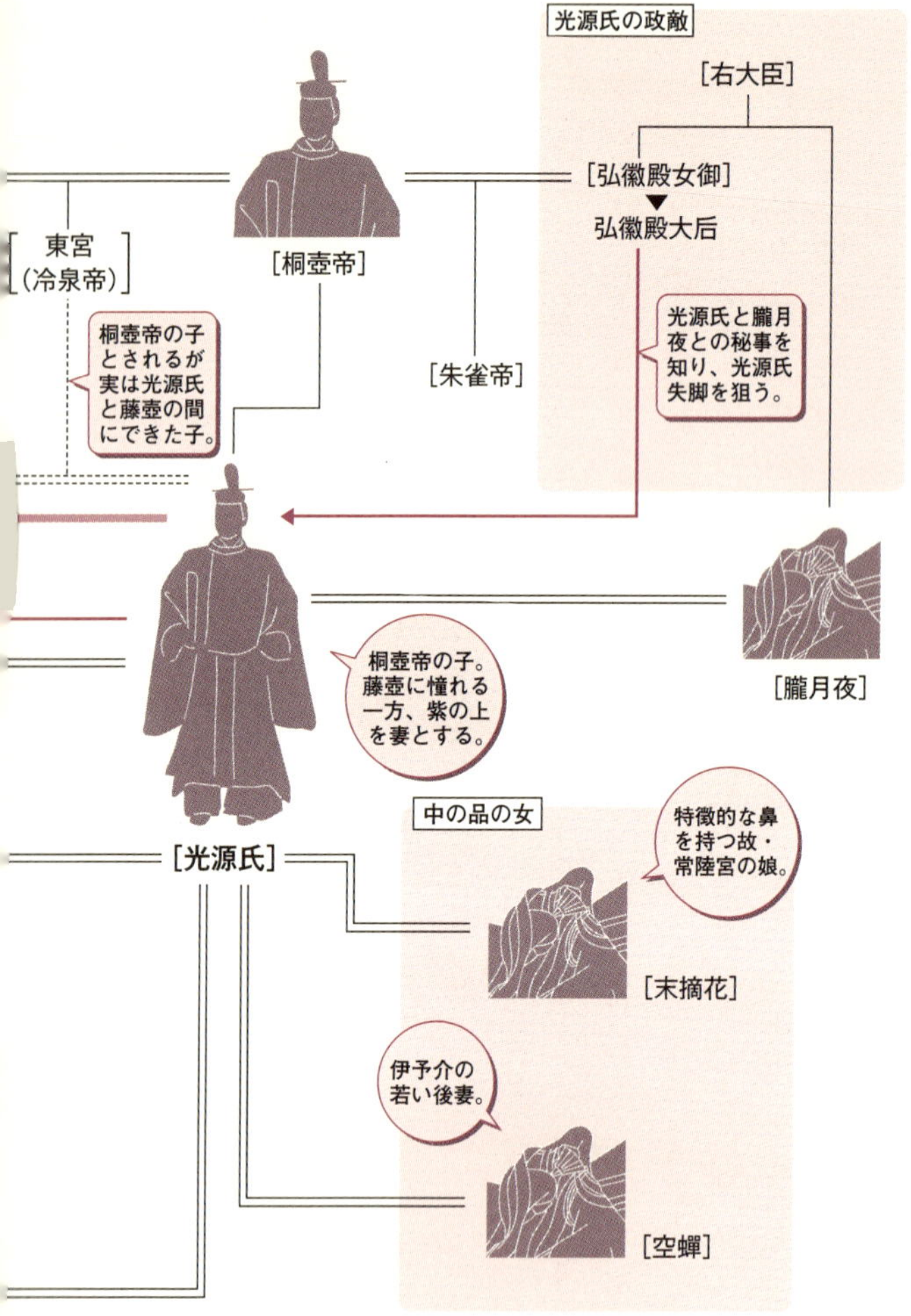
光源氏の政敵
[右大臣]
[弘徽殿女御]
▼
弘徽殿大后
光源氏と朧月夜との秘事を知り、光源氏失脚を狙う。
[桐壺帝]
[東宮(冷泉帝)]
桐壺帝の子とされるが実は光源氏と藤壺の間にできた子。
[朱雀帝]
[朧月夜]
桐壺帝の子。藤壺に憧れる一方、紫の上を妻とする。
[光源氏]
中の品の女
特徴的な鼻を持つ故・常陸宮の娘。
[末摘花]
伊予介の若い後妻。
[空蝉]

## 第二章の登場人物

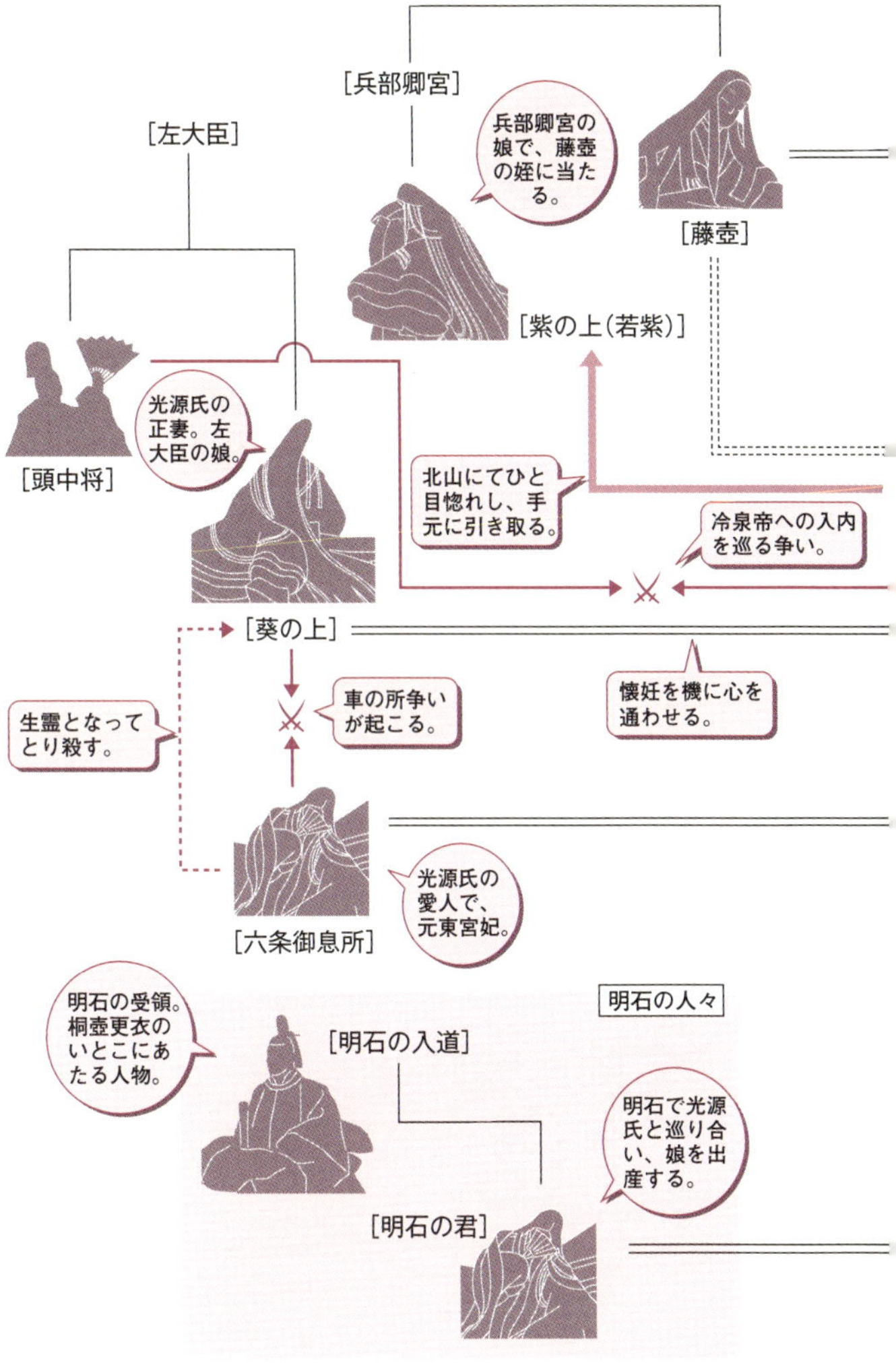

[兵部卿宮]
兵部卿宮の娘で、藤壺の姪に当たる。
[藤壺]
[左大臣]
[紫の上(若紫)]
[頭中将]
光源氏の正妻。左大臣の娘。
北山にてひと目惚れし、手元に引き取る。
冷泉帝への入内を巡る争い。
[葵の上]
車の所争いが起こる。
懐妊を機に心を通わせる。
生霊となってとり殺す。
光源氏の愛人で、元東宮妃。
[六条御息所]
明石の人々
明石の受領。桐壺更衣のいとこにあたる人物。
[明石の入道]
明石で光源氏と巡り合い、娘を出産する。
[明石の君]

# 紫の上との出会い

## 藤壺の面影を宿す少女に心惹かれる

「若紫」（第五帖）

### ●藤壺に似ている少女

不可解な出来事による夕顔《ゆうがお》との悲劇的な別れを経た光源氏《ひかるげんじ》であったが、十八歳の春、生涯の伴侶《はんりょ》となる運命の人、若紫《わかむらさき》（のちの紫《むらさき》の上《うえ》）と出会う。ただし出会ったときの彼女はまだ十歳程度に見える少女であった。

光源氏が初めて若紫と出会ったのは、瘧病《わらわやみ》を患《わずら》い、その治癒《ちゆ》のための祈祷《きとう》を受けに訪れた北山《きたやま》での出来事である。

三月の末ながらまだ山の桜は盛《さか》りであった。一泊した光源氏は「北山のなにがし寺」での祈祷の合間のつれづれに小柴垣《こしばがき》のある庵《いおり》のほうへ足を向ける。

小柴垣越しに光源氏が初めて垣間見た若紫は、四十歳ぐらいの上品な尼《あま》のもとへ駆け込み、「雀《すずめ》の子を犬君《いぬき》（遊び相手の女童《めのわらわ》）が逃したの。伏籠《ふせご》のなかに入れておいたのに」と訴えている愛らしい様子であった。

眉《まゆ》のあたりが美しく、髪の生《は》え際《ぎわ》がかわいらしい。

## 「北山のなにがし寺」候補地

鞍馬寺
本文に「つづらをり」という言葉があり、これが当時の鞍馬山の坂道のことを指すという。
大雲寺
物語の記述にみられるほどの情景はないが、寺域が広大だった。
鞍馬山
鞍馬寺
貴船川
北山
高野川
大雲寺
岩倉
比叡山
延暦寺
琵琶湖
加茂川
上賀茂神社
小野
紫野
下鴨神社
大内裏
東山
清水寺

光源氏が祈祷を受け、若紫と出会った北山のなにがし寺をめぐっては、どの寺にあたるのか諸説がある。

鞍馬寺

名も知らぬ少女に目を奪われた光源氏は、ここで涙を流す。それは「限りなう心を尽くしきこゆる人にいとよう似たてまつれる」。つまり光源氏の想い人藤壺《ふじつぼ》によく似ていたからである。それもそのはず、若紫は藤壺の兄である兵《ひょう》部《ぶ》卿宮《きょうのみや》の娘。つまり藤壺の姪《めい》だったのだ。

少女は母を亡くし、祖母である北山の尼君《あまぎみ》に養育されていた。

藤壺の面影《おもかげ》を追い求め続ける光源氏は、この少女若紫を自分の手元で理想の女性に育てたいと願う。

そこで養女として引き取りたいと尼君に申し出るが、さすがに幼すぎると断られてしまった。

## ●若紫を二条院に迎える光源氏

帰京した光源氏は、正妻《せいさい》・葵《あおい》の上《うえ》のもとを訪れるが、葵の上は相変わらず冷淡《れいたん》な態度をとる。そうした正妻の態度にますます若紫を諦《あきら》めきれなくなった光源氏は、北山の人々に何度も手紙を送って若紫への想いをそれとなく伝える一方、訪問するなどしては北山の尼君とその周辺の人々の信頼を得ようとする。

やがて病みがちだった尼君が亡くなると、光源氏は、若紫が父の兵部卿宮に引き取られる寸前、盗み出すように二条院《にじょういん》に迎え入れる。

はじめのうちこそ震えていた若紫であったが、華やかな二条院の様子に心ときめかせる。光源氏は、若紫になんとかなついてもらおうと手習《てなら》いや絵などを書き、人形遊びなどの相手をして機嫌を取り結ぶ。若紫はそうした光源氏に次第に馴れ親しみ、光源氏が外出先から帰ると真っ先に出迎えるようになるのであった。

この少女といると心が安らぎ、藤壺との苦しい恋も忘れることができた。こうして光源氏のもとで理想の女性となるべく養育されることとなった少女若紫は、のちに紫の上と呼ばれる。

# 禁断の恋

## 藤壺との夢のような逢瀬に
## 待ち受ける過酷な運命

「若紫」（第五帖）

### ●ついに成就した光源氏の想い

光源氏が若紫に執心《しゅうしん》したのは、思いこがれていた藤壺との間に、ある懊悩《おうのう》すべきことが横たわっていたからでもある。

藤壺が体調を崩して里に下がったと知った光源氏は、いてもたってもいられず藤壺付きの女房《にょうぼう》である王命婦《おうみょうぶ》に逢瀬《おうせ》の手引きを懇願《こんがん》する。そしてついに藤壺の寝所《しんじょ》に忍び込んだのである。

こうした逢瀬の場面においても、対話や心中の描写が中心となっているのが『源氏物《げんじもの》語《がたり》』の特徴といえる。

光源氏はこの逢瀬が現実とも思えない心地《ここち》である。どうして藤壺にはひとつも欠点がないのかと嘆き、「見てもまたあふよまれなる夢の中《うち》にやがてまぎるるわが身ともがな」と、いっそこの夢のなかにこのまま消えてしまいたいという心情を歌って嗚咽《おえつ》する。

一方の藤壺は、「世がたりに人や伝へんたぐひなくうき身を醒《さ》めぬ夢になしても（たとえ夢のなかのこととしても世間の語り草にならないでしょうか）」と苦悩を深めるばかりだった。

## ●藤壺、不義の子を宿す

こうして、光源氏が夢見続けた逢瀬の時は過ぎていく。

この密通《みっつう》は、義理の母であり中宮《ちゅうぐう》である女性との禁断の逢瀬であり、「もののまぎれ」と呼ばれる。この言葉は密事《みつじ》をほのめかすとともに、あってはならない過ちという意味も込められている。

そして、この禁断の恋はふたりに宿命ともいうべき、過酷な運命を背負わせることになる。藤壺が懐妊《かいにん》したのである。光源氏は自分が帝《みかど》の父になることを暗示する夢を見ると、藤壺に確かめようとするが、藤壺からの返信は途絶《とだ》えてしまった。

これが光源氏の子であること知る藤壺は、懐妊を喜ぶ桐壺帝の様子を前に激しい良心の呵責《かしゃく》にさいなまれた。

もう二度と光源氏を近づけまいと決意する藤壺。光源氏もまた罪深さにおののきながらもなおも藤壺を忘れられないのであった。

こらむ

## かかやくひの宮

現存する『源氏物語』は54帖から構成されているが、「桐壺《きりつぼ》」と「帚木《ははきぎ》」の巻の間には「かかやくひの宮」という現在は失われてしまった巻があったのではないかとも言われている。「輝《かがや》く日《ひ》（妃）の宮」というのは、藤壺の呼び名であり、「桐壺」の巻の異名ともされるが、それを独立したひとつの巻とする見方である。

「若紫」の巻にある、体調を崩し自邸へ帰っていた藤壺のもとを光源氏が訪れ、子供が出来るという、二人の運命を変える逢瀬は、二人にとって二度目の逢瀬だという見解がある。もしそうだとすれば、二人の最初の逢瀬は物語に描かれていないことになる。「かかやくひの宮」の巻には、光源氏と藤壺の最初の逢瀬のシーンが描かれていたのではないかというのである。

### 自邸へ戻る藤壺

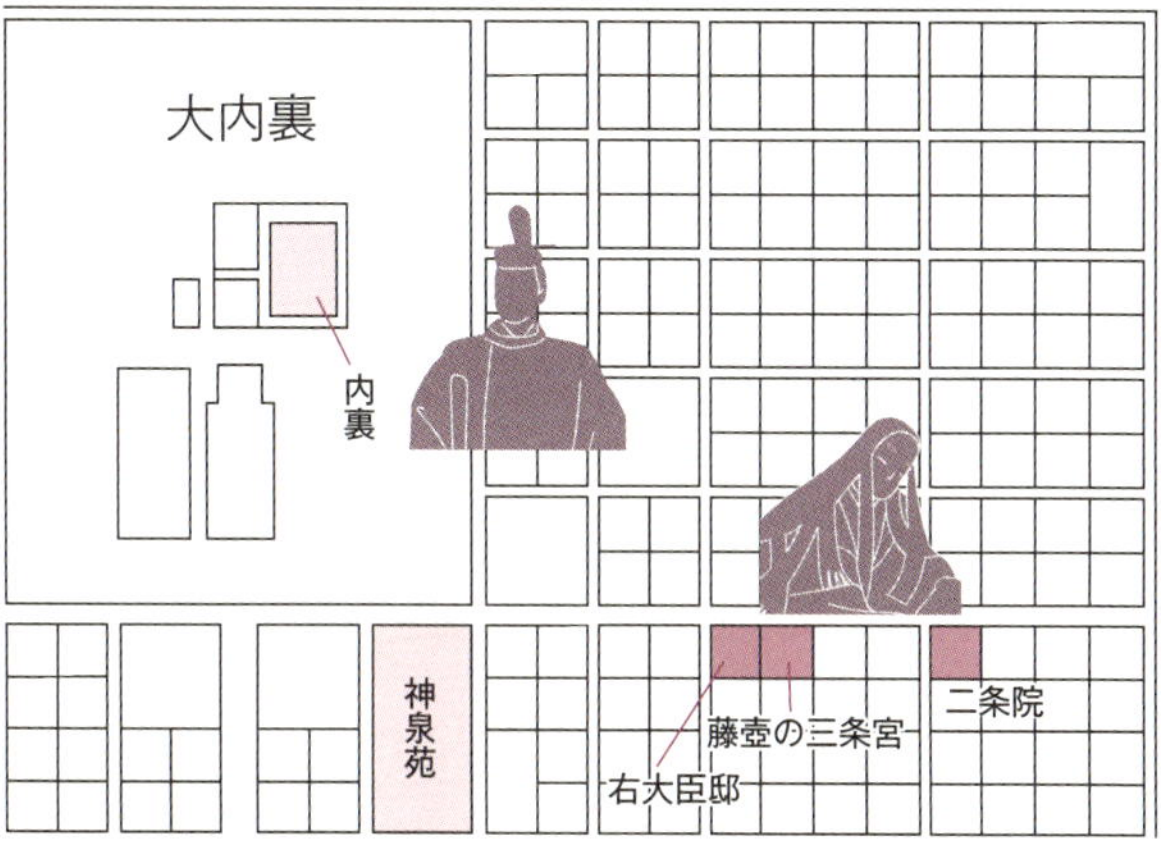


藤壺の邸宅の場所は、はっきりと書かれていないが、文脈から右大臣邸と隣り合っていたと考えられる。

# 噂の姫君

## 光源氏を驚かせた深窓の姫君の意外な姿

「末摘花」（第六帖）

### ●零落した深窓の姫君に懸想

『源氏物語』に登場する女性のなかでも末摘花《すえつむはな》はとくに醜い女性として描かれる。心躍《こころおど》らせて契《ちぎ》りを交わしたものの、顔を見るなり落胆《らくたん》したという展開は、光源氏の恋物語のなかでも滑稽《こっけい》なものとなっている。

夕顔のことが忘れられない光源氏は、よく用事を言いつける大輔命婦《たいふのみょうぶ》という色好《いろごの》みの若い女房から亡き常陸宮《ひたちのみや》がたいそうかわいがっていた娘の噂《うわさ》を耳にして心惹かれた。すでに両親を亡くし、今では零落《れいらく》して荒廃した屋敷に心細く住み、しかも皇族の楽器とされる琴《きん》の琴《こと》を弾くという。

光源氏は高貴で哀《あわ》れな姫君というイメージを勝手に膨《ふく》らませ、まだ見ぬ常陸宮の娘に胸をときめかせた。光源氏十八歳の春、若紫と出会った頃のことである。

春の朧月夜《おぼろづきよ》に末摘花を訪ねた光源氏であったが、親友であり、ライバルでもある頭中将《とうのちゅうじょう》がその跡をつけていた。以後、光源氏に対抗意識を燃やす頭中将との求愛競争が始まる。

## 光源氏の末摘花邸通い

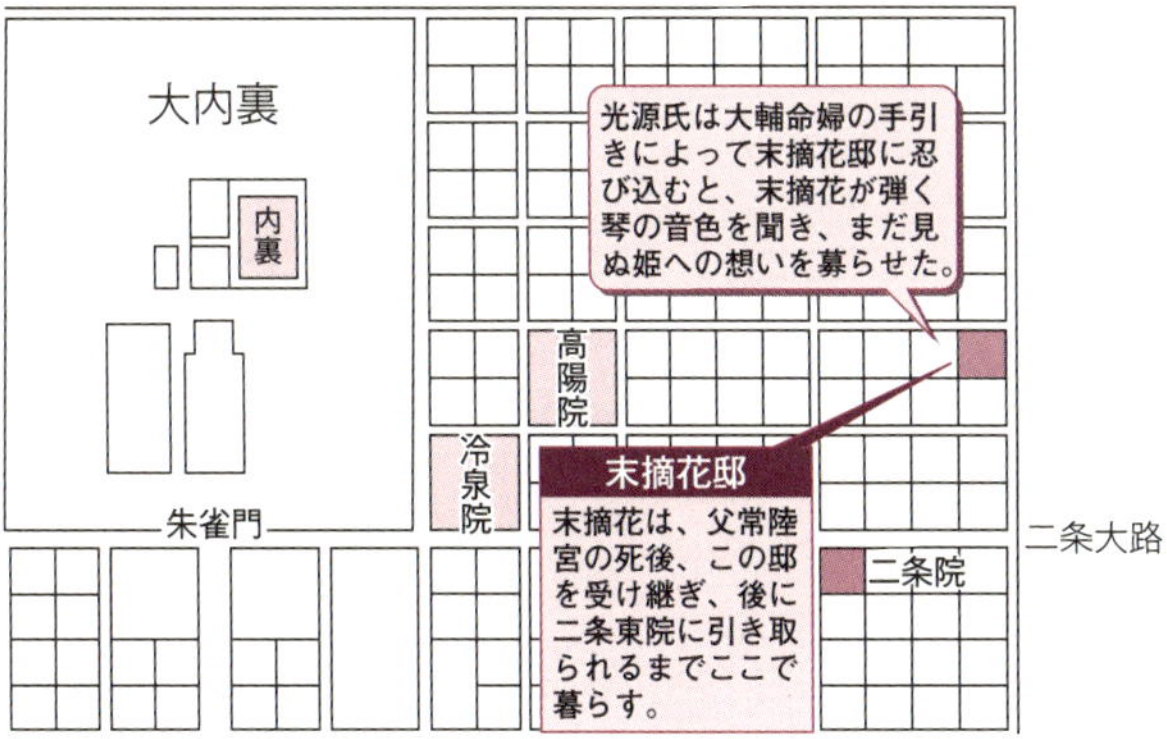


末摘花は亡き常陸宮の姫君。奥手だったこともあり、光源氏が、末摘花の噂を聞いてから逢うまでにおよそ１年が経過している。

光源氏は手紙を送るが、末摘花は極度の奥手《おくて》らしく返事をよこさない。春、夏と過ぎ、秋になってしびれを切らした光源氏は、大輔命婦に導かれて常陸宮邸を訪れ、ようやく末摘花と契りを交わした。しかし彼女は無口で愛嬌《あいきょう》のひとつもない。後朝《きぬぎぬ》の歌も自ら詠《よ》まないなど風情《ふぜい》のかけらもない女性で光源氏を失望させた。

### 垂れ下がった赤い鼻

それでも光源氏は、雪の夜、久しぶりに再訪し、雪明りのなかで胸をときめかせながら初めて彼女の容貌《ようぼう》を垣間見る。

光源氏も深窓《しんそう》の姫君というイメージからはかなげな美人の顔を勝手に思い描いていただろう。ところが、女房たちに促《うなが》されてしずしずと姿を現わした末摘花の顔をひと目見た光源氏は仰天《ぎょうてん》した。広い額の下に広がる長い顔は青白い。何より見るに堪えないのが鼻で、「普賢菩薩《ふげんぼさつ》の乗り物」、つまり象《ぞう》のようであった。そして「あさましう高うのびらかに、先の方すこし垂《た》りて色づきたること、ことのほかにうたてあり」と呆《あき》れるほど高く長く伸び、先の方が垂れて赤くなっていた。おまけに体格は胴長で痩《や》せて角ばっており、召し物も若い女性には不釣《ふつ》り合いな古風な装束《しょうぞく》で、センスのかけらもない……。

唯一の救いは黒髪《くろかみ》が長くふさふさしていたこと。後に末摘花が抜け毛をかつらにしたとき、「九尺《しゃく》余ばかり（二メートル七十センチぐらい）」とあり、自分の身長より長かったことがわかる。髪だけは美人の部類に入っていたようだ。

光源氏の落胆は大きかったが、しかしかえって憐《あわ》れむ気持ちが強くなった。そのため何くれとなく品物を贈るなど親身に世話をしていくことになる。

そして後年、光源氏が須磨《すま》・明石《あかし》から帰京して久しぶりに会ったとき、彼女がなおも自分を一途《いちず》に慕《した》ってくれていたと知り、光源氏はその不憫《ふびん》さに心打たれて二条東院《にじょうとういん》に迎え入れて面倒を見ている。彼女は外見に劣る上、決して器用な性格でもない。それでも容貌ではなく、その純情な心で光源氏を振り向かせた女性だったといえる。

こらむ

## 想像で恋に落ちる貴公子

光源氏がこのような失敗をしでかしたのも当時の恋愛事情が背景にある。当時の女性はめったに男性に顔を見せなかった。そのため男性の恋はまず「美しい姫君がいる」といった人の噂を聞くところから始まったのである。もちろん、家柄が重視される実際の結婚は、仲介人が立てられ進められていくが、まだ見ぬ恋を求める物語のなかの貴公子は、姿や顔を見ることなく、ましてや直接会って話をせずに想像のみで恋に落ちたのである。

そして男性は相手の女性と何度か恋文のやり取りを経ていよいよ恋を募らせていく。そのため、末摘花と逢った光源氏のように、いざ逢ってみたら期待外れということも大いにあり得たのである。

## 平安時代の「美しい女性」５つのポイント

① 細くて切れ長の目もと
②
ふっくらした頬
最も重要
⑤
黒髪ロングヘア
身長以上に長い髪を持ち、その手入れは１日がかりであった。洗髪は侍女たちが手伝い、米のとぎ汁を使い、美しい黒髪を守った。
③「く」の字形のかぎ鼻
④ おちょぼ口

絵巻などに描かれる高貴な女性は、およそ同じような顔立ちをしている。それは「美しい女性」であることを示す手法であったと考えられる。

# 藤壺の出産

## 光源氏と瓜ふたつの皇子の誕生に恐怖に震える藤壺

「紅葉賀」（第七帖）
「花宴」（第八帖）

### ●この世のものとは思えぬ美しい舞

桐壺帝《きりつぼてい》が朱雀院《すざくいん》へ行幸《ぎょうこう》をすることになり、同行できない藤壺を慰《なぐさ》めるため宮中で試楽《しがく》（舞楽《ぶがく》の予行演習）が開かれた。巻名にもなった紅葉賀《もみじのが》とは、朱雀院行幸を指している。

この試楽で光源氏は頭中将とともに「青海波《せいがいは》」を舞った。これは鳥兜《とりかぶと》をつけた舞い手が、波模様の服を着て波の寄せ返すさまを表現する二人舞である。頭中将もぬきんでた貴公子で、舞の腕前も素晴らしいが、光源氏と比べると、引き立て役に過ぎなかった。

光源氏のたたずまいはこの世のものとは思われぬほど美しく、その声は仏の国の鳥かと思うほど。人々はその素晴らしさに感動して涙した。

しかしこの華麗《かれい》な舞のなか、人々の胸中にはさまざまな思いが入り乱れていた。帝はいとし子の美しい姿に感動して涙をぬぐい、弘徽殿女御《こきでんのにょうご》は光源氏の立派さが忌々《いまいま》しく「神が魅入ってしまいそうで不吉だ」と毒づく。藤壺は光源氏との過ちが思い出され身のすくむような思いで心が千々《ちぢ》に乱れた。そして光源氏は藤壺を想いながら舞っていたのである。

こらむ

## 幅広い光源氏の恋の対象

　光源氏の恋の遍歴は止まることがない。

　光源氏はこれまで「中の品の女」、醜女《しこめ》など様々な女性と恋をしてきたが、なんと老女まで恋の対象にしている。それが色好みの女官、源典侍《げんのないしのすけ》。彼女には修理大夫という恋人もいたが、すでに50代後半。光源氏はその彼女に懸想《けそう》され関わりを持ってしまう。30歳ぐらいで床離れするのが当時の夫婦生活であったとされるから、源典侍は大変な好色だといえる。

　この関係を見つけたのが頭中将である。いたずら心を起こして太刀を抜いて驚かせたところ、源典侍は命乞いを始めた。当の光源氏は頭中将の仕業と見抜き、頭中将の腕を捕らえてつねり、意趣返しをして笑い合った。


人々を感動させた試楽の後、光源氏が藤壺に歌を送ると珍しく返歌があった。

「から人《ひと》の袖《そで》ふることは遠けれど立ちゐにつけてあはれとは見き（唐土《もろこし》の人が袖を振って舞ったという故事には疎《うと》くはありますが、あなたの舞った舞を感慨《かんがい》深く拝見しました）」

　これまで光源氏を受け入れながらも自らの気持ちを明らかにしなかった藤壺であったが、その思いを光源氏は歌に感じ取るのであった。

### ●罪の子の誕生

　しかしふたりにはその後、過酷な定めが待ち受けていた。藤壺は出産予定を二か月遅れて皇子を出産した。のちの冷泉帝《れいぜいてい》である。だが、その容貌は、「いとあさましうめづらかなるまで写し取りたまへるさま、違《たが》ふべくもあらず」というものであった。

つまり、光源氏と瓜《うり》ふたつだったのである。藤壺は密通が露見《ろけん》するのではないかと恐怖に震えた。ふたりは帝の后《きさき》とその義理の息子という許されない禁断の恋の代償として、すべてを永遠に秘密にしなければならない重い罪を背負っていくことになる。

藤壺は過ちが帝に知られるのではないかと恐れたが、帝は意に介《かい》さず逆に美しいものは似ているものだとこの皇子をかわいがった。そして自分の退位《たいい》にともなってこの子を東宮《とうぐう》に立てようと考え、七月に藤壺を中宮《ちゅうぐう》に冊立《さつりつ》した。あわせて光源氏も宰相《さいしょう》になった。

皇子の誕生と后の冊立。そして光源氏の起用。しかしこの華やかに見える人事の影には光源氏と藤壺の密通、不義の子の誕生という重大な秘密が隠されていたのである。

藤壺との密通では懊悩《おうのう》する光源氏だが、また禁断の恋の道に踏み出していく。

二月下旬、宮中で桜の花の宴《えん》が行なわれた。ここでも光源氏の舞や詩が人々を感嘆させた。その夜ほろ酔い気分の光源氏は、藤壺の面影を求めて後宮《こうきゅう》をさまよううちに「朧月《おぼろづき》夜《よ》に似るものぞなき」と口ずさみながら通りかかった若い女性と契りを交わしたのである。ところがその朧月夜の君の正体は、光源氏の宿敵・弘徽殿女御の妹であった。こうして危険をはらむ恋が始まり、この恋が光源氏を窮地《きゅうち》へ陥れることになる。

## 紅葉賀・花宴の舞台

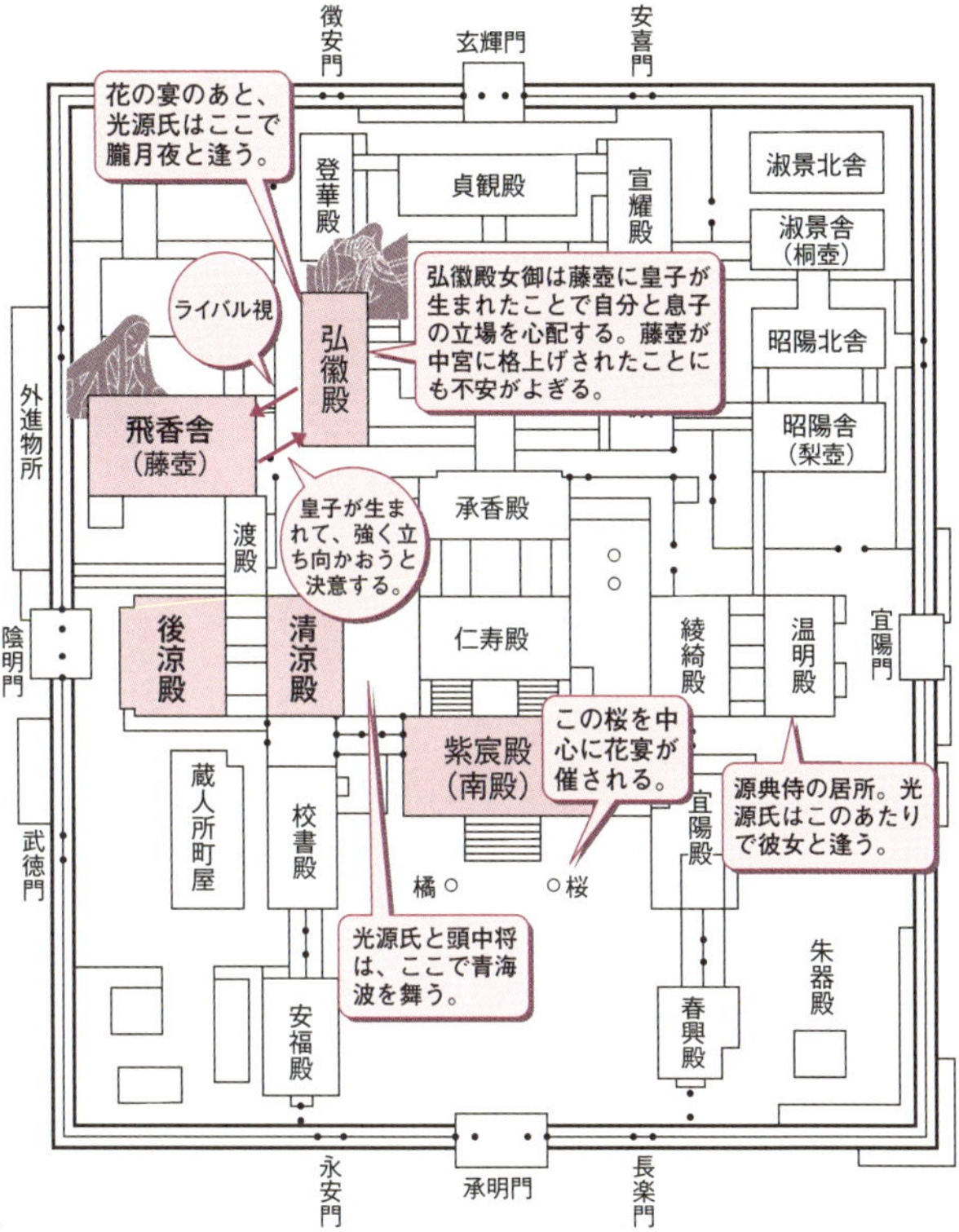


試楽において光源氏と頭中将が美しい舞いを披露するなど、表向きは華やかだが、藤壺が光源氏との不義の子を生む一方で、光源氏は朧月夜との恋に落ちるなど、様々な感情がうごめき、複雑な人間関係が生まれていく。

# 葵の上の死

## 生霊となった六条御息所にとり殺された葵の上

「葵」（第九帖）

### ●六条御息所の屈辱と怨念

藤壺の出産から二年後、桐壺帝が退位して弘徽殿女御が生んだ第一皇子である朱雀帝が即位する。藤壺の子（光源氏の子）が東宮（皇太子）に立てられ、朱雀帝の母・弘徽殿女御は皇太后《こうたいごう》（大后）になった。光源氏は大将となったものの右大臣方の権勢は圧倒的なものになっていった。そして光源氏の周辺の女たちもそれぞれ転機を迎えていた。

まず正妻《せいさい》の葵の上が結婚九年目にして懐妊《かいにん》した。

光源氏との仲が冷え切っていた六条御息所《ろくじょうのみやすどころ》は、娘が伊勢《いせ》の斎宮《さいくう》（伊勢に仕える巫女《みこ》。未婚の内親王《ないしんのう》、女王から卜定《ぼくじょう》される）に選ばれたのを機に、一緒に伊勢へ下ってしまおうかとも思っていた。しかし光源氏への思いを断ち切れない。伊勢下向《げこう》を止めようとしない光源氏を恨めしく思っていたところに葵の上の妊娠を知り、嫉妬《しっと》の炎を燃え上がらせた。

そして葵祭《あおいまつり》の御禊《ごけい》の日、ついにふたりの女性が火花を激しく散らす出来事が起こった。伊勢の斎宮と同じく賀茂の斎院《さいいん》も交代するため、新斎院が賀茂川の河原で禊《みそぎ》を執《と》り行なう

## 六条御息所と葵の上

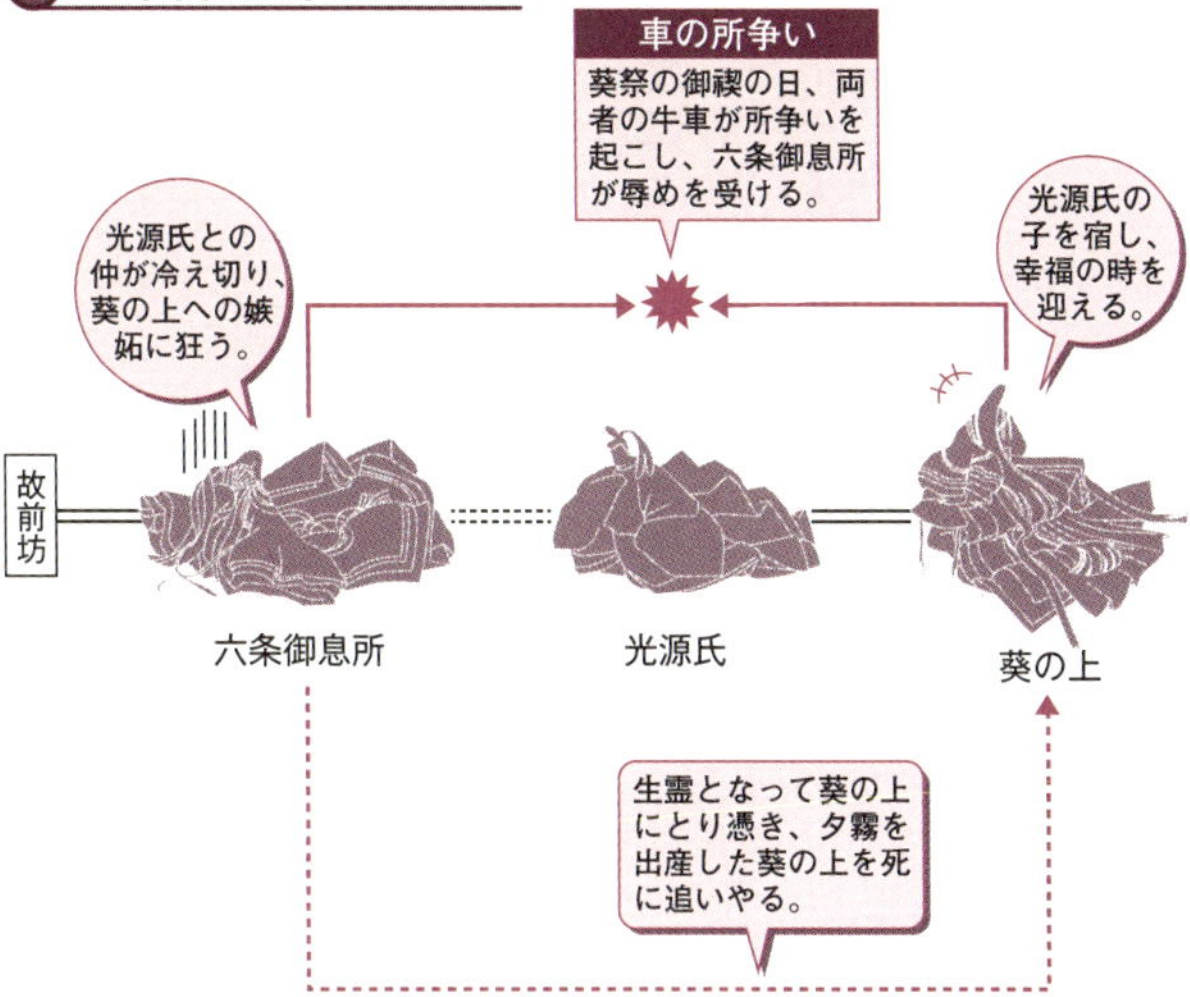


## 一条西洞院の車の所争い

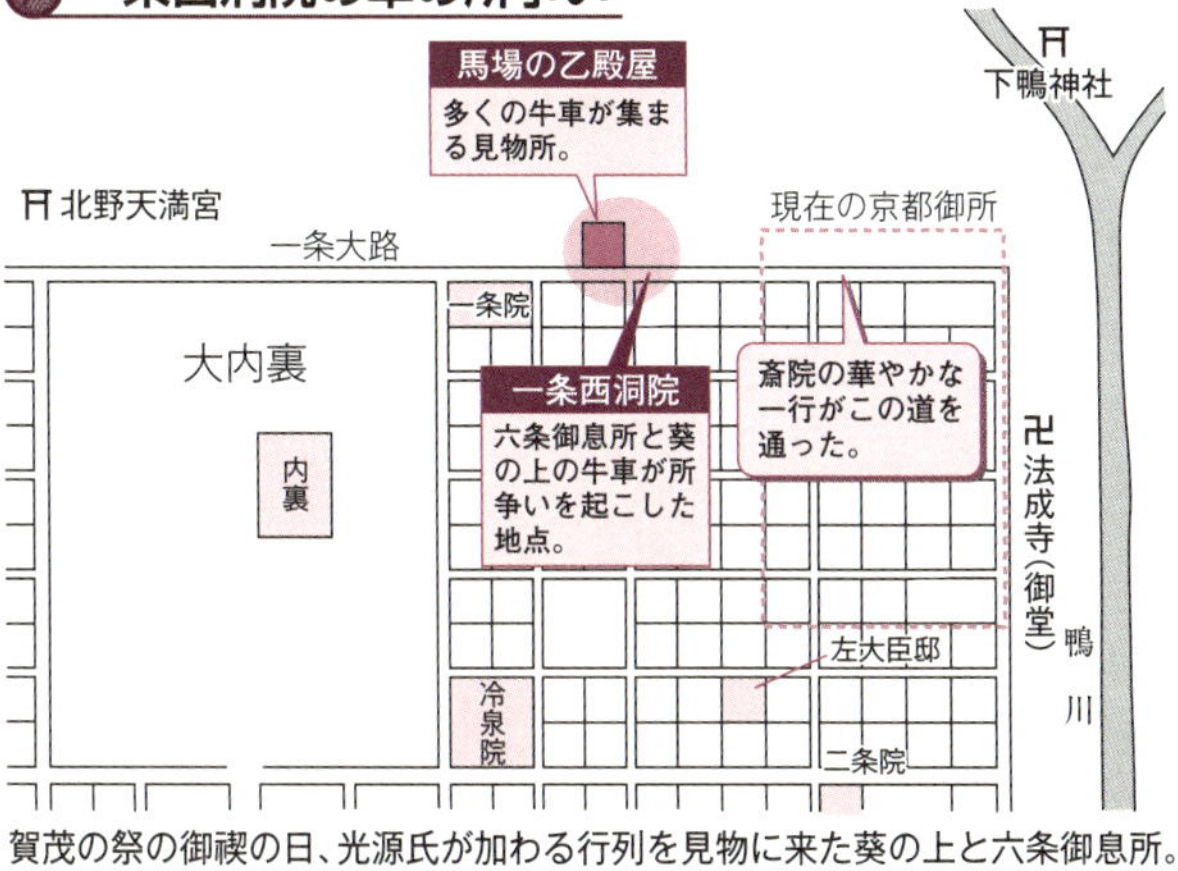


賀茂の祭の御禊の日、光源氏が加わる行列を見物に来た葵の上と六条御息所。見物客で混雑するなか、それぞれの従者が場所を取るために喧嘩を始め、六条御息所の車は奥の方に押し込められてしまった。

ことになった。その行列に光源氏が加わると知った六条御息所は、その姿をひと目見たいと網代車《あじろぐるま》で行列が通る一条大路《いちじょうおおじ》に出かけた。

そこへ葵の上一行も出向いてきたのである。左大臣家の従者たちは権威《けんい》をかさに見物客を相手かまわず押しのけて車を割り込ませた。しかし六条御息所側も元東宮妃という身分である。お互いの従者の間で争いになり、御息所の車はついに多くの車の奥に押し込まれてしまう。屈辱《くつじょく》を受けた彼女は、自分に気づくことなく通り過ぎていく光源氏の姿を車のなかで見送りながら悔《くや》し涙に暮れた。

## ●生霊にとり憑かれた葵の上

この車の所争《ところあらそ》いの後、葵の上は正体不明の物《もの》の怪《け》にとり憑かれ、苦しむようになった。一方の六条御息所の嫉妬と恨みの情念は心中でいきりたつ炎になった。姫君らしき人に荒々しく襲い掛かる夢を何度も見るようになり、こちらも床に臥《ふ》せりがちになる。

六条御息所は光源氏に「袖《そで》ぬるるこひぢとかつは知りながら下《お》り立つ田子《たご》のみづからぞうき」と恋の泥沼に降り立って涙で袖を濡らしていると訴えるが、光源氏は私こそ恋の泥沼にはまり込んで全身を濡らしていますと切り返す。思いやりのない返歌に御息所の物思

こらむ

## 平安時代の物の怪

激しい嫉妬によってついに魂が体を離れて生霊《いきりょう》となった六条御息所。ただし彼女自身はその活動を認識していない。

平安時代の物《もの》の怪《け》とは正体不明の霊物のことをさした。それには死霊《しりょう》、生霊などの霊物も含まれる。平安時代は戦乱こそ少なかったが、一方で政争の敗者が祟るという御霊《ごりょう》信仰が生まれた。そのような負の心によって生み出されたのが物の怪であった。そのため人の病気や死、苦痛は物の怪がとり憑《つ》いた結果と考えられ、それを調伏《ちょうぶく》するために加持祈祷《かじきとう》が行なわれた。六条御息所は、この加持祈祷で使われる芥子《からし》の臭いが髪や衣に染みついていたことで、自身が生霊と化していたことを悟《さと》る。

いは深まるばかりだった。

そして六条御息所の情念は、生霊《いきりょう》として光源氏の前に顕《た》ち現われる。

突然葵の上が「祈祷《きとう》をゆるめてほしい」と訴えた。そして「物思いをする人の魂は、本当に体から抜け出すものだったのですね……」と言い、「わが魂《たま》を結びとどめよ」と歌う。それはまったく別人の声。光源氏は声の主が誰か、思い当たった。その時、葵の上の雰囲気までもが六条御息所のものとなっていたのである。

折しも光源氏は葵の上の懐妊を経て、疎遠《そえん》だった妻に対する愛情を芽生《めば》えさせていた。しかし、葵の上は何とか男児（夕霧《ゆうぎり》）を出産するものの、ほどなく力尽きてしまう。

# 紫の上との結婚

## 儀式よりも愛情を優先させる光源氏

「葵」（第九帖）

### ●新妻紫の上の嘆き

結婚当初、なかなかなじめなかった正妻の葵の上と心が通いかけた矢先、彼女を失った光源氏は悲嘆に暮れた。

そうした光源氏の心を埋めたのが紫の上（若紫）である。葵の上の四十九日《しじゅうくにち》を済ませて二条院《にじょういん》に戻った光源氏は、しばらく見ない間に、美しく大人びた紫の上の姿に目を見張る。彼女の面《おも》ざしはますます藤壺に似通っている。光源氏は、ついに十四歳の紫の上と枕《まくら》を交《かわ》わすが、この結婚は最初から異例だった。

「男君はとく起きたまひて、女君《おんなぎみ》はさらに起きたまはぬ朝《あした》あり」とあり、ある夜、紫の上と結ばれたことが暗示されるのだが、紫の上は頼りにしていた光源氏に裏切られたショックで起き上がれなかった。返事もせず歌も返さず、一日中夜具《やぐ》をひきかぶって泣いたのである。

紫の上が裏切られたと思ったのは正式な手順を踏んだ結婚でなかったこともあろう。通

### 御帳台

御帳台は支柱を立てて布を垂らした寝台。清涼殿では天皇の玉座として用いられる。

## 若紫（紫の上）と二条院

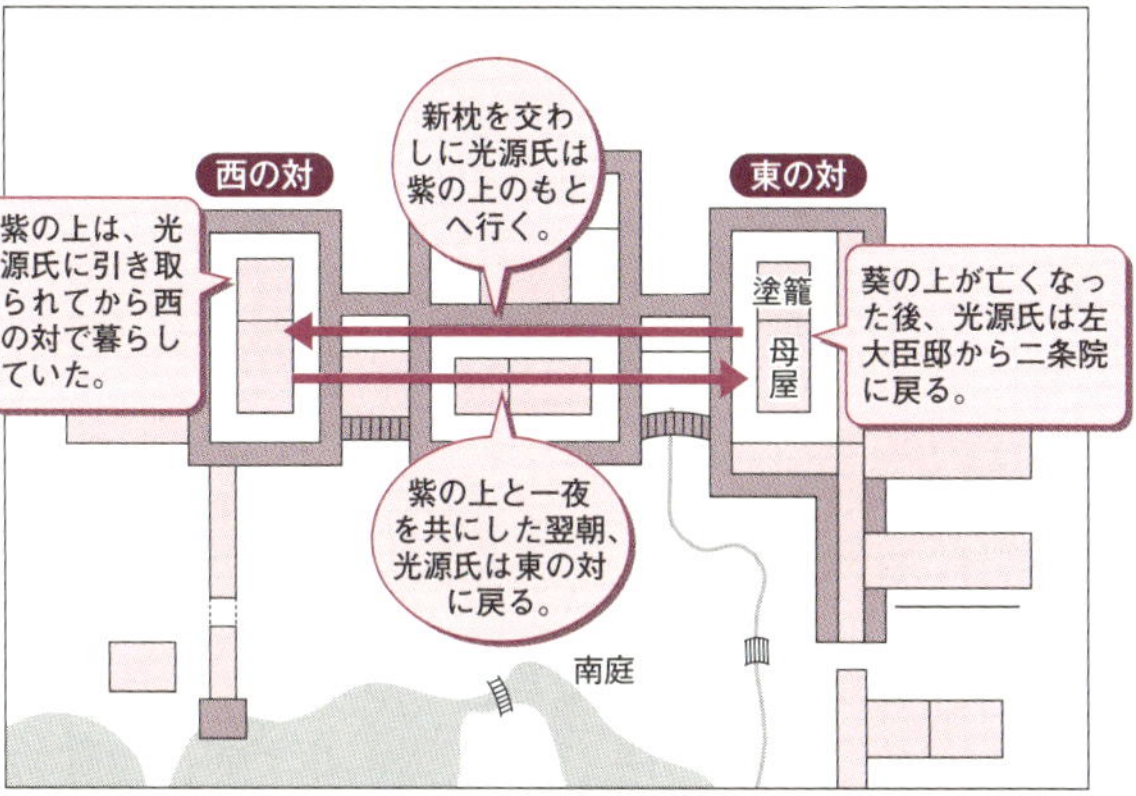


光源氏は、紫の上を引き取る以前から東の対に住んでいた。同じ屋敷のなかでも結婚にあたっては「通い婚」の形をとる。

常は十二歳から十四歳の頃に成人式ともいえる裳着《もぎ》の儀《ぎ》を執り行なう。これは「裳」という腰から下の後ろ側を覆う装束を着ける儀式で、女子はこれを経て結婚するのが慣《なら》わしだったのである。つまり裳着は結婚資格のお披露目《ひろめ》のようなもので、女性にとって大切な通過儀礼といえた。そのため結婚が急に決まった時にもその前に行なわれるものだった。

ところが紫の上の場合、枕を交わす方が先になってしまった。紫の上にはまだ心の準備もなかっただろう。裳着の儀は後から急いで執り行ない、ふたりの仲を世間に公表したのだが、裳着そして結婚という正式な手順を経なかった結婚はこの後、紫の上に重くのしかかった。どれほど光源氏に大切に思われようとも、社会的に見れば軽々しい扱いでしかなかった。後に女三《おんなさん》の宮《みや》が光源氏に輿入《こしい》れしてその正妻に収まったとき、紫の上は自分の立場の不安定さを思い知らされることになる。

光源氏は紫の上のことを愛しく思い、ほかの女性のところへ通うのも億劫《おっくう》になるほどであったが、紫の上の心中を慮《おもんぱか》ることはなかった。

光源氏によって育てられた紫の上は理想的な女性として描かれているが、その後、順風《じゅんぷう》満帆《まんぱん》な夫婦生活とはいかなかった。光源氏はひとりの女性として愛しながらも彼女のなかに藤壺の幻影を追い続けていた。また光源氏の恋の遍歴《へんれき》がやむこともなかったのである。

# 六条御息所との別れ

## 光源氏を愛し、苦悩した女性のその後

「賢木」（第十帖）

### 伊勢下向を決意した六条御息所

光源氏の前半生の物語に強い印象を刻みつける六条御息所。「夕顔」の巻から断片的に語り出され、光源氏との馴れ初めは記されていないが、光源氏を愛し、その愛に苦悩した女性である。

六条御息所は前東宮妃という高貴な身分の理知的な女性にして、奥ゆかしさも兼ね備えた非のうちどころがない女性である。そうした女性ゆえに光源氏からの求愛を最初は拒み続けた。しかしその愛情にほだされて心を開いたあとは、御息所の方がその愛に溺《おぼ》れる。そして満たされない思いは異常な嫉妬心、怒りとなって燃え上がる。ついには魂が肉体から離れ生霊《いきりょう》となったのである。

葵の上の死後、六条御息所が光源氏の後妻《ごさい》に収まるのではないかと噂されたが、生霊騒動の件から実現するはずもなく、光源氏の訪れもなくなった。すでに自身の生霊騒ぎが元《げん》凶《きょう》であることを悟っていた彼女も、光源氏との別離を決意。斎宮に選ばれた娘とともに

伊勢へ下ることを決意したのである。

斎宮は伊勢に下る前、精進潔斎《しょうじんけっさい》のため、平安京《へいあんきょう》の西の郊外嵯峨野《さがの》の「野《の》の宮《みや》」に入るならわしになっていた。御息所も娘とともにそこに移った。野の宮は斎宮ごとに定められるため、その跡は嵯峨野全体にいくつか存在しており、現在の野宮《ののみや》神社もそのひとつであるとされる。

六条御息所の伊勢下向《げこう》を知った源氏は、野の宮を訪ねた。もはや彼女に対する気持ちは冷めているもののいざ離れるとなると、名残《なごり》惜しく追ってしまうのは光源氏の性《さが》でもある。取次を受けた六条御息所は、一度は拒むものの、やはり光源氏と会わずにはいられない。

月の光に浮かび上がる光源氏を見て離れたくないと思う御息所と、すでに気持ちはないものの、彼女がいなくなるのは寂しいと思う光源氏。御簾《みす》を隔てて御息所と対面した彼は、「変わらぬ想いに導かれて神垣《かみがき》を越えて参りました」と榊《さかき》の枝を御簾の下へ差し入れた。六条御息所は、「神垣はしるしの杉もなきものをいかにまがへて折れるさかきぞ（ここにはあなたを導く目印の杉もないのに、何を間違って榊を折って訪ねてきたのですか）」と答える。

そこで光源氏は、「少女子《をとめご》があたりと思へば榊葉《さかきば》の香《か》をなつかしみとめてこそ折れ（神

野宮神社

嵯峨野の野宮神社は伊勢の斎宮が籠った野の宮址のひとつとされる。

## 斎宮行列の経路

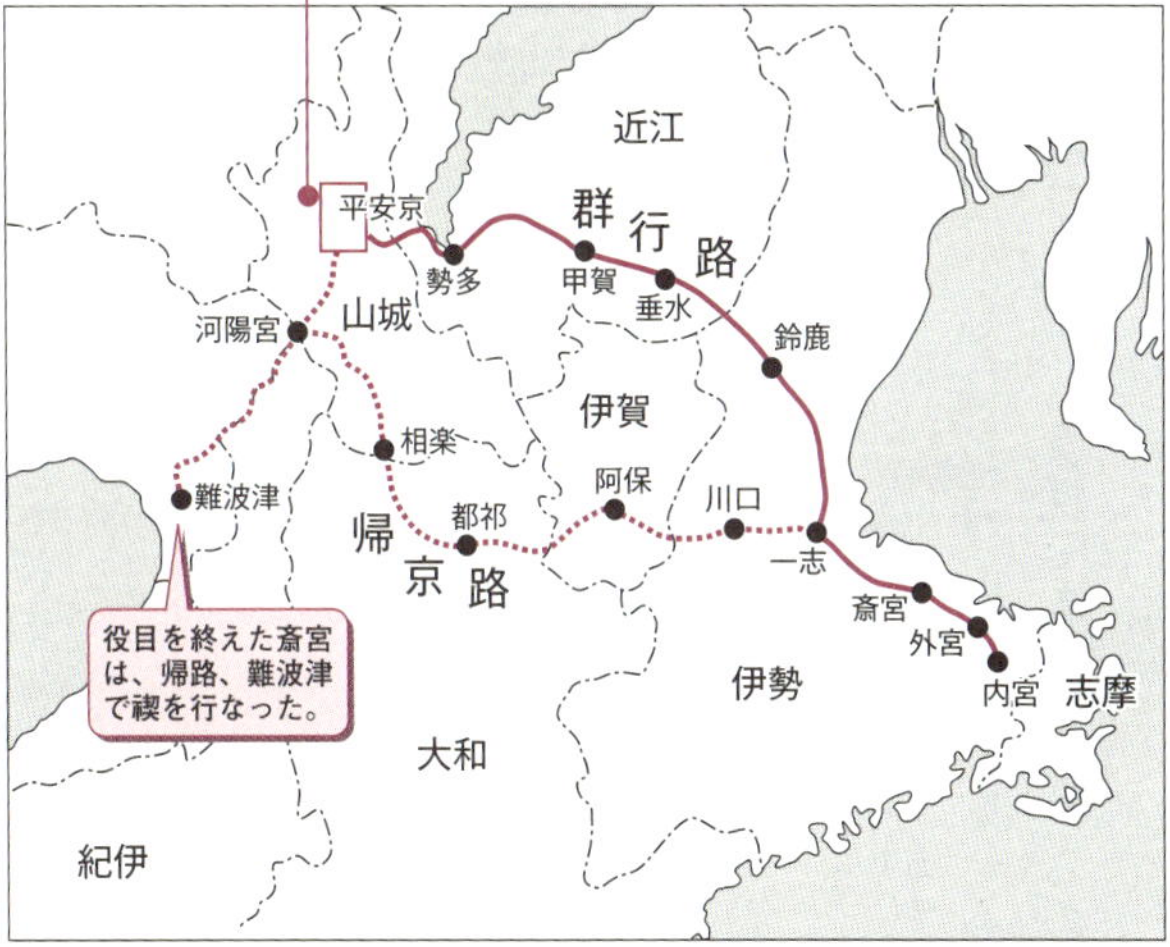
近江
平安京
勢多
群行路
甲賀
垂水
鈴鹿
山城
河陽宮
伊賀
相楽
難波津
阿保
川口
都祁
帰京路
一志
斎宮
外宮
内宮
志摩
伊勢
役目を終えた斎宮は、帰路、難波津で禊を行なった。
大和
紀伊

六条御息所は、娘が伊勢神宮に奉仕する斎宮となったため、それに付き添い伊勢へ下向する。斎宮は伊勢へ向かう前に、内裏内にある初斎院、その次に野の宮で忌み籠りをして伊勢へ旅立った。

様にお仕えする少女のいるあたりと思われたのでわざわざ折ってきました）」と愛情のためわざわざ会いに来たことを歌い、伊勢下向を思いとどまるようにかき口説《くど》く。しかし、二人の間柄はもうもとに戻ることはない。光源氏が去ると、悲しみのために放心状態になる御息所であった。

## ●死後も光源氏を追い続けた女性

なお、「澪標《みおつくし》」の巻で、六条御息所の後日談が語られている。

伊勢下向から六年後、冷泉帝が即位した際の斎宮の交代に伴って、六条御息所も娘とともに帰京する。しかしまもなく病を得て出家《しゅっけ》し、見舞いに訪れた光源氏に、娘の後見《こうけん》を頼んで亡くなった。光源氏はこの娘を養女として冷泉帝の後宮に入内《じゅだい》させた。のちの秋《あき》好中宮《このむちゅうぐう》である。

ところが、御息所の情念は死後も死霊《しりょう》となって紫の上にとり憑いて危篤《きとく》に陥れ、女三の宮《おんなさんのみや》出家の折にも現われるなど、死してなお光源氏を忘れられない執念《しゅうねん》を見せる。ある意味、光源氏を最も愛し、光源氏によって最も苦しみ続ける女性であるといえるのかもしれない。

# 朧月夜との密会

## 危険な恋に溺れ、破滅へと向かう光源氏

「賢木」（第十一帖）

### ●朧月夜尚侍との密会

六条御息所が伊勢へ去った翌々月、光源氏の父・桐壺院《きりつぼいん》が崩御《ほうぎょ》する。この凶事《きょうじ》を境に物語は波乱《はらん》含みの展開を迎え、光源氏の周囲も一変していく。

院の重《おも》しがなくなったことで朱雀帝の母大后（弘徽殿大后）を中心とする右大臣方の権勢が増したのである。藤壺は日増しに強くなる右大臣方の圧迫に対し、東宮の後見になった光源氏を頼みにするしかない。

しかし光源氏はそうした危機的状況を顧《かえりみ》ず藤壺に強い恋情《れんじょう》を訴えた。わが子の破滅を恐れる藤壺は、光源氏を避けるため、桐壺帝の一周忌法要が終わった年の暮れ、突如出家する。かくして光源氏が理想の女性として追い求めた藤壺は尼になり、男女の関係は断たれることとなる。しかも、この後も右大臣の権勢はますます強まり、光源氏の義父にあたる左大臣は辞職、光源氏方にはつらいことばかりが続き、光源氏の凋落《ちょうらく》は止まらない。

こうした時勢に抗《あらが》うかのように光源氏は、弘徽殿大后の妹・朧月夜《おぼろづきよ》との危険な恋に身

を焦《こ》がしていた。朧月夜は光源氏との恋が公になったため、朱雀帝の中宮として入内することができず、尚侍《ないしのかみ》として宮中入りしていた。尚侍は帝のそばに仕え、帝の言葉を伝える秘書官で、女官の最高位であるが、なかには帝の寵愛《ちょうあい》を受ける者もいたのである。

光源氏も右大臣に対する反抗心もあってか、朧月夜との危険な恋にのめり込む。一方、朧月夜も光源氏のことが忘れられない。熱病を患った朧月夜が宮中から父の邸に里下がりすると、好機と見たふたりはしばしば逢瀬を重ねた。ところがそのふたりの密会はある嵐の折、彼女の父である右大臣に露見する。

にわかに雨と雷に見舞われて帰る機会を失った光源氏が朧月夜の寝所で過ごしていたところ、娘の身を案じた右大臣が入ってきてしまったのだ。簾《すだれ》を引き上げてみれば、彼女の着物に男物の直衣《のうし》の帯がからまり、几帳《きちょう》の下には恋歌を書き散らした紙も散らかっていた。そして右大臣が几帳からなかを覗くと、男がふてぶてしく寝そべっていた。その男――光源氏は、ちらりと顔を見せたのち、扇でそっと隠したのだった。

右大臣からこの報告を聞いた大后は、これを機会に光源氏を失脚《しっきゃく》させようと目論《もくろ》む。尚侍は女官であるため、密会は罪にはならない。しかし、弘徽殿大后はこれをスキャンダルにして、光源氏を彼が後見する東宮もろとも失脚させようと陰謀を巡らせるのである。

## 貴族の邸宅――寝殿造

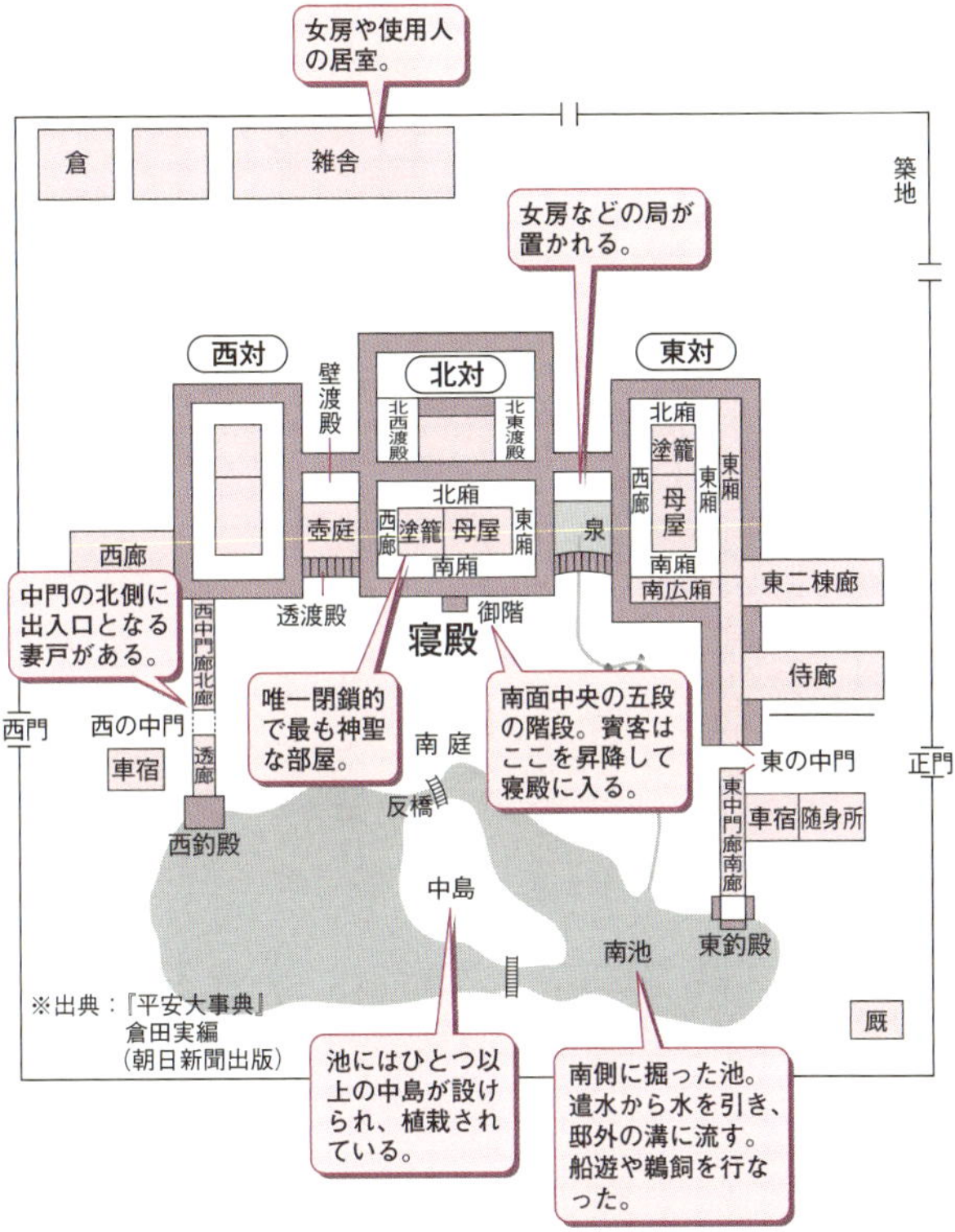


平安時代の貴族の邸宅は、正殿である寝殿を中心に、副屋である対が渡殿や中門廊で連結され、南庭をコの字型に囲む構造を基本としていた。これを寝殿造と呼ぶ。光源氏と朧月夜の密会も、こうした邸宅の一間で行なわれた。

# 須磨での蟄居

## 都を退き、わびしく孤独の日々を送る

「花散里」（第十一帖）
「須磨」（第十二帖）

### 過去の時間に身を浸す光源氏

政治的に追い詰められていく光源氏は、その重苦しい気持ちを取り払うようにある日、桐壺院の妃のひとりだった麗景殿女御《れいけいでんのにょうご》のもとを訪れた。

その妹の花散里《はなちるさと》（三《さん》の君《きみ》）はかつて光源氏が愛した女性である。今では訪問も途絶えていたのだが、光源氏はなにくれとなく姉妹を援助していた。光源氏は久しぶりに女御と昔を語り合い、「橘《たちばな》の香《か》をなつかしみほととぎす花散る里をたづねてぞとふ（昔の人を思い出させる橘の花の散る香りが懐かしいので、ほととぎすはこのお邸を探して訪ねて参りました）」と歌い、故父桐壺院を懐かしむ。

橘は日本原産の柑橘類で、垂仁《すいにん》天皇の時代に田道間守《たぢまもり》という人物が常世国《とこよのくに》から持ち帰ったとされ、永遠性を連想させる植物だった。しかし、平安時代に入ると、『古今和歌集《こきんわかしゅう》』に収録された「五月《さつき》まつ花橘《はなたちばな》の香《か》をかげば昔の人の袖《そで》の香ぞする」という和歌の影響で、昔の人を思い出させるイメージが定着していた。光源氏はこの過去を思い出させる「花散

## 花散里と光源氏の関係

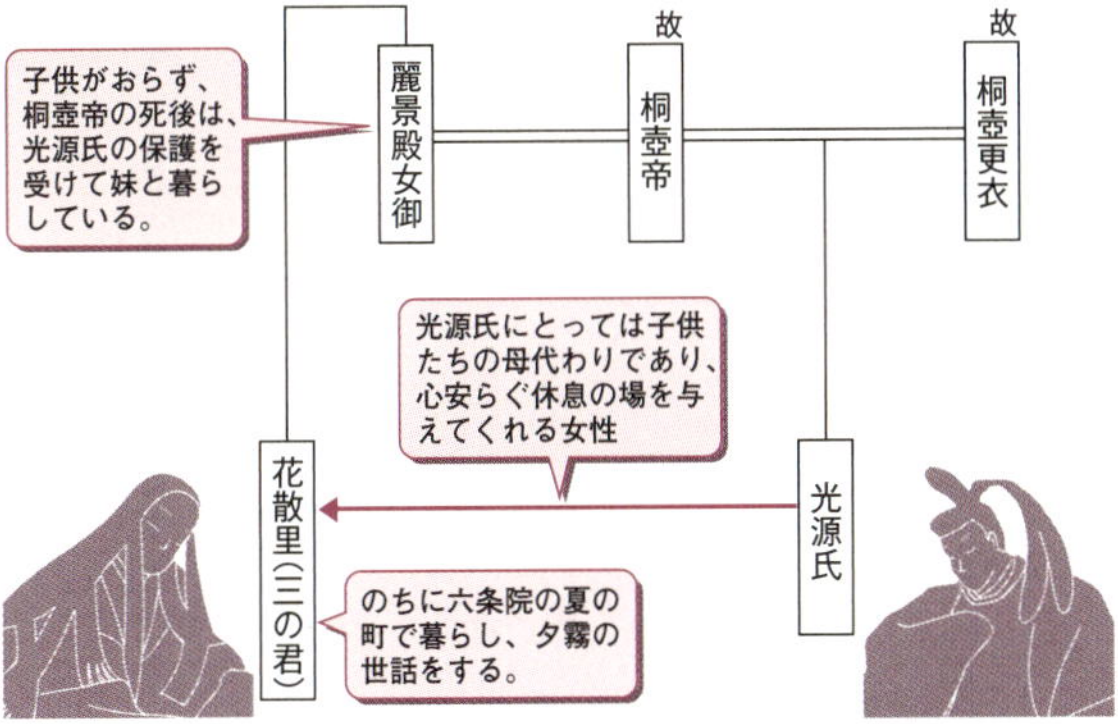


須磨退去直前に光源氏は花散里のもとを訪れ、やすらぎを得る。のちに光源氏が京に戻り、二条東院が完成すると、花散里はそこに移り住み、さらに六条院の夏の町に迎えられて、玉鬘や夕霧、夕霧の娘の世話をする。

る里」で一時の安らぎを得たのである。

### 須磨蟄居を決断する

朧月夜との密会が露見した光源氏は窮地に立たされた。すでに官位を剥奪《はくだつ》され、流罪《るざい》にされる危険も迫っていた。光源氏の周辺も慌《あわ》ただしくなるなか、右大臣をはばかって、訪れる人も目に見えて少なくなった。

だが、光源氏は嘆いていたばかりではない。右大臣らの思惑《おもわく》を察し、先手を打って謹慎して須磨《すま》に退去することにしたのである。こちらが先に謹慎《きんしん》してしまえば敵も厳しい罰を下せなくなるのではないかという苦肉《くにく》の判断である。

光源氏自身、「大きな辱《はずかし》めを受けないうち

に進んで都を逃れようと決意した」と義理の父である左大臣に語っている。もちろんその根底には身を捨てて息子である東宮を守ろうという親心もあったと思われる。

光源氏は謹慎先として畿内の西端にあたる須磨を選んだのだが、当時の須磨は人家も稀《まれ》なところで、紫の上を連れて行けるような場所ではなかった。

十八歳になった紫の上の涙の見送りを受けた光源氏は、わずかな従者とともに旅立っていった。

一行は山崎《やまざき》から船に乗り、淀川《よどがわ》を下った。都からは二日の旅である。須磨に着いた一行が落ち着いたのは現在の神戸市須磨区にあたり、須磨の浜辺から少し入ったものさびしい山のなか。「行平《ゆきひら》の中納言《ちゅうなごん》（在原行平《ありわらのゆきひら》）の藻塩《もしお》たれつつわびける家居《いえゐ》近きわたり」とあり、『源氏物語』より先に成立した『古今和歌集《こきんわかしゅう》』には須磨で在原行平が詠《よ》んだ和歌が載っている。行平も光源氏同様、須磨に蟄居《ちっきょ》していたのである。

須磨の景色は都とは異なり、ただ荒涼として寂しかった。光源氏は読経《どきょう》をしたり、須磨の景色を絵に描いたりと孤独な出家者のような日々を送った。せめてもと都にいる恋人や知人に手紙を書くが、都からの手紙は右大臣家を慮《おもんぱか》って届かなくなった。そして一人で待つ紫の上のことを思い出しては涙に暮れる日々を過ごした。

## 廬山寺

花散里と麗景殿女御は、中川の辺りに住んでいた。この地には紫式部の曽祖父・兼輔の邸宅があり、紫式部も暮らしていた。現在、同地には廬山寺が建っている。

## 須磨の地

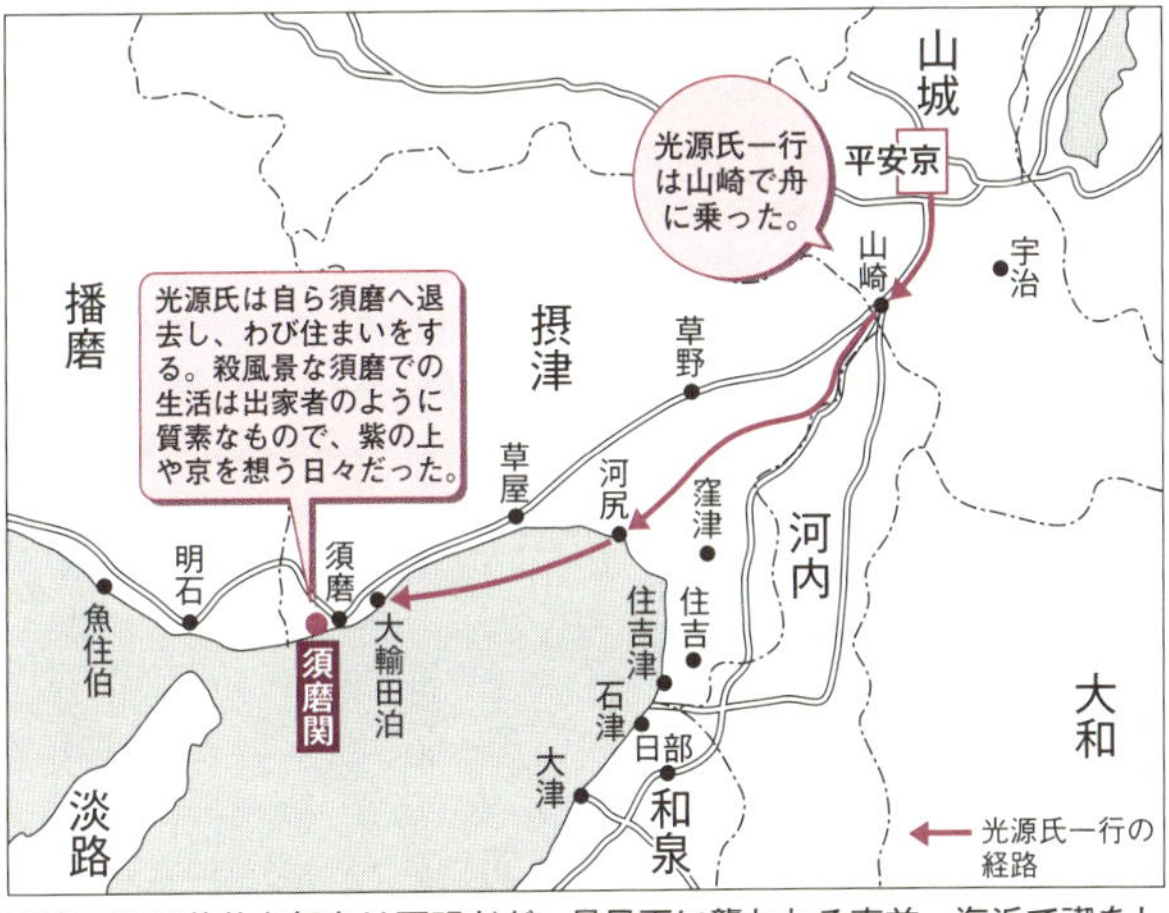


須磨での具体的な舞台は不明だが、暴風雨に襲われる直前、海浜で禊をしたとあることから、光源氏は淡路が浮かぶ海を眺めていたのではないだろうか。

# 明石の君との出会い

## 亡き父の魂に導かれ、須磨から明石へ

「須磨」(第十二帖)
「明石」(第十三帖)

### ●明石の入道の娘・明石の君と結婚

光源氏が須磨に下って一年が経った頃、三月の上巳《じょうし》の祓《はらえ》を契機として須磨が大暴風雨に見舞われた。嵐は何日も続き、屋敷が高波で流されそうになった時、亡き父・桐壺院が光源氏の夢に現われ、「住吉《すみよし》の神の御導《おみちび》きでここを立ち去れ」と告げた。住吉の神とは大坂の住吉大社に祀られている海神である。すると明け方、須磨の浦に明石《あかし》の入道《にゅうどう》が舟でやってきた。やはり光源氏を明石にお連れせよと言うお告げを受けたのだという。

不思議な縁に導かれるままに光源氏が明石の入道の舟に乗ると、そこだけに風が吹いて舟は無事明石へと到着した。そして明石の入道は自分の屋敷に光源氏を招いて歓待する。

じつは明石の入道は、光源氏が紫の上と出会った「若紫」の巻で噂話として登場している。元々大臣を父に持つ近衛中将《このえちゅうじょう》だったが、娘の明石の君が生まれる時に見た、子孫に帝と后が生まれ、自身は往生《おうじょう》するという夢の実現に賭け、娘の養育のために望んで受領《ずりょう》となり、そのまま任地の明石にとどまって出家してしまったという風変わりな人物であ

## 遥任国司・受領国司のしくみ

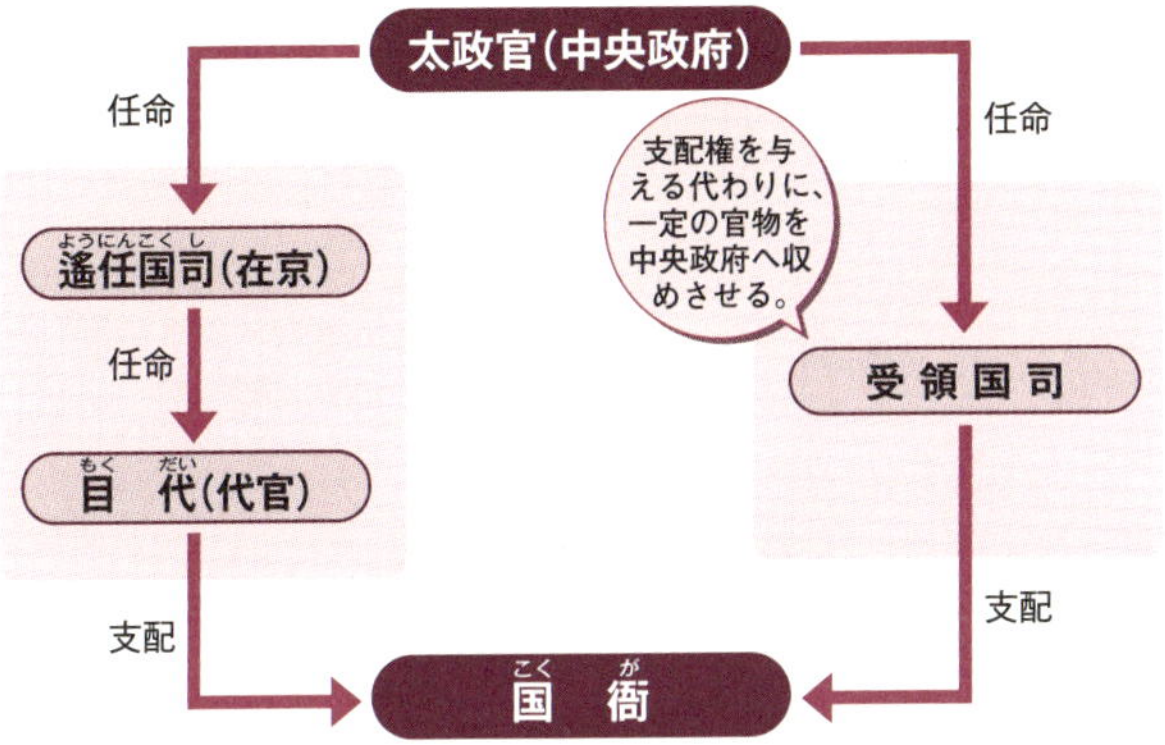


平安時代、在京のまま目代を任国に派遣する遙任国司が増えていくが、明石の入道は実際に赴任して娘の養育のために蓄財に励んだ。

る。また、明石の入道は光源氏の母の桐壺更衣のいとこにあたる人物でもあった。

　夢を実現させるために、明石の入道は娘と光源氏との結婚を強く望む。

　光源氏もこれを受けたため、明石の君と結ばれた。当初は身分差を思い、打ち解けようとしなかった明石の君も次第に心を開き、ふたりの仲は深まっていった。

### 朱雀帝、父の亡霊におびえる

　こうして光源氏が須磨の侘《わび》しさから脱し、明石で穏やかな生活を手に入れた頃、都でも異変が起きていた。光源氏の前に現れた桐壺院の霊が都の朱雀帝のもとにも現れて、帝を睨《にら》みつけながら光源氏を追いやったこと気の弱い帝は、父院の遺言《ゆいごん》に背《そむ》いて母の大后の言いなりになってしまったことに心を痛めていた。う。

当時、夢と現実は連動しており、夢はもうひとつの現実であると考えられていた。そのため夢のなかでの出来事にもかかわらず、霊に睨まれたことが原因で帝は眼を病んでしまう。しかもそれに合わせるかのように都では天変地異が続き、祖父の右大臣が没するなど凶事が続いた。母の大后も病がちとなり、自身の眼病も重くなった帝は、母の反対を押し切り光源氏を都に呼び戻す決意を固める。

こうしてついに光源氏は都へと呼び戻されたのである。この時、光源氏は二十八歳。懐妊していた明石の君に後ろ髪を引かれる思いであったが、およそ二年半ぶりに京へと戻った。帰京した光源氏は、久しぶりに兄の帝としみじみと語り合って心を通わせている。

翌年二月、朱雀帝は退位し、元服を終えたばかりの東宮が即位した。冷泉帝である。光源氏は内大臣《ないだいじん》に昇進し、引退していた左大臣が摂政太政大臣《せっしょうだじょうだいじん》として復帰。頭中将も権中納言《ごんのちゅうなごん》に昇進した。その三月には明石の君が姫君を産んだという知らせが届く。

須磨に流れ、嵐によって死の危険にも晒《さら》された光源氏は、このようにして鮮《あざ》やかな復活を果たす。そしてこの後、光源氏はまばゆいほどの栄華《えいが》への道を進んでいくこととなる。

こらむ

## 「身のほど」と明石の君

明石の君が産んだ姫君は、宿曜《すくよう》（星の運行による占い）の予言によって、将来、后になるとされていた。今からそれに備えなければならない。光源氏は姫君のために乳母を選んで明石へ送った。

その秋、光源氏がお礼参りのため住吉大社を訪れたところ、偶然同じ日に明石の君一行も参詣《さんけい》に訪れていた。しかし姫君を生んだとはいえ、受領の娘に過ぎない明石の君は、華やかな行列に「身のほど」をかみしめて、参詣せずに帰ってしまう。それを知った光源氏は不憫《ふびん》に思い、「みをつくし恋ふるしるしにここまでもめぐり逢ひけるえには深しな（身を尽くして恋い慕《した》う甲斐《かい》があって、澪標《みおつくし》のあるこの難波《なにわ》で巡り合いました。あなたとの縁は深いのですね）」と歌を送っている。

## 須磨から明石へ移る光源氏

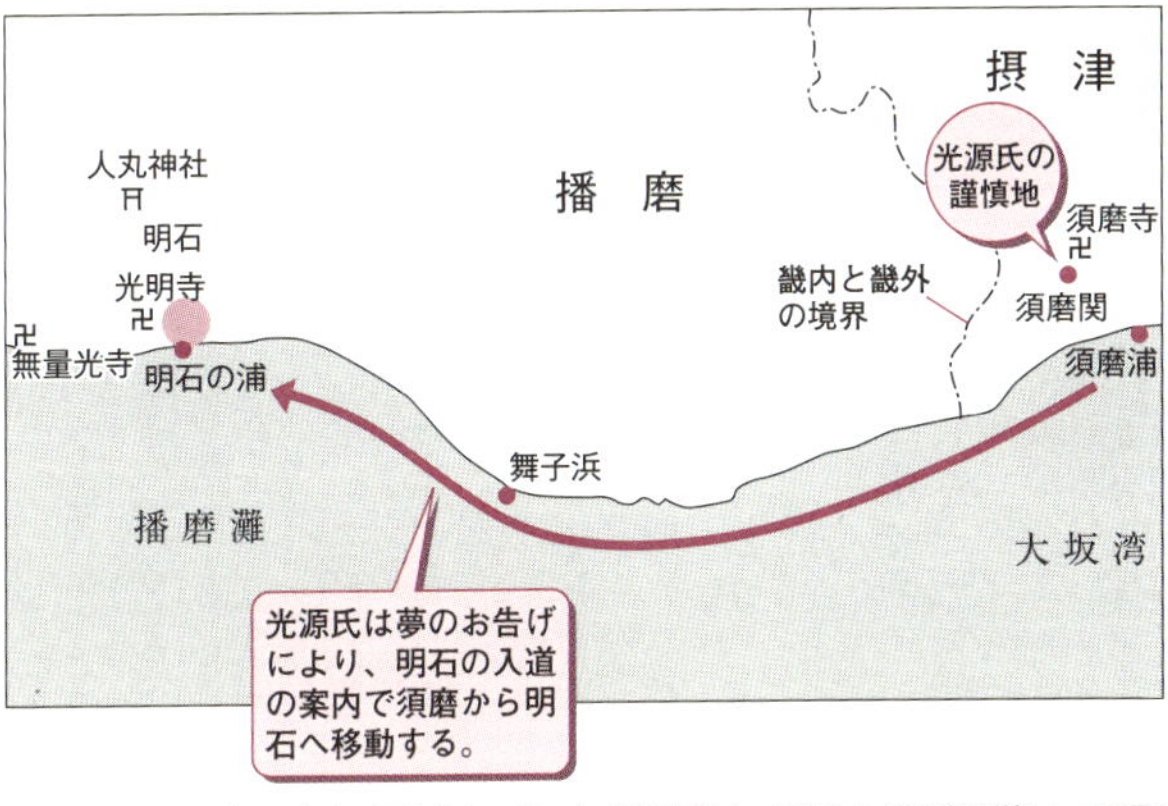


人気のない須磨で寂しく暮らしていた光源氏は、夢のお告げに従い、明石へ移動し、明石の入道の娘と結婚する。

## 栄華への道

### 都に戻り、かつて愛した女性たちと再会する

「明石」（第十三帖）「澪標」（第十四帖）「蓬生」（第十五帖）「関屋」（第十六帖）「絵合」（第十七帖）

### 逢坂関で空蝉と再会

帰京した光源氏は、かつて愛し合った女性たちとの再会を果たしている。六条御息所は前述したように伊勢から帰京した後に亡くなったが、光源氏はその娘を養女に迎え、冷泉帝への入内を画策するようになる。

また、醜女《しこめ》として登場した末摘花とも再会している。光源氏が都を不在とする間、援助が絶えた彼女の生活は困窮を極めていた。だがそれでも健気《けなげ》に故常陸宮《ひたちのみや》邸から離れることなく、一筋に光源氏を持ちわびていた。偶然、末摘花の屋敷の前を通りかかった光源氏はこの心根《こころね》に打たれ、彼女を引き取っている。

そして忘れ得ぬ人とも再会した。若き日の光源氏から逃げ出した空蝉《うつせみ》である。石山寺《いしやまでら》にお礼参りに出かけた光源氏が京に戻る途中、逢坂《おうさか》の関《せき》（京都と滋賀の境）で、常陸介としての任を終えて京に戻る夫に伴われた空蝉とめぐり合ったのである。

逢坂の関は平安時代の鈴鹿《すずか》と不破《ふわ》とともに三関《さんかん》と呼ばれ、東国《とうごく》と畿内《きない》を隔てる三つの関

## 光源氏と空蝉の再会

石山寺

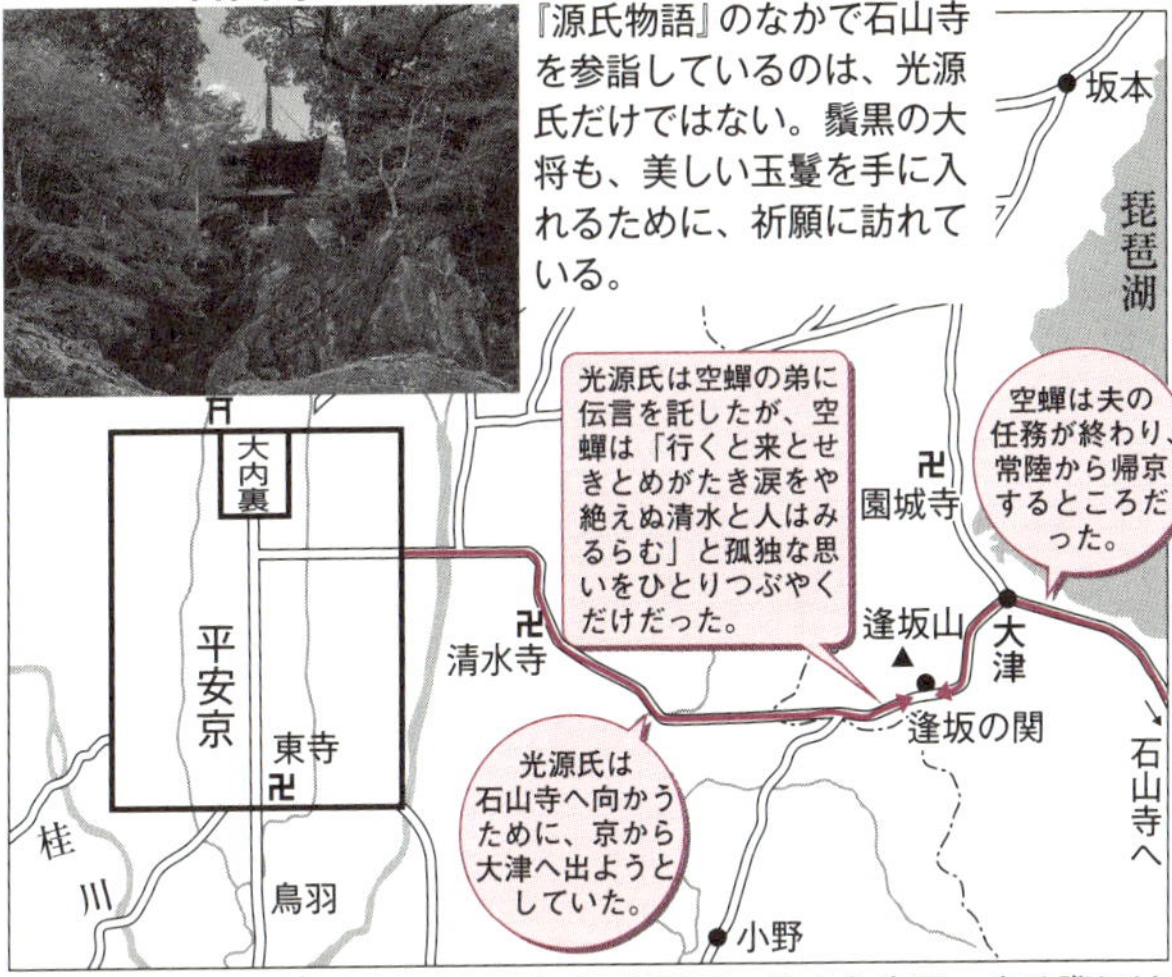
『源氏物語』のなかで石山寺を参詣しているのは、光源氏だけではない。髭黒の大将も、美しい玉鬘を手に入れるために、祈願に訪れている。
坂本
琵琶湖
光源氏は空蝉の弟に伝言を託したが、空蝉は「行くと来とせきとめがたき涙をや絶えぬ清水と人はみるらむ」と孤独な思いをひとりつぶやくだけだった。
空蝉は夫の任務が終わり、常陸から帰京するところだった。
大内裏
園城寺
平安京
清水寺
逢坂山
大津
逢坂の関
東寺
光源氏は石山寺へ向かうために、京から大津へ出ようとしていた。
石山寺へ
桂川
鳥羽
小野

逢坂の関は、山城国と近江国を隔てる関所で、京から東国へ出る際には必ず通らなければならなかった。

## 光源氏に引き取られた六条御息所の娘

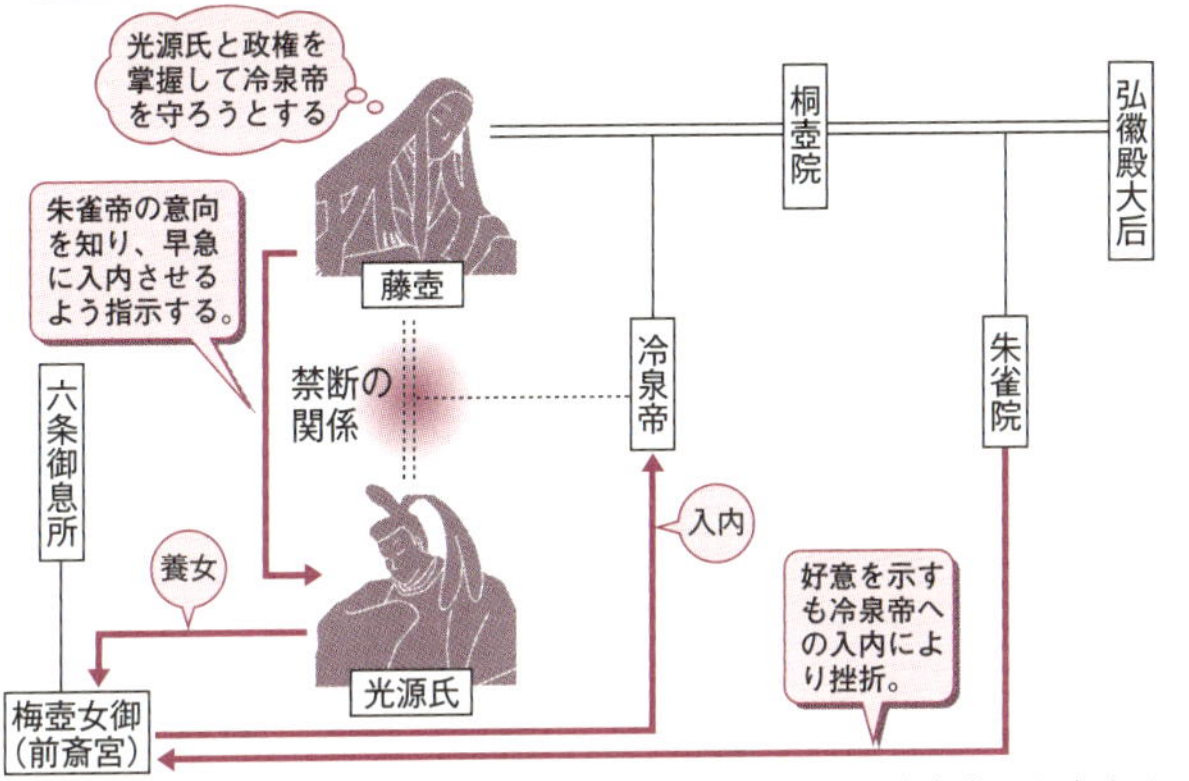
光源氏と政権を掌握して冷泉帝を守ろうとする
朱雀帝の意向を知り、早急に入内させるよう指示する。
桐壺院
弘徽殿大后
藤壺
禁断の関係
冷泉帝
朱雀院
六条御息所
入内
養女
光源氏
好意を示すも冷泉帝への入内により挫折。
梅壺女御（前斎宮）

六条御息所の娘・前斎宮は、光源氏の養女となり、やがて冷泉帝に入内する。

所のひとつである。逢坂の関という呼称から、百人一首にもある「これやこのゆくも帰るも分かれては知るも知らぬも逢坂の関」（蟬丸《せみまる》）のように、「逢坂《あふさか》」という地名と「逢ふ」をかけて出会いと別れの場所として古くから歌に詠まれてきた。そうした場所でふたりは偶然再会したのだが、その関係が進展することはなかった。

ただしこの後、空蟬の夫が死去すると、継子《ままこ》の河内守《かわちのかみ》が空蟬に言い寄ったため、空蟬はその懸想《けそう》を避けて出家。のちに光源氏によって二条東院《にじょうとういん》に引き取られている。

## ●絵合で勝利した光源氏の絵

都世界に復帰した光源氏は政治基盤を固め、宮廷にも強い影響力を発揮し始める。光源氏は六条御息所から託された娘の前斎宮《ぜんさいくう》を養女として冷泉帝に入内させた。梅壺《うめつぼ》に入った彼女は、先に入内していた権中納言の娘、弘徽殿女御（朱雀帝の母・弘徽殿大后とは別人）と、帝の寵愛《ちょうあい》を争うことになった。権中納言とは、かつて頭中将と呼ばれていた光源氏の親友である。両者は宮廷の覇権《はけん》争いにおいてライバル関係になっていた。

冷泉帝に絵の趣味があったため、光源氏は秘蔵の名品を梅壺女御のもとに集め、権中納言は優れた絵師《えし》に趣向を凝らした絵を描かせて弘徽殿女御のもとに集め競い合った。

## 『源氏物語』に登場する主な遊戯・娯楽

| | |
|---|---|
| 碁 | 中国伝来の遊び。2人の競技者が碁盤に白黒の石を交互に置き、広く自分の石を置いた方が勝ちとなる。 |
| 韻塞ぎ | 詩の韻を踏んでいる文字を隠して、それを詩の内容から推測して埋める遊び。左右に分かれて、それぞれ詩集をもとに出題した。漢詩文の知識が必要。 |
| 歌　合 | 物合せの一つ。左右に分かれて歌を合わせて競う遊び。左右が一首ずつの歌を合わせて一番の取組とし、その歌を講師が吟じて披露し、判者が勝・負・持（引き分け）を決めた。 |
| 絵　合 | 物合せの一つ。左右に分かれて絵を合わせて競う遊び。その判定は、物語の内容から装丁にまで及んだ。 |
| 薫物合 | 物合せの一つ。各自が調合した薫物を持ち寄って、その優劣を競う遊び。 |
| 小　弓 | 小型の弓を用いて小さな的を射る競射のひとつ。 |
| 蹴　鞠 | 鹿のなめし革で作った鞠を地面に落とさないように蹴り上げ続ける遊び。4人、6人や8人で行なう。 |
| 雛遊び | 紙などで小さく作った人形を使う遊び。 |

藤壺のもとで、それぞれを左右に分けて「絵合《えあわせ》」を行ない、優劣を競ったが、勝敗は決まらず、帝の御前でも催されることになった。

しかしどちらも優れていて甲乙《こうおつ》つけがたい。そうしたなか、光源氏方から出されたのが、「須磨の巻」であった。須磨の地で光源氏が描いた絵日記により光源氏方の勝利となる。その素晴らしさに誰もが感動したのだ。

ただし、この勝利は偶然もたらされたものではない。光源氏の苦しい日々を記した絵日記を批判できる者がいないことを計算した上で、光源氏はそれを用意していたのである。政治家・光源氏が垣間見《かいまみ》られる場面である。

この勝利により光源氏の権勢はますます強まったのである。

# 明石の君の子別れ

## 明石の姫君、紫の上の養女になる

「松風」（第十八帖）
「薄雲」（第十九帖）
「朝顔」（第二十帖）

### ●明石の君、姫との悲しい別れ

栄華への道を進む光源氏は、二条東院を造営し、そこに花散里や末摘花を住まわせたほか、明石の君と娘も呼び寄せたいと考えていた。光源氏からの要請を受け入れた明石の君であったが、それでも己の身のほどを思って、二条東院に入らず、母親ゆかりの大《おお》堰《い》の邸《やしき》に入った。大堰は桂川《かつらがわ》の上流の大堰川のほとりの地で、都の郊外にありながら、貴族の別荘も点在する風雅《ふうが》な山里であった。光源氏はそこへ造営中の嵯峨野《さがの》の御堂《みどう》に行くことを口実に、月に二度ほど訪れるようになる。

しかし将来、姫君を中宮にしたいと考える光源氏は、身分の低い母・明石の君から姫君を引き取り、紫の上の養女として育てる必要があった。光源氏の相談を受けて嫉妬心にさいなまれたものの、子供好きの紫の上は承諾する。

明石の君は、娘の将来を考えて手放す決意をするが、その別れは辛いものとなった。迎えの牛車《ぎっしゃ》に乗る姫君が無邪気に「お母様もお乗りになって」と袖を引くので、成長した娘

## 光源氏の二条東院構想

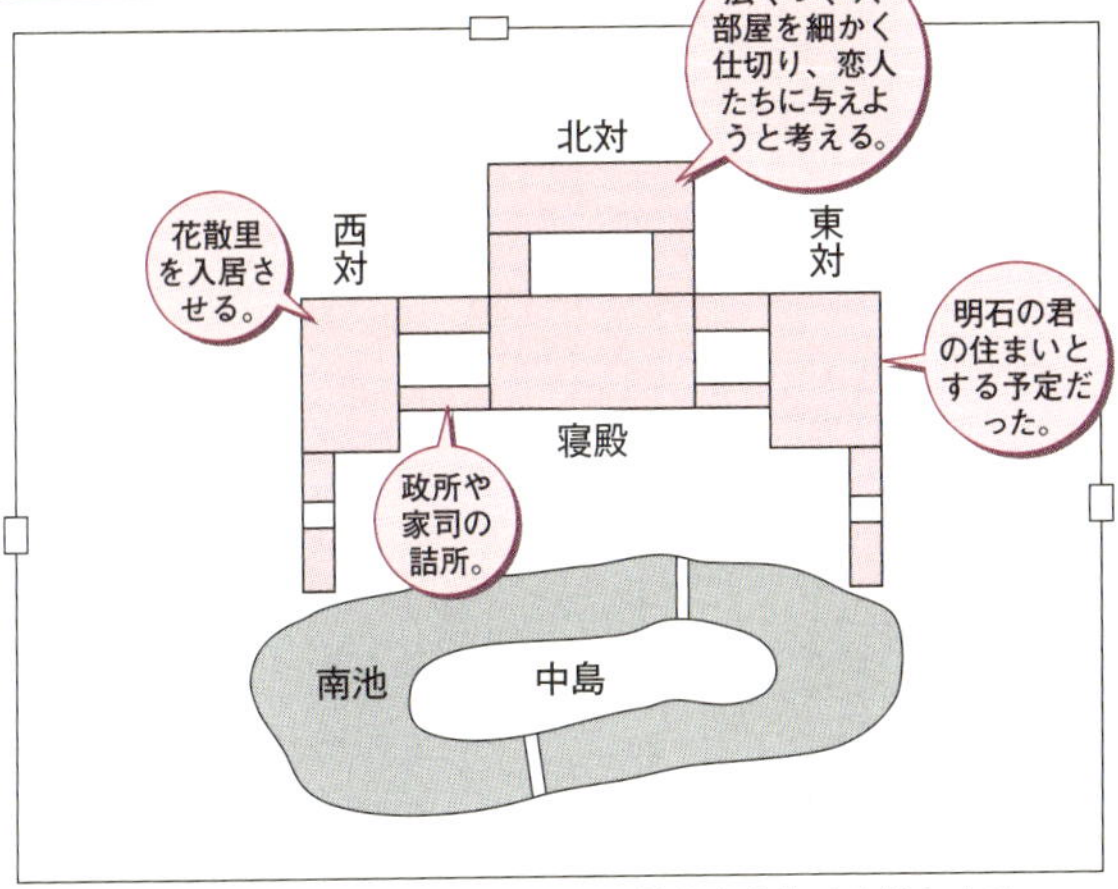


光源氏は、二条院の東に東院を造営し、女性たちを集めようとする。

の姿をいつ見ることができるだろうかとむせび泣きながら見送ったのである。

いまだ子を授かっていない紫の上は、明石の君に嫉妬心を抱いていたが、可憐《かれん》な姫君を引き取ることで心も鎮《しず》まり、心の底からこの姫君に愛を注いだ。

### 藤壺の死と露見した秘密

こうして娘を引き取った光源氏だったが、一方で悲しい別れが待ち受けていた。藤壺が三十七歳という女の厄年《やくどし》で亡くなったのである。帝に対する後見へのお礼が、光源氏へ向けた藤壺からの最後の言葉だった。

求め続けた理想の女性の死に打ちのめされた光源氏に追い打ちをかけるように、じつは光源氏の子であるという事実を、夜居《よい》の僧都《そうず》という祈禱僧《きとうそう》の奏上《そうじょう》によって、冷泉帝が知ってしまう。動揺した帝は光源氏への譲位《じょうい》の意向を漏らすが、光源氏は帝を諫《いさ》めるのだった。

藤壺を失った光源氏の心は癒《いや》しがたく、かつて求愛していた桃園式部卿宮《ももぞのしきぶきょうのみや》の娘朝顔《あさがお》に熱心に言い寄った。光源氏の朝顔への執心ぶりは都の噂になるほどだったが、彼女は応じない。彼女は光源氏を嫌っているわけではない。光源氏への思いを美しいまま胸の奥底に封じ込めようと思い定めたのであり、それを貫くことが彼女の愛のあり方なのであった。

また桃園宮においで光源氏は思わぬ再会を果たしている。それはあの好色な老女・源典侍《げんのないしのすけ》。すでに相当な高齢でありながら、若やいだ様子で光源氏に歌を詠みかけてくる。改めて藤壺の逝去《せいきょ》を惜しむ光源氏であった。

ある雪の夜には、藤壺をはじめ、今まで関わりを持った女性を思い出し、紫の上に彼女たちのことを話し出す。しかし、朝顔との噂に苦悩を深めていた紫の上の心は閉ざされたままであった。するとその夜、光源氏の夢に亡き藤壺が現われる。藤壺は自分のことを口にした光源氏が恨めしいと語る。夢から覚めた光源氏の目から涙がとめどなく溢《あふ》れてくる。光源氏は、藤壺が永遠に手の届かないところへ行ってしまったことを実感するのだった。

## 光源氏を拒絶した朝顔

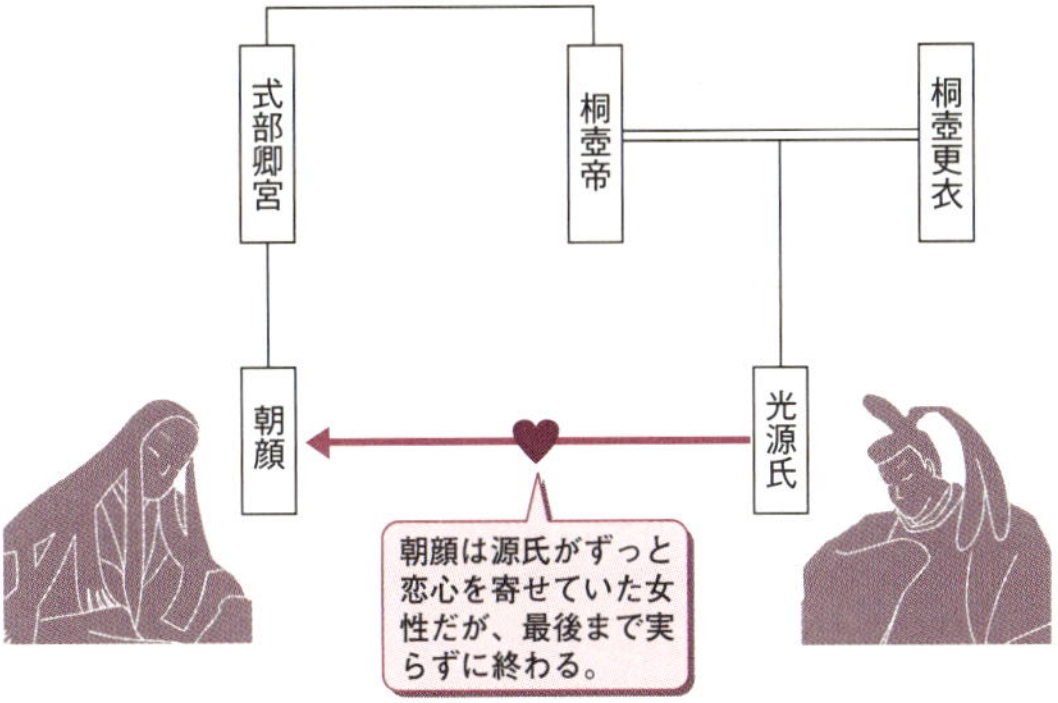
式部卿宮
桐壺帝
桐壺更衣
朝顔
光源氏
朝顔は源氏がずっと恋心を寄せていた女性だが、最後まで実らずに終わる。

朝顔は光源氏のいとこにあたる。かつては賀茂の斎院として、賀茂神社に奉仕していた人物でもある。

**「朝顔」の巻のあらすじ**

父・式部卿宮が亡くなり、朝顔は斎院から退き、父の邸であった桃園宮に移った。そのことを知った光源氏は、叔母のお見舞いという口実で、朝顔に会いに行く。そこで、光源氏は斎院を退き、恋愛ができるようになった朝顔に和歌を送るが、返事はつれないものだった。二条院へ戻っても、朝顔に思いを馳せる光源氏に紫の上は思い悩む。光源氏を拒絶し続ける朝顔と、拒まれてもなお恋をつのらせる光源氏という壮年の男女の恋の葛藤が描かれている。

「見しをりのつゆわすられぬ朝顔の
花のさかりは過ぎやしぬらむ」

（以前お逢いした折の、今なおまったく忘れることができない朝顔の花の盛りではないが、あなたの美しさの盛りは過ぎてしまったのでしょうか）

光源氏

「秋はてて霧のまがきにむすぼほれ
あるかなきかにうつる朝顔」

（秋が終わって霧がかかる垣根にからみつき、あるかなきかの様子で色あせている朝顔、それこそ今の私なのです）

朝顔

# 第三章

# 栄華の頂点

——六条院に繰り広げられる雅びな姫君争奪戦

## 第三章のあらすじ

十二歳で元服《げんぷく》を迎えた光源氏《ひかるげんじ》と葵《あおい》の上《うえ》の子・夕霧《ゆうぎり》は、大学寮《だいがくりょう》にて学問に励む一方、内大臣の娘で幼馴染《おさななじみ》の雲居雁《くもいのかり》と恋仲になっていた。だが、雲居雁の入内《じゅだい》を企図《きと》していた内大臣の怒りを買い、引き離されてしまう。

冷泉帝《れいぜいてい》の即位以降、栄華への道を駆け上っていた光源氏は、京の四町分の土地に四季折々の趣向を凝らした「六条院《ろくじょういん》」を完成させると、四つに区切られた御殿に愛する女性たちを配した。

そうしたなか、亡き夕顔《ゆうがお》の娘・玉鬘《たまかずら》が肥後《ひご》の豪族・大夫監《たいふのげん》らの求婚に悩み上京。長谷寺《はせでら》に参詣した折に夕顔の女房《にょうぼう》・右近《うこん》と再会し、光源氏が六条院に引き取ることになった。

玉鬘には多くの貴公子《きこうし》から恋文《こいぶみ》を寄せられていたが、やがて思慕の情を感じた光源氏も、玉鬘に想いを打ち明け、玉鬘を巡る求婚競争が混沌《こんとん》とした様相を見せ始める。

行き詰った状況を打開すべく、光源氏は冷泉帝の大原野行幸《おおはらのぎょうこう》を利用して、玉鬘に冷泉帝の姿を見せる。玉鬘は冷泉帝の美しさに惹《ひ》かれ、ようやく求婚レースに終止符が打たれようとしたが、最後に玉鬘を射止めたのは、意外な人物であった。

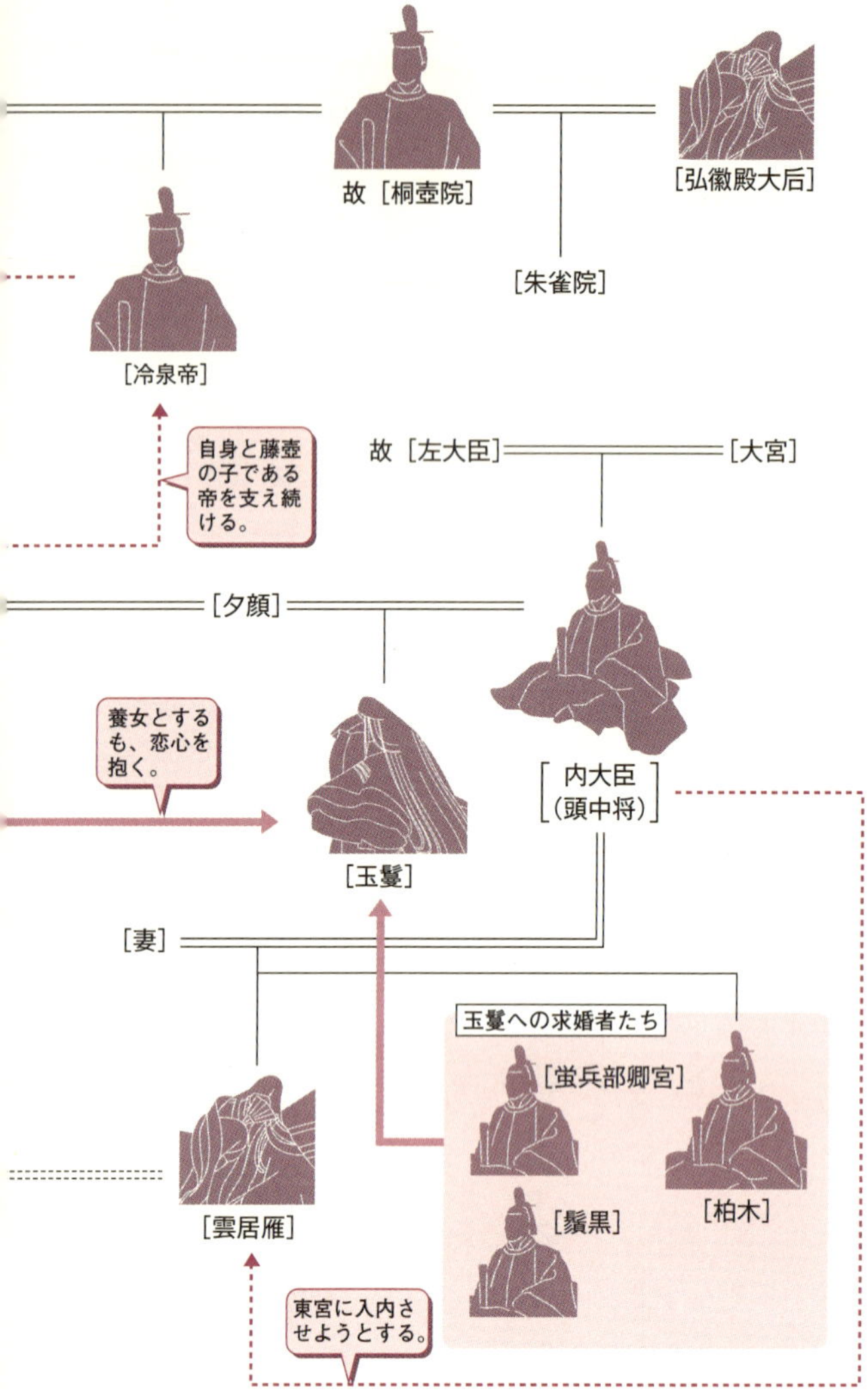

故［桐壺院］
［弘徽殿大后］
［朱雀院］
［冷泉帝］
自身と藤壺の子である帝を支え続ける。
故［左大臣］
［大宮］
［夕顔］
養女とするも、恋心を抱く。
［内大臣（頭中将）］
［玉鬘］
［妻］
玉鬘への求婚者たち
［蛍兵部卿宮］
［髭黒］
［柏木］
［雲居雁］
東宮に入内させようとする。

## 第三章の登場人物

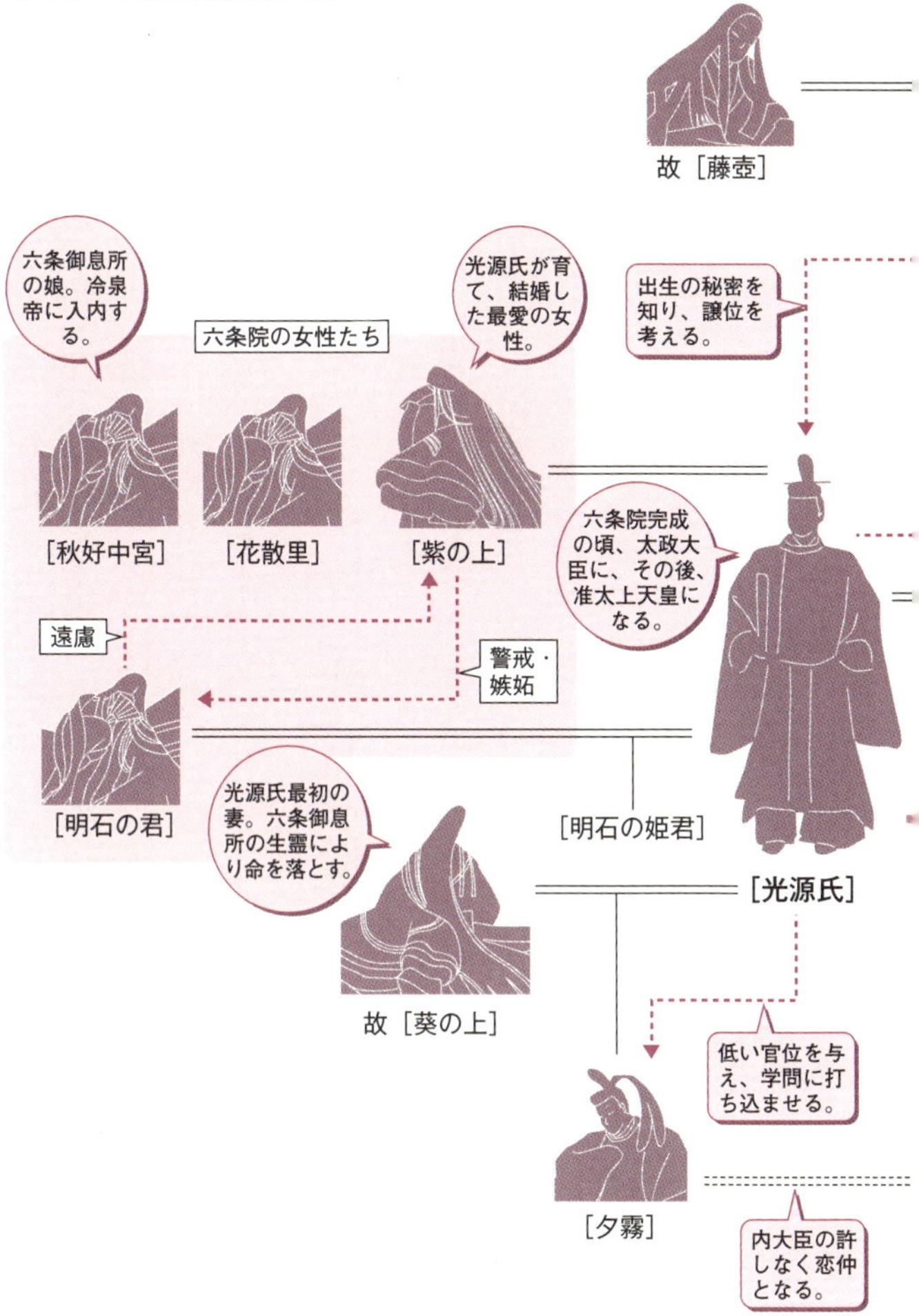
故［藤壺］
出生の秘密を知り、譲位を考える。
六条御息所の娘。冷泉帝に入内する。
六条院の女性たち
光源氏が育て、結婚した最愛の女性。
［秋好中宮］
［花散里］
［紫の上］
六条院完成の頃、太政大臣に、その後、准太上天皇になる。
遠慮
警戒・嫉妬
［明石の君］
［明石の姫君］
光源氏最初の妻。六条御息所の生霊により命を落とす。
［光源氏］
故［葵の上］
低い官位を与え、学問に打ち込ませる。
［夕霧］
内大臣の許しなく恋仲となる。

## 夕霧の元服

### 十二歳で元服するも、光源氏は試練を課す

「少女」（第二十一帖）

藤壺《ふじつぼ》の一周忌も過ぎた頃、光源氏《ひかるげんじ》と葵《あおい》の上《うえ》の間に生まれた夕霧《ゆうぎり》が十二歳を迎え、元服《げんぷく》する。

**●夕霧を六位からスタートさせた光源氏の真意**

元服は男子の成人式で初冠《ういこうぶり》ともいい、初めて髪を結《ゆ》い上げ、冠《かんむり》をつけた。元服の年齢は一定していないものの、おおむね天皇が十一～十五歳ぐらい、皇太子・親王《しんのう》が十一～十七歳ぐらいとされ、光源氏が十二歳、冷泉帝《れいぜいてい》が十一歳で元服している。

夕霧の元服に際して、光源氏は独自の教育方針を打ち出した。

当時は親の位階《いかい》で元服した子供の位階（官位。官人の宮廷内での序列）も決まったため、夕霧は二世の源氏ではあるものの、親王の子として四位にすることもできたはずであった。ところが光源氏は息子を六位にとどめ、官吏養成機関である大学寮《だいがくりょう》で学ばせることにしたのである。

夕霧を養育してきた祖母の大宮《おおみや》（葵の上と権中納言の母）は、六位が着る浅緑色《あさみどりいろ》の袍《ほう》

## 夕霧の生活

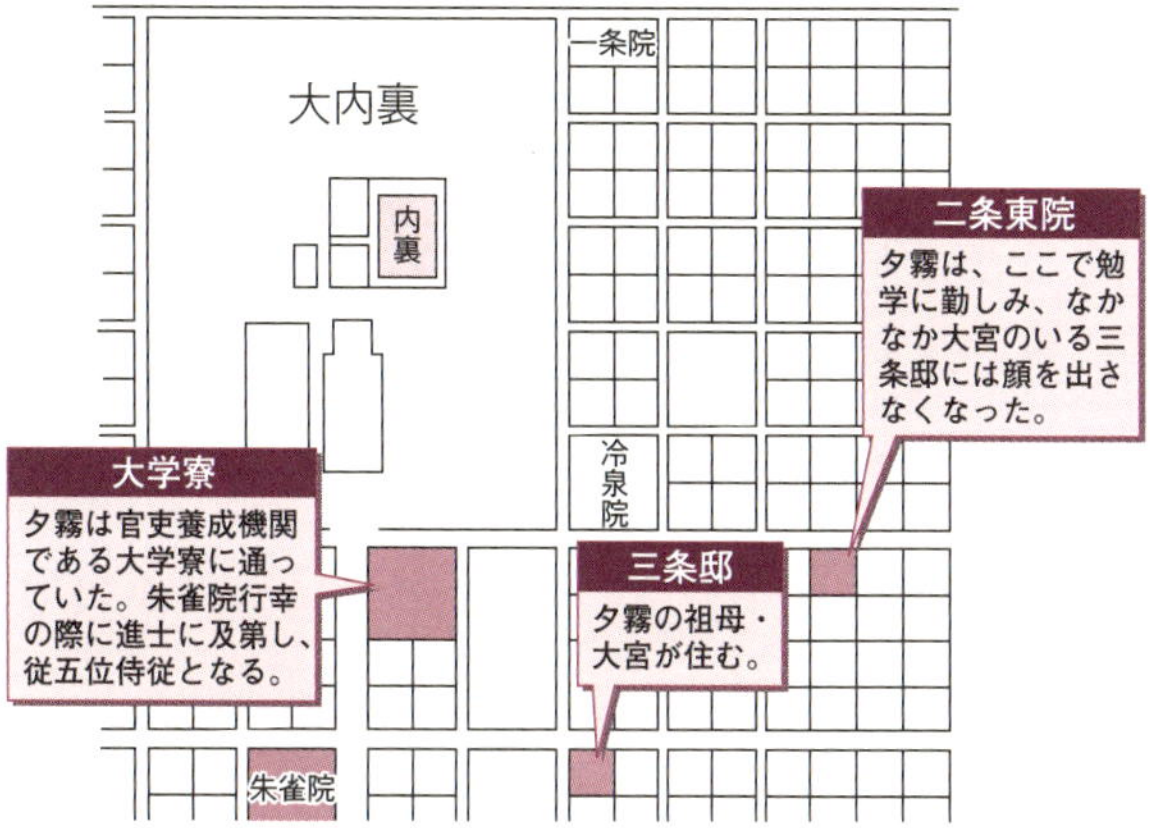


光源氏の教育の一環として、当初夕霧の位は低かった。しかし熱心に学び自力で位階を上げる努力をしていた。

を着用する孫を憐《あわ》れんだが、光源氏は国家の重鎮《じゅうちん》となるためには、学問が必要であることを説く一方、彼らしい考えを披瀝《ひれき》する。

名門の家の子が何の苦労もなく官位をほしいままにすると、子供は努力や苦労とは無縁《むえん》になる。その結果、親の後ろ盾がなくなれば、頼るものがなくなり、落ちぶれてしまう。

帝《みかど》の子である自分と異なり、初めから臣《しん》下《か》として生まれた夕霧には学問を修めてしっかり実力を身につけ、家門《かもん》を繁栄させてほしいと願ったのである。

世の移り変わりが身に染《し》みている光源氏らしい考え方といえよう。

当初は自分の官位の低さを恥じて不満に思っていた夕霧も、持ち前の真面目さから学問に打ち込んで父の期待に応えた。
のちに擬文章生《ぎもんじょうしょう》、文章生などの試験で抜きん出た才能を見せている。

## 引き裂かれた幼い恋

夕霧が学問で頭角を現わす一方、宮廷では前斎宮《ぜんさいくう》の梅壺女御《うめつぼのにょうご》が、右大将《うだいしょう》（かつての頭中将《とうのちゅうじょう》）の娘の弘徽殿女御を抑えて中宮《ちゅうぐう》に冊立《さつりつ》される。秋好中宮《あきこのむちゅうぐう》である。その後見《こうけん》である光源氏は太政大臣《だじょうだいじん》になり、右大将は内大臣《ないだいじん》になった。

内大臣は弘徽殿女御が立后《りっこう》されなかったため、もうひとりの娘である雲居雁《くもいのかり》を東宮《とうぐう》に入内《じゅだい》させようと期待をかけていた。

ところがその雲居雁は夕霧と恋仲になっていたのである。雲居雁は本来なら実母のもとで育てられるところであったが、実母が内大臣と別れ、按察大納言《あぜちのだいなごん》の北《きた》の方《かた》となってしまったため、内大臣の母である大宮に育てられていた。つまり、夕霧と雲居雁は同じ大宮のもとに育った幼馴染《おさななじみ》でもあったのだ。

ふたりはすでに契りを交わしており、内大臣は雲居雁の入内を断念せざるを得ない。激怒した内大臣は、娘を自宅に連れ戻し、ふたりの仲を引き裂いてしまう。

**国宝『源氏物語絵巻』柏木（二）**

病に臥した親友・柏木を見舞う夕霧。（藤原隆能筆／国立国会図書館デジタルアーカイブより転載）

## 夕霧の恋路を阻む相関図

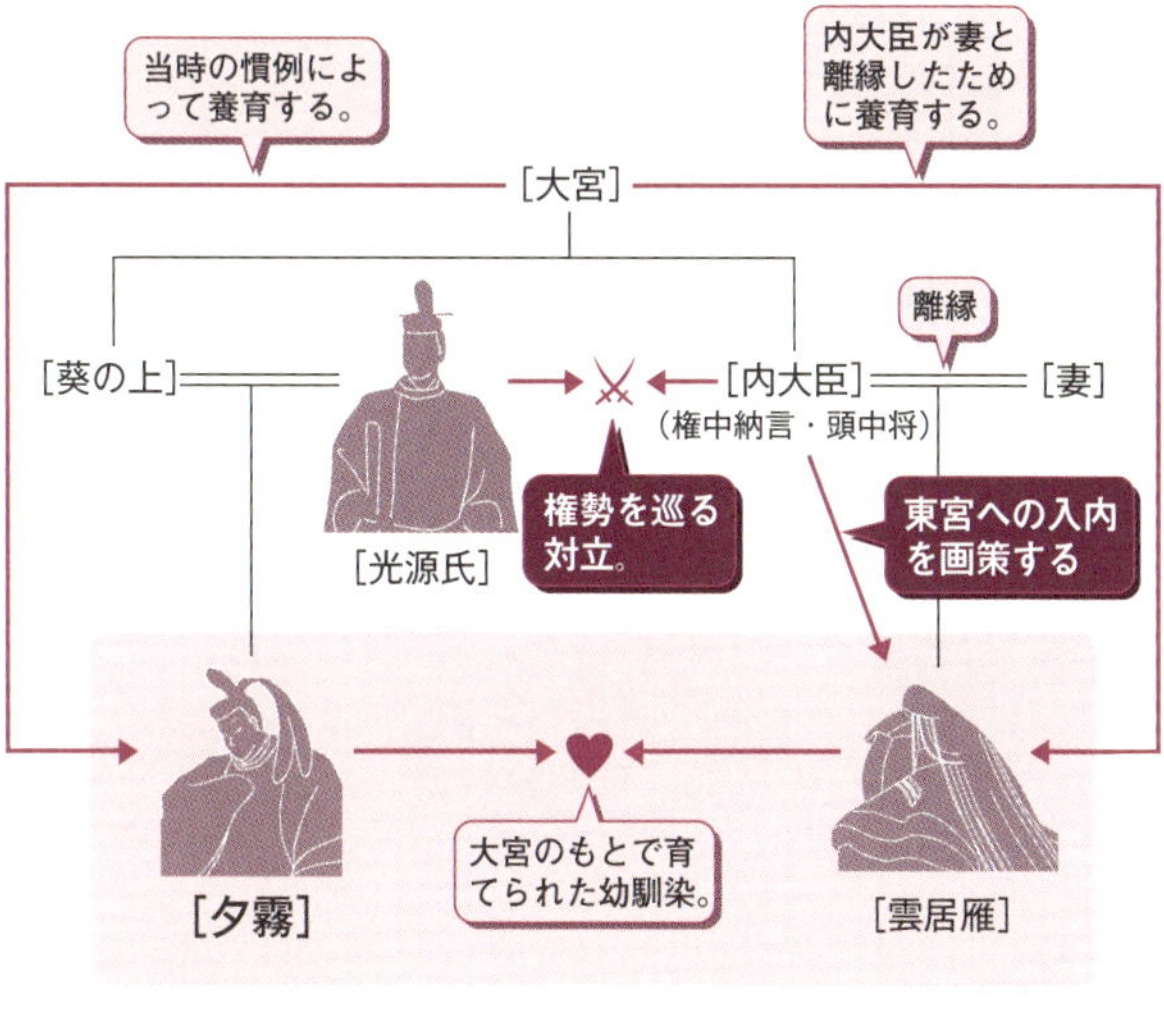

# 六条院

## 四季にあわせて女性を配した王者の邸宅

「少女」（第二十一帖）

『源氏物語《げんじものがたり》』に登場する貴族の邸宅のなかでも、群を抜く華やかさを誇るのが、光源氏が創設した六条院《ろくじょういん》である。

光源氏は六条御息所《みやすどころ》から秋好中宮に伝えられた土地を取り込み、かねてから構想していた六条院の造営に取り掛かった。四町からなる広大な邸宅で、総面積はおよそ六万三五〇〇平方メートル、約一万九〇〇〇坪もあったとされる。東京ドームを約一万五〇〇〇坪とすると、それより広い面積であったことがわかる。

光源氏はその広大な邸宅をおよそ一年がかりで完成させた。四つの町には四季の風情《ふぜい》が配され、その季節に応じて女性たちが据《す》えられた。

南東は光源氏と紫の上の邸で、春を好んだ紫の上にちなんで春の花木が植えられた。南西は紅葉や滝が美しい秋の風情がある邸で、秋を好んだ秋好中宮の御座所《ござしょ》となった。北東は夏の景色を配して花散里《はなちるさと》の住まいとし、北西には冬を配して明石《あかし》の君を招き入れた。六条院は、季節と女性たちを光源氏の美の秩序によって支配する雅《みや》びの王者の邸宅なのだ。

## 六条院の想定見取り図

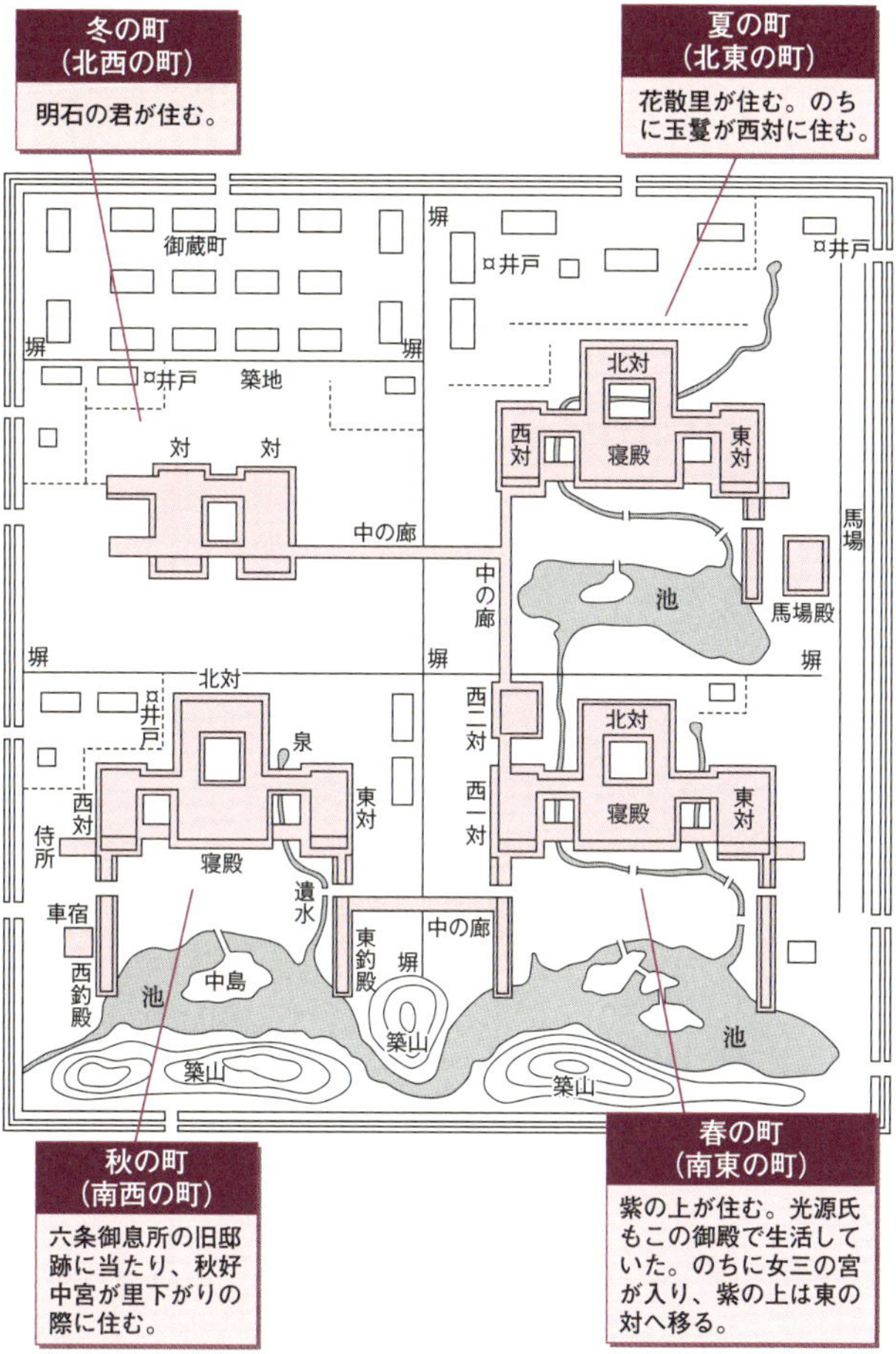


「六条院」は、六条御息所邸跡地を含む４町の土地を取り込んで建てられた。豪華絢爛なこの邸宅は、光源氏の栄華を象徴し、この後の物語の中心舞台になる。

※出典：『２時間でおさらいできる源氏物語』竹内正彦／考証・作図：玉上琢彌）

# 玉鬘の登場

## 筑紫で美しく成長した夕顔の娘

「玉鬘」（第二十二帖）
「初音」（第二十三帖）

### 九州にいた夕顔の娘

六条院で愛する女性たちと生活を始めた光源氏の前に意外な女性が登場し、物語は大きな展開を迎える。その女性は夕顔《ゆうがお》の娘の玉鬘《たまかずら》である。

十七年前、夕顔は光源氏の前で急死したが、その死は内密にされたため、広く知られることがなかった。この夕顔、じつは雨夜《あまよ》の品定めにおいて、頭中将が語った「常夏《とこなつ》の女」のことであり、ふたりの間には娘が生まれていた。その娘は乳母《めのと》の夫が大宰府《だざいふ》に赴任すると一緒に筑紫《つくし》に下向《げこう》していた。

乳母は夫の死後も一家でそのまま現地にとどまり、筑紫で美しく成長した玉鬘は二十歳ばかりになっていた。彼女の美貌を聞きつけ、男性たちが玉鬘に次々と求婚してくる。なかでも肥後《ひご》の豪族であった大夫監《たいふのげん》の求婚は強引なもので、一方的に結婚の日取りを決めてしまうほどであった。「大夫監」とは大宰府の三等官《さんとうかん》で地域の有力者と考えられる。当時、大宰府は海外交易の窓口であったため、大夫監も相当な財力を持っていたと考えられる。

## 長谷寺

ぼたんまつり
お茶会

長谷寺の観音は、出世の願いを叶えてくれるとも信じられていた。長谷寺観音のおかげで、玉鬘も右近と出会い、六条院に迎えられる。

## 玉鬘の彷徨

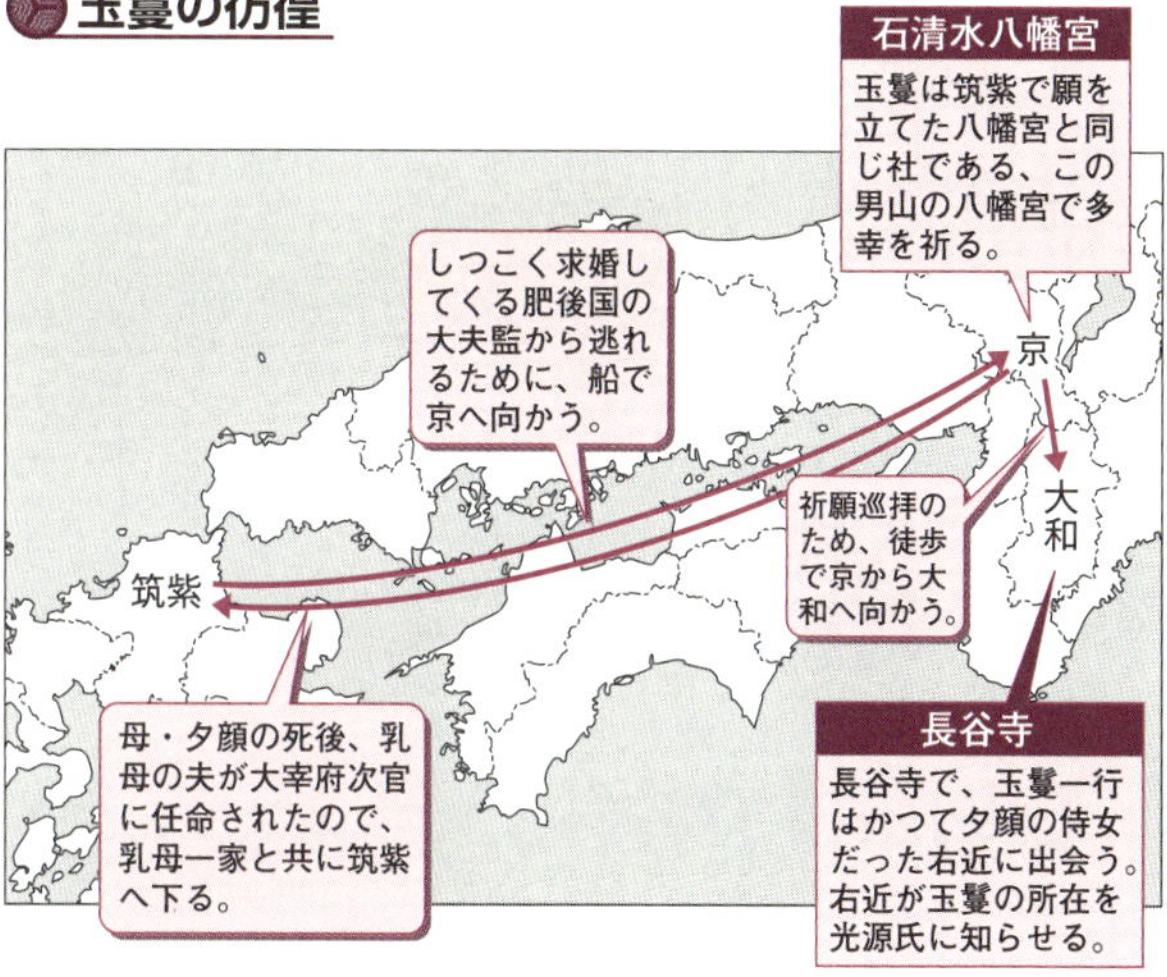
石清水八幡宮
玉鬘は筑紫で願を立てた八幡宮と同じ社である、この男山の八幡宮で多幸を祈る。
しつこく求婚してくる肥後国の大夫監から逃れるために、船で京へ向かう。
京
大和
筑紫
祈願巡拝のため、徒歩で京から大和へ向かう。
母・夕顔の死後、乳母の夫が大宰府次官に任命されたので、乳母一家と共に筑紫へ下る。
長谷寺
長谷寺で、玉鬘一行はかつて夕顔の侍女だった右近に出会う。右近が玉鬘の所在を光源氏に知らせる。

かつて光源氏が愛した夕顔の娘・玉鬘は、筑紫で美しく成長していた。上京しても求婚者が絶えず、光源氏も心を奪われてしまう。

だが、『源氏物語』ではこの大夫監に「すきたる心」、すなわち、好色な心があり、器量《きりょう》のよい女性を集めて妻にしようと言う野心を持っていたと記している。

玉鬘の将来を憂《うれ》えた乳母たちは、玉鬘を連れて船で脱出し、都へと赴《おもむ》いた。

## ●母に仕えた侍女・右近との再会

だが都にたどりついたものの、頼る人もない。困窮《こんきゅう》した一行は霊験《れいげん》あらたかなことで名高い長谷寺《はせでら》に参詣《さんけい》した。そこで偶然にも右近《うこん》に再会する。右近は侍女《じじょ》として夕顔に最後まで従い、その葬送後、二条院に引き取られ、紫の上の侍女として仕えていた。彼女もまた玉鬘との再会を祈願《きがん》するために参詣に来ていたのである。

右近からこの報告を受けた光源氏は喜んだ。夕顔のことを忘れられなかった光源氏は内大臣にも黙って六条院の夏の町に引き取ると、花散里に後見を依頼した。

この玉鬘の存在が、今後、物語を大きく動かすことになる。なお貴公子《きこうし》たちによる玉鬘への求婚を語る「玉鬘」から「真木柱《まきばしら》」の巻までは、「玉鬘十帖《たまかずらじゅうじょう》」と呼ばれる。

年が明け、光源氏は紫の上のもとを訪れた後、新春の挨拶のために明石《あかし》の姫君、花散里、玉鬘、明石の君といった六条院の女君たちのもとを巡った。

# 玉鬘への求婚

## 養女に想いを打ち明けてしまう光源氏

「胡蝶」（第二十四帖）
「蛍」（第二十五帖）

### 養父からの告白に戸惑う玉鬘

三月下旬、秋好中宮が里下りするなか、六条院春の町の紫の上の御殿で船楽《ふながく》が催された。この頃には玉鬘の美しさを聞き及んだ貴公子たちが恋心を抱くようになっていた。

四月になると、恋文が日増しに増え、光源氏の異母弟の蛍兵部卿宮《ほたるひょうぶきょうのみや》、鬚黒《ひげくろ》の大将《だいしょう》をはじめ、玉鬘の異母弟に当たる柏木《かしわぎ》（内大臣の子）までもが、そうとは知らず貴重な輸入品である「唐《から》の縹《はなだ》の紙」を使った熱烈な恋文をよこしていた。

そこには「思ふとも君は知らじなわきかへり岩漏《いわも》る水に色《いろ》し見えねば（私があなたをお慕《した》いしていることはご存じありますまい。湧き返って岩間を漏れ出る水に色がないように、この想いも目には見えないのですから）」と思いを込めた和歌が記されていた。

光源氏はこれらの中身をすべて確認しては、面白がって蛍兵部卿宮は妻を亡くしているが浮気性だから困る、鬚黒の大将は長年連れ添った妻がいるから苦労しそうだと、あれこれ批評する。

しかしその本心は光源氏自身も彼女に強い恋情を感じていたのである。ある夕方、玉鬘のもとを訪れた光源氏は、あろうことか玉鬘にこの思いを告白してしまう。

夕顔をいつまでも忘れることが出来ずに過ごしてきたが、堪《た》えられそうにないと、手を取って玉鬘に迫り、添い寝する光源氏。玉鬘は驚き、恐ろしいことになったと震えるばかりであった。この時はさすがに自制した光源氏であったが、玉鬘は本当の父親であればこんなこともなかろうにと困惑してしまう。

## 光源氏、蛍を放って玉鬘の姿を見せる

そうした五月雨《さみだれ》のころ、光源氏は蛍兵部卿宮あての返事を玉鬘の女房に代筆させた。喜び忍んできた宮が几帳《きちょう》の隙間からなかを覗き見た時、闇のなかに青白い光が一瞬玉鬘の美しい姿を映し出した。光源氏がたくさんの蛍《ほたる》を放ったのである。宮は光源氏の演出によって引き立てられた玉鬘の美しさに心を奪われてしまう。

養女である自分に親らしからぬふるまいをするかと思えば、ほかの男性との仲を取り持つようなことをする。玉鬘は光源氏の本心を図《はか》りかねて戸惑っていたが、じつは光源氏自身も養父という立場と恋心の狭間《はざま》に苦悶《くもん》していたのである。

## 玉鬘に求婚する貴公子たち

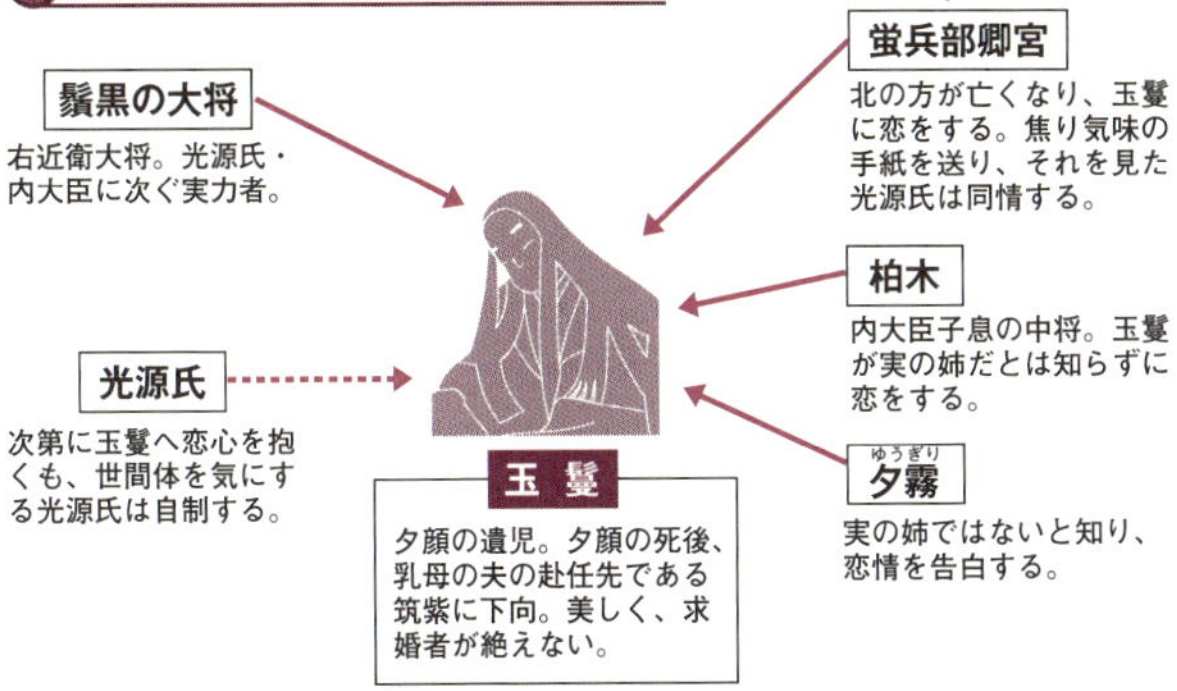


## 六条院・夏の御殿での出来事

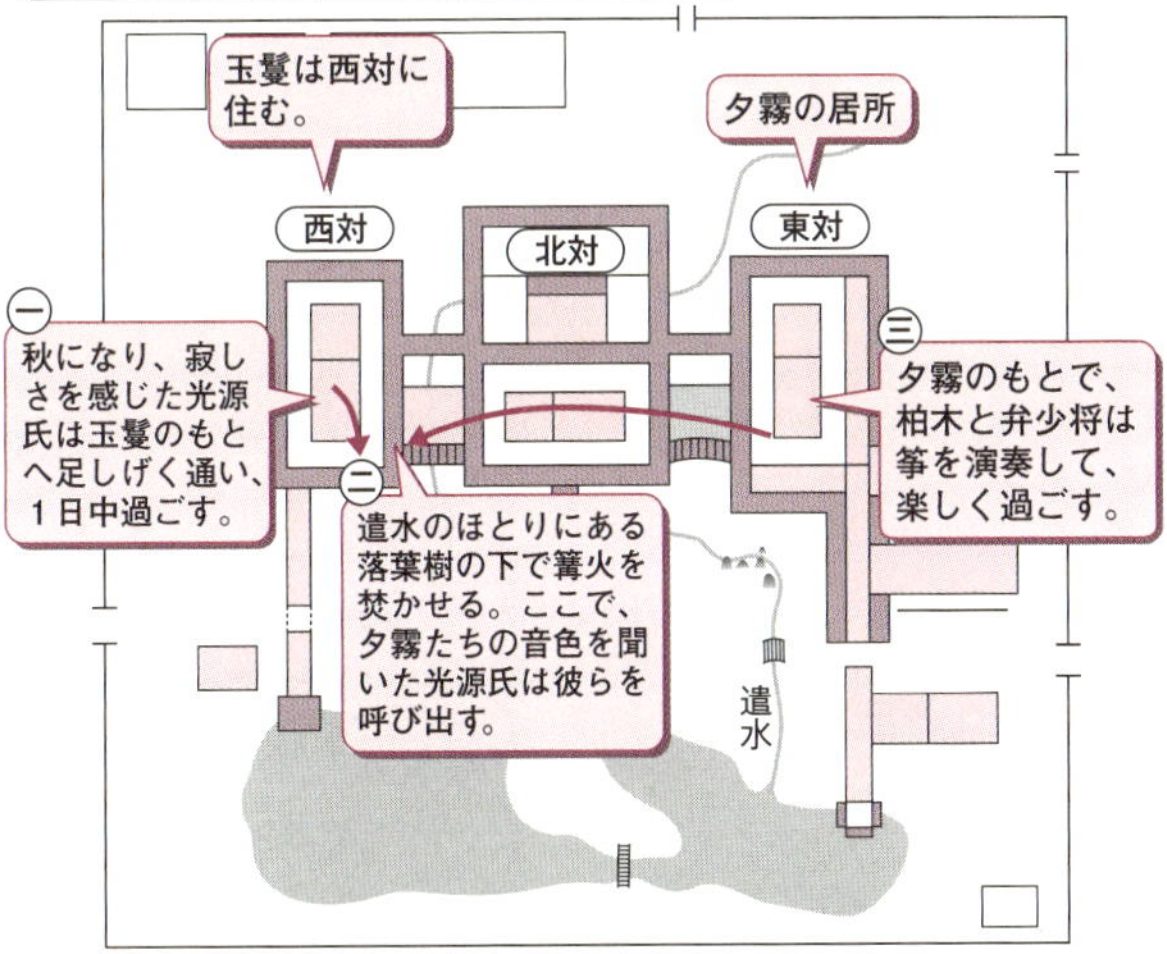


「篝火」の巻では、玉鬘のいる反対側・東の対で夕霧が柏木らとともに笛を吹いたり楽器を演奏しているところに遭遇。ともに憂愁の秋を過ごす様子が描かれている。

梅雨が長く続いたある日、六条院の女性たちが物語を読みながら所在なさを慰めるなか、玉鬘も物語に熱中する。

それを見た光源氏は玉鬘を相手に物語論を話して聞かせた。

光源氏は「作りごとの話をもっともらしく書いて、口がうまいものもいるものです」と言ったが、玉鬘が「どれも本当のこととしか思えません」と答えると、「物語は神代《かみよ》から現在までの真実を書いたもので、日本紀《にほんぎ》のような歴史書などに書いてあることは、ほんの一面にすぎません。よいことでも悪いことでも、この世に生きている人間の有様を伝えようとしたのが物語です」と語った。

そして「私たちのことを世に類《たぐい》のない物語に仕立てて、世間に語り伝えませんか」と、物語論にことつけて玉鬘に言い寄り、困らせるのであった。

その頃、内大臣も夕顔の遺児《いじ》を探し始めていた。弘徽殿女御は立后できず、東宮妃にと考えていたもうひとりの娘は夕霧と恋仲になってしまったため、夕顔の娘を手元に引き取りたいと考えていたのである。

夢占いによってどこかの養女になっているとされたが、まさか光源氏のもとにいるとは思ってもいなかった。

# 夕霧の視線

## 父と同じように美しき継母に惹かれる夕霧

「常夏」（第二十六帖）
「篝火」（第二十七帖）
「野分」（第二十八帖）

### 継母に心惹かれる夕霧

かつて継母《ままはは》である藤壺と密通を犯した光源氏であったが、その子夕霧もまた光源氏と同じように、父の妻である紫の上に惹《ひ》かれてしまう。

祖母である大宮のもとで成長した夕霧は、今では六条院の夏の町（北東の町）の花散里を後見者としていた。しかし光源氏は紫の上と夕霧を引き合わせることはなかった。

秋になって激しい野分《のわき》が六条院を襲った。その見舞いのため六条院の春の町（南東の町）を訪れた夕霧は、少し開いていた妻戸《つまど》の隙間から屋内を覗き見てしまう。その奥に座っていたのが紫の上であった。夕霧は紫の上の気高《けだか》い美しさに思わず引き込まれる。「春の曙《あけぼの》の霞《かすみ》の間より、おもしろき樺桜《かばざくら》の咲き乱れたる」のを見るかのような風情であった。

父が自分に見せたくないのも納得するほどの美しさだった。あってはならないこととは思いながら、それからの夕霧は紫の上のことが頭から離れなくなってしまう。翌朝も光源氏と紫の上の寝所近くまで行き、なかの様子をうかがうと、仲睦《なかむつ》まじい光源氏と紫の上の話し声が聞こえてくるのであった。

この紫の上に心を奪われる夕霧という構図は、光源氏と藤壺の禁断の恋を想起させるものである。夕霧と紫の上との密通は避けられるが、その禁断の構図はのちに柏木と女三《おんなさん》の宮《みや》との関係に受け継がれていく。

「野分」の巻では夕霧の眼を通して六条院の女性たちと光源氏の関係が描かれている。なかでも夕霧を驚かせたのは光源氏と玉鬘の様子だろう。父の光源氏が娘の玉鬘を懐《ふところ》に抱くばかりに、たわむれかかっている姿を垣間見た夕霧はぎょっとした。親子らしからぬその様子に、夕霧は驚きを隠しえなかった。

一方、夕霧自身の恋愛といえば、雲居雁《くもいのかり》との仲は引き裂かれたままとなっていた。雲居雁の父・内大臣は、内心、ふたりの仲を認めてもよいと思っていたが、光源氏に対する対抗心もあり、自分からは言い出せずにいたのである。

内大臣はその頃、自ら娘であると名乗り出てきた近江《おうみ》の君《きみ》を引き取っていた。ところがこの娘は、双六《すごろく》に興じ、動作につつしみがなく、しかも早口。姉の弘徽殿女御のもとで礼儀見習いを命じられると、珍妙な歌を詠んで女房たちの笑いものになった。世間の噂にもなり、内大臣はその扱いに頭を抱えるのであった。

## 夕霧の六条院巡り

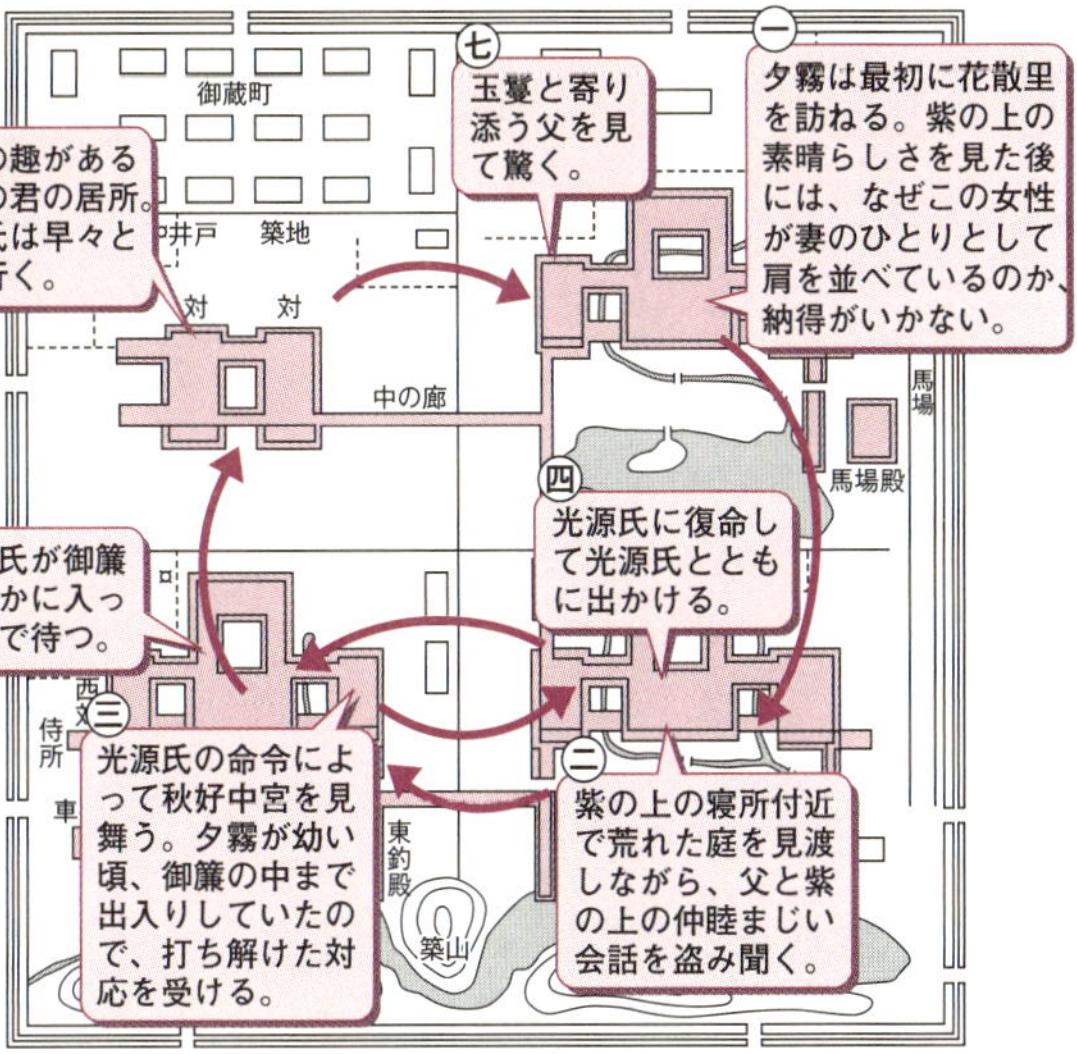


## 『源氏物語』の垣間見から始まる恋

| | |
|---|---|
| 『若紫』 | 病をわずらった光源氏が、祈祷を受けに北山へ赴いた際、10歳ぐらいに見える可愛い女の子を垣間見る。愛する藤壺にそっくりな少女・若紫は、のちに光源氏の妻となる。 |
| 『野分』 | 六条院が野分に襲われ、見舞いで六条院を訪れた夕霧は、激しい風に煽られた妻戸の隙間から、紫の上を垣間見る。夕霧は紫の上の美しい姿に惹かれる。 |
| 『若菜上』 | 光源氏の正妻・女三の宮にかねてから恋焦がれていた柏木は、六条院の蹴鞠に参加する。蹴鞠をこっそり見ていた女三の宮の前の御簾がめくり上がったため、柏木は女三の宮を垣間見た。 |
| 『橋姫』 | 薫が宇治の八の宮を訪ねた時、山荘に八の宮はおらず、2人の姫君だけがいた。音楽を奏でている姉妹を垣間見た薫は姉の大君に恋をする。 |
| 『宿木』 | 大君が亡くなり失意の薫は、宇治を訪ねた時、大君にそっくりな浮舟を垣間見る。 |

『源氏物語』では、垣間見で始まる恋が多いが、これは平安貴族の一般的な恋の流れではない。実際には、それぞれの家の事情で結婚が決まることが多かった。

# 冷泉帝の行幸

## 野行幸へ出かける冷泉帝の尚侍となる玉鬘

「行幸」（第二十九帖）
「藤袴」（第三十帖）

### ●実父の内大臣と対面した玉鬘

光源氏の玉鬘に対する恋心は募る一方だが、父としての立場があるため、その苦悩は深まるばかりだった。

また玉鬘と結婚して内大臣の婿《むこ》になるというのも面白くなく、紫の上の嫉妬を招くのも心苦しい。こうした苦衷《くちゅう》から逃れるためにも玉鬘を求婚者と結婚させようと思うが、それも惜しい。そこで光源氏が目論《もくろ》んだのが、玉鬘を尚侍《ないしのかみ》として入内させることだった。光源氏は、そうすることによって行き詰った状況にひとまず区切りをつけようと考えたのである。しかし玉鬘にとって、秋好中宮がおり、内大臣の娘の弘徽殿女御も入内している冷泉帝《れいぜいてい》の後宮に入ることは気が重く、乗り気にはなれなかった。

そこで光源氏は、十二月に行なわれる冷泉帝の野行幸《のぎょうこう》を利用する。野行幸とは帝による狩《かり》のことで、この時帝は、宮中から出て大原野《おおはらの》へと出かけた。朱雀《すざく》から五条《ごじょう》の大路を西に向かう行列をひと目見たいと多くの見物人が押し寄せたが、六条院の女性たちもその

## 大原野神社

春日大社から勧請され、藤原氏の氏神となった。紫式部が仕えた中宮彰子も父・藤原道長とともに華やかな行列で訪れている。

## 大原野への野行幸

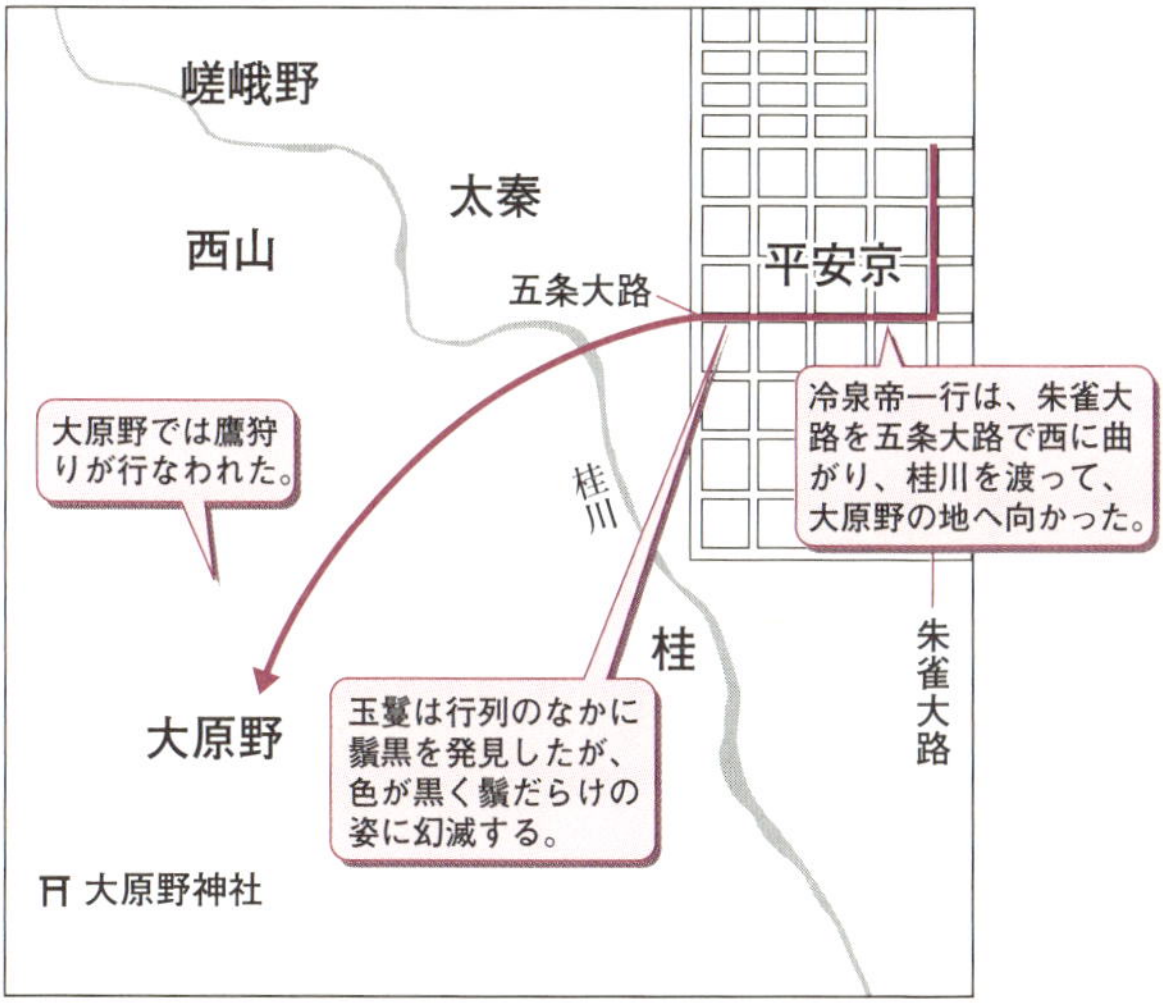


玉鬘は、冷泉帝の大原野への行幸を見物して、冷泉帝の美しさに惹かれた。この行幸は大原野神社への参詣ではなく、鷹狩りが目的であった。

なかに加わっていた。そして光源氏の思惑通り、玉鬘は冷泉帝の上品な美しさに惹《ひ》かれたのである。

光源氏は宮中入りさせるためまず玉鬘の裳《も》着の儀《ぎ》を計画し、内大臣に裳着の腰紐《こしひも》を結ぶ役を頼んだ。これを機に真実を告白しようと考えたからである。光源氏に不満を持つ内大臣は、一度は断ったものの、大宮（内大臣の母）の仲介でふたりは対面し、昔語りを重ねるうちいつしかわだかまりも解けていった。そして光源氏はついに玉鬘が夕顔の娘であることを打ち明ける。内大臣は喜び、腰結《こしゆ》いの役を引き受けることにしたが、何か釈然としない思いが残った。

裳着の儀は二月に盛大に執り行なわれた。その日初めて娘の玉鬘と対面した内大臣は涙をこらえることができなかった。

こうして玉鬘の処遇が決定されたかに思われたが、求婚者たちは複雑な思いである。夕霧は姉として接してきた女性がそうではなかったことを知り、ついには玉鬘に恋心を訴える一方、父の光源氏に対して宮仕えをさせておきながら裏で愛人にするつもりだという噂があると追及している。また、蛍宮《ほたるのみや》や鬚黒の大将ら求婚者たちも何とか入内する前に彼女を手に入れようと躍起《やっき》になっていた。

# 玉鬘の結婚

## 玉鬘を巡る恋の争いの勝者となった人物

「真木柱」（第三十一帖）

### ●玉鬘を手に入れた鬚黒

登場以来、多くの男性を魅了してきた玉鬘と結ばれたのは、鬚黒の大将《だいしょう》という意外な人物であった。

玉鬘は行幸の日に求婚者たちの姿を垣間見ていたのだが、この鬚黒は色が黒く鬚が多い感じで好感が持てなかった。そのため求婚者のなかでも優雅な蛍兵部卿宮《ひょうぶきょうのみや》にのみ少しばかり返歌を送っていたのである。

ところがこの鬚黒は、玉鬘の想いなど一切構わず、玉鬘の女房の手引きで玉鬘の寝所に忍び込むと、強引に関係を結んでしまった。玉鬘は不本意《ふほんい》であり、光源氏も不意のことに驚いた。

ただし鬚黒は紫の上の父である式部卿宮の娘婿で、光源氏や内大臣に次ぐ宮廷の実力者であった。それに東宮の母（承香殿女御《しょうきょうでんのにょうご》）の兄にも当たるので、婿としての家柄は悪くない。冷泉帝も尚侍《ないしのかみ》としての出仕《しゅっし》を望んでいたが、光源氏は残念に思いながらも玉鬘と鬚黒の結婚を認めざるを得なかった。

求婚者たちをまんまと出し抜いた鬚黒は有頂天《うちょうてん》になり、その後も玉鬘のもとへせっせと通った。鬚黒に嫌悪感を抱く玉鬘は厭《いと》わしく思うが、鬚黒は動じない。結局、玉鬘は憂鬱《ゆううつ》な思いを自分の胸のうちに封じるしかなかったのである。

## 灰を浴びせかけた北の方

じつは鬚黒には長年連れ添った北の方《きたのかた》（式部卿宮の娘）がいた。この北の方はここ数年、物の怪《もののけ》にとり憑かれて尋常ではなく、夫婦仲もよくなかった。

そうしたなかで鬚黒と玉鬘のことを知った式部卿宮は、北の方に実家に帰るよう促《うなが》す。すると悲しみに暮れた北の方の心はますます乱れていく。

ある雪の日、玉鬘のもとへ出かけようとした鬚黒が装束《しょうぞく》を整え、香を焚きしめなどしていると、北の方が夫の後ろから香炉《こうろ》の灰を浴びせかけた。鬚黒の目や鼻に灰が入り、部屋中にはもうもうと灰が立ち込め、衣装は灰まみれになってしまい、この日は玉鬘のもとに訪ねることを断念せざるを得なかった。

この事件をきっかけとして、鬚黒は北の方のもとに立ち寄ることがなくなり、玉鬘のも

## 平安時代の妻の夫に対する世話

**相談相手になる**
妻は、夫の良き相談相手となる必要があり、また家の事務仕事などをとりしきる家政能力も求められた。

**夫の装束を仕立てる**
妻は夫の着る物の染色や縫製を行なった。ひとりで縫うわけではないが、妻のセンスで装束が選ばれ、妻の指揮のもと、夫の装束の準備がされた。

**香を焚きしめる**
夫の着る物を仕立てるだけでなく、日々の衣装の準備も行なう。他の女性の所へ向かうときにでさえ、衣装に香をしっかり焚きしめた上で、夫を送り出す。

平安貴族の妻は、ほかの女性への嫉妬も押し殺して、夫を陰で支えなければならなかった。

とにとどまり続けるようになる。
結局北の方はふたりの息子を残し、娘ひとりを連れて実家に帰る。この家や父と離れがたい娘は、「今はとて宿離《か》れぬとも馴《な》れきつる真木《まき》の柱はわれを忘るな（今は限りと、この屋敷を離れても、慣れ親しんできたこの真木の柱は私を忘れないでほしい）」との和歌を、柱の割れ目に差し込んで残していった。
この逸話から、鬚黒の娘は真木柱と呼ばれる。
玉鬘はいったん尚侍として宮中に上がった後、鬚黒の意向によって早々と宮廷を退出する。そして十一月には鬚黒の子を産んだ。
こうして「玉鬘十帖」で語られてきた求婚譚は幕を下ろすのであった。

# 栄華の頂点

## 准太上天皇の地位を手に入れる光源氏

「梅枝」（第三十二帖）
「藤裏葉」（第三十三帖）

### 明石の姫君の入内と夕霧の結婚

玉鬘を巡る騒動も落ち着き、「梅枝《うめがえ》」と続く「藤裏葉《ふじのうらば》」の巻では、頂点を極める光源氏の栄華が語られていく。

十一歳になった実の娘・明石の姫君が東宮に入内することになり、その前に裳着《もぎ》の儀《ぎ》が行なわれることになった。光源氏が張り切って調度品《ちょうどひん》の支度を進め、殊《こと》に香の調達に執心《しゅうしん》した。自ら調合したばかりか、六条院の女性たちなどに依頼し各自が調合した薫物《たきもの》を比べる薫物合《あわせ》も行なわれた。

一方、内大臣もついに夕霧と娘の雲居雁の結婚を認める決意をする。三月に極楽寺《ごくらくじ》で大宮の一周忌が行なわれた。

この寺は伏見《ふしみ》の深草極楽町《ふかくさごくらくちょう》にある現在の宝塔寺《ほうとうじ》にあたる。藤原氏《ふじわらし》の菩提寺《ぼだいじ》として栄えた名刹《めいさつ》である。

極楽寺での法要《ほうよう》で内大臣が夕霧に声をかけ、四月の藤《ふじ》の花《はな》の宴《えん》に招いた。この宴で内大

## 薫合わせと六条院

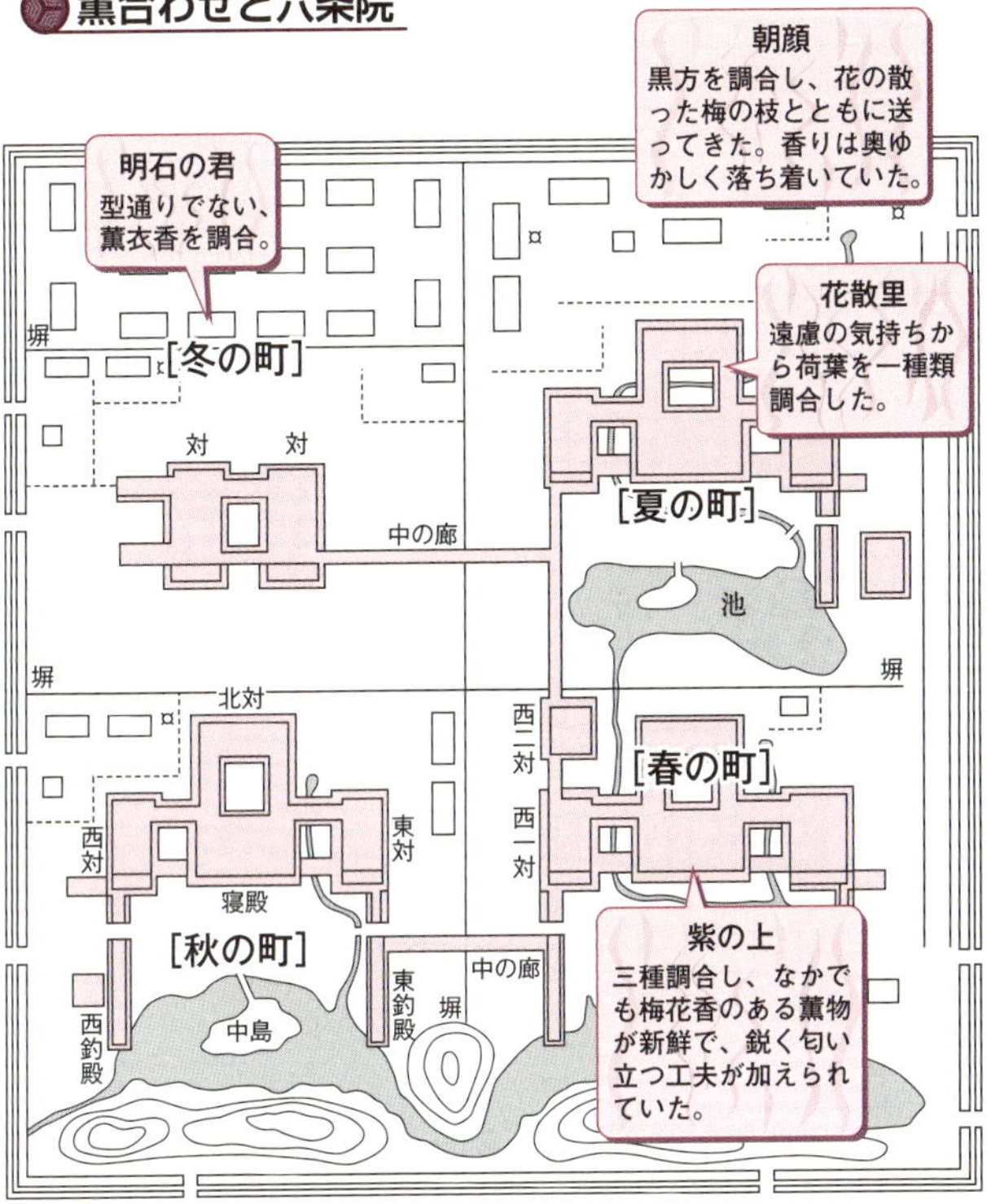


光源氏が朝顔の姫君と六条院の女性たちに依頼した薫物が届くと、薫物の優越を競う薫物合が行なわれる。

## 平安貴族の香

| | |
|---|---|
| 薫衣香《くのえこう》 | 衣服に焚きしめるもの。 |
| 空薫物《そらだきもの》 | 室内空間に漂わせるもの。 |

香料は沢山あり、調香は非常に難しいものだった。その結果生まれる香は調香者の個性が発揮され、教養も必要だった。

臣は晴れて夕霧に雲居雁との結婚を許したのである。

六年ぶりにふたりきりで過ごした夕霧と雲居雁は変わらぬ気持を確認し合った。こうしてふたりの幼な恋は成就したのである。

そして同じく四月、明石の姫君が東宮のもとに入内する。それにつき従って宮中に上がった紫の上は養女の晴れ姿を誇らしく思うが、実母の明石の君の心情を慮《おもんぱか》り、付添人の役目を明石の君に譲ることにした。

その交代の日、紫の上と明石の君も初めて顔を合わせる。同じ六条院に暮らしながらお互い一度も面識のない相手であるが、すぐにお互いを認め合った。紫の上は明石の君の物腰《ものごし》に、光源氏が惹かれるのも分かるような気がすると感じる。一方の明石の君も紫の上の気高《けだか》さに触れ、光源氏の妻にふさわしいお方だと感心したのである。

## ●光源氏、准太上天皇となる

その秋、光源氏は准太上天皇《じゅんだじょうてんのう》の位を与えられた。退位した天皇を太上天皇と呼ぶが、光源氏は臣下であるため天皇になれない。そこで太上天皇と同等の扱いを受けるこの位が授けられたのである。もちろん光源氏を実の父と知る冷泉帝の意向によるものであった。

## 氷解する光源氏の周囲の諸問題

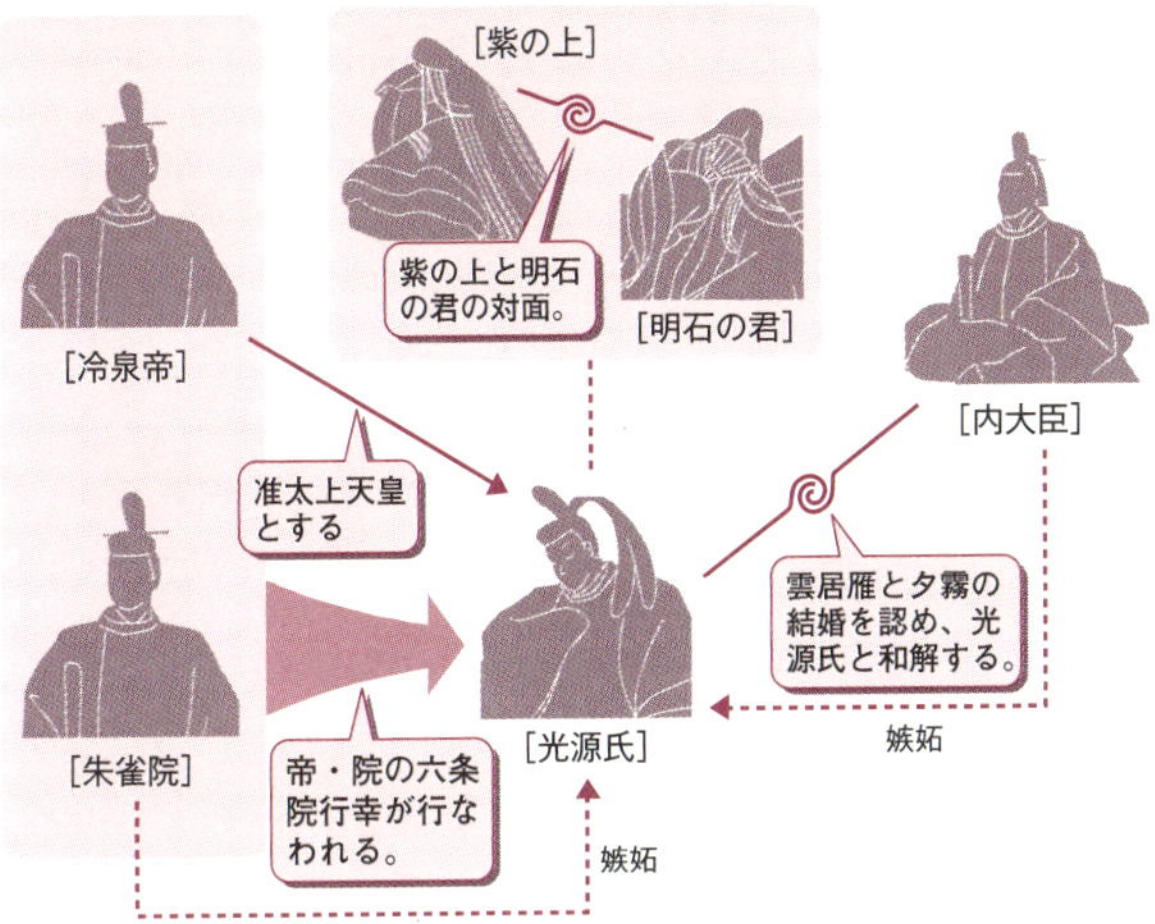


明石の姫君の入内と前後して、光源氏の周囲では様々な問題が解決され、光源氏は案ずることなく栄華の頂点を迎える。だが、朱雀帝や内大臣は光源氏への嫉妬を胸に秘めていた。

内大臣は太政大臣になり、夕霧は中納言に昇進した。そして夕霧と雲居雁は大宮が住んでいた三条邸を改修して住むことにした。

十月、冷泉帝と朱雀院《すざくいん》が光源氏の六条院に行幸《ぎょうこう》する。

准太上天皇となった光源氏は、冷泉帝と朱雀院とともに同列の座についた。時に光源氏、三十九歳。臣籍《しんせき》に下された光源氏は、臣下でありながらようやく帝や院と肩を並べることになったのである。

光源氏はこの後に訪れる悲劇も知らず、この世の栄華をかみしめながら生涯で最も華やかな時間を過ごしていた。

# 第四章

# 六条院の暗雲

## ——女三の宮の降嫁が呼び起こした波乱と紫の上の苦悩

## 第四章のあらすじ

准太上天皇《じゅんだじょうてんのう》となり栄華の頂点を極めた光源氏《ひかるげんじ》に、朱雀院《すざくいん》が愛娘・女三の宮《おんなさんのみや》の降嫁《こうか》を申し出る。

四十歳の光源氏は、一度は辞退するものの、朱雀院の願いを断りきれず、やむなく女三の宮と結婚した。だが、すぐに彼女の痛々しいまでの幼さに失望し、愛することが出来そうもない。

光源氏最愛の女性である紫《むらさき》の上《うえ》は、女三の宮が六条院《ろくじょういん》に入ったことで不安に苛《さいな》まれるようになり、出家《しゅっけ》を望むようになる。そして、六条院で女楽《おんながく》が催された翌日、紫の上は病で倒れてしまう。

紫の上が療養のため二条院《にじょういん》へ移ると、女三の宮に思いを寄せる柏木《かしわぎ》が強引に女三の宮と契るという事件が起こる。やがて女三の宮が懐妊し、光源氏は女三の宮の不義《ふぎ》の証拠を見つけてしまう。やがて女三の宮は、柏木との子・薫《かおる》を産む。その直後、女三の宮は出家し、光源氏の怒りを買ったことを恐れ続けた柏木は心労の果てに死去する。

女三の宮は出家し、光源氏のもとから去ったが、その後も紫の上の病状は好転することなく最期を迎える。最愛の女性を失った光源氏は、死後の一年間、紫の上を追慕《ついぼ》しながら過ごすと、思い出の手紙をすべて焼くのであった。

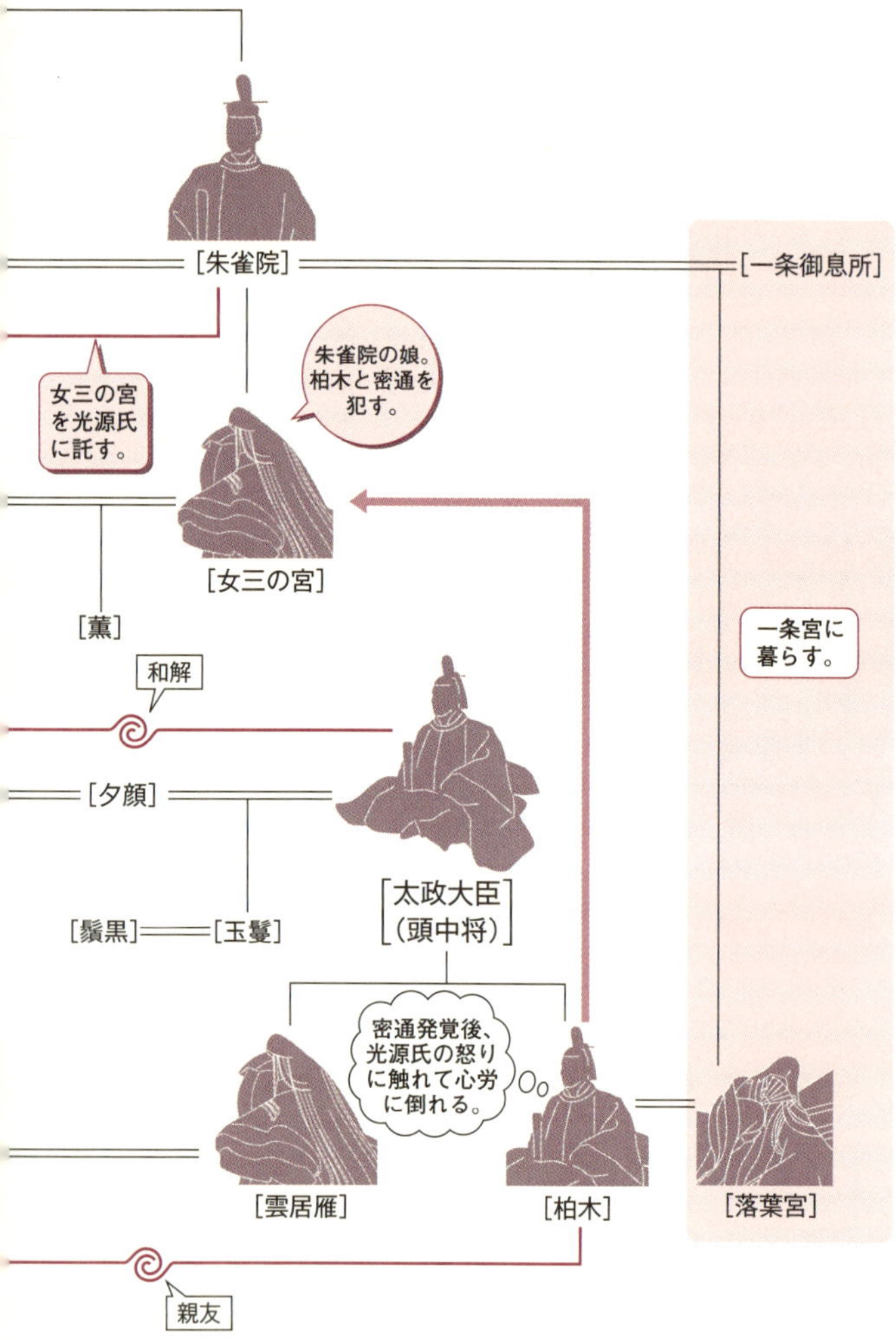

[朱雀院]
[一条御息所]
朱雀院の娘。柏木と密通を犯す。
女三の宮を光源氏に託す。
[女三の宮]
[薫]
一条宮に暮らす。
和解
[夕顔]
[太政大臣（頭中将）]
[鬚黒]
[玉鬘]
密通発覚後、光源氏の怒りに触れて心労に倒れる。
[雲居雁]
[柏木]
[落葉宮]
親友

## 第四章の登場人物

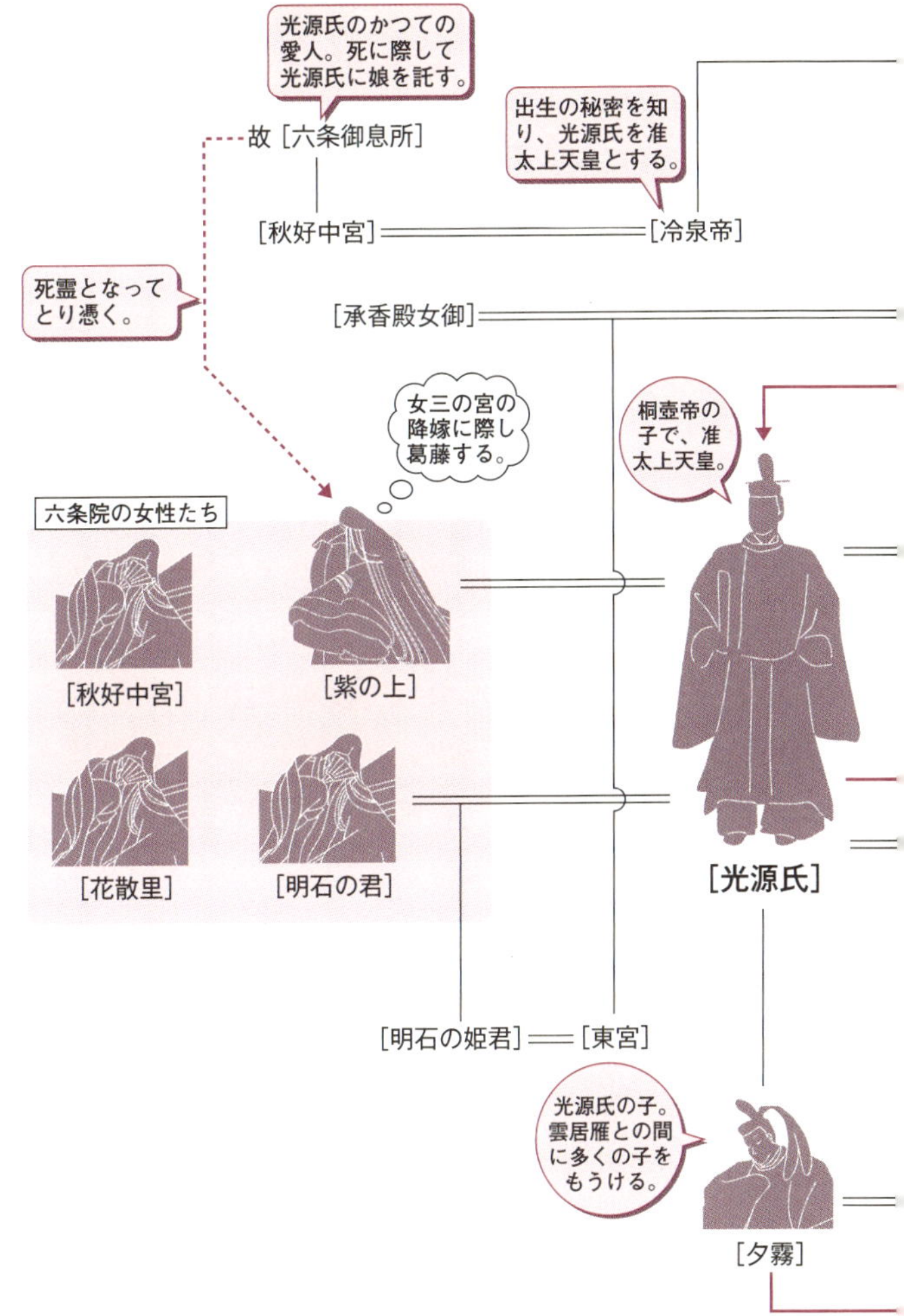
光源氏のかつての愛人。死に際して光源氏に娘を託す。
故［六条御息所］
出生の秘密を知り、光源氏を准太上天皇とする。
［秋好中宮］
［冷泉帝］
死霊となってとり憑く。
［承香殿女御］
女三の宮の降嫁に際し葛藤する。
桐壺帝の子で、准太上天皇。
六条院の女性たち
［秋好中宮］
［紫の上］
［花散里］
［明石の君］
［光源氏］
［明石の姫君］
［東宮］
光源氏の子。雲居雁との間に多くの子をもうける。
［夕霧］

# 女三の宮の降嫁

## 紫の上が受けた計り知れない衝撃

「若菜上」（第三十四帖）

### ●女三の宮降嫁の衝撃

六条院行幸《ろくじょういんぎょうこう》の後、病気がちとなった朱雀院《すざくいん》は出家《しゅっけ》を望む一方で、俗世《ぞくせ》に残されることとなる娘の女三《おんなさん》の宮《みや》の将来が気にかかっていた。母親の女御《にょうご》はすでに亡く、頼る者がいない女三の宮を朱雀院はことに可愛がっていたのである。求婚者も多いが、朱雀院はしかるべき後見《こうけん》をと考え、光源氏《ひかるげんじ》にと思い定める。この場合の後見は女三の宮を妻にするということで、光源氏は一度は辞退するものの、結局は朱雀院の申し出を承諾した。女三の宮は朱雀院寵愛《ちょうあい》の皇女であり、何よりも光源氏があれほど憧《あこが》れ愛した藤壺《ふじつぼ》の姪《めい》であった。

これを光源氏から打ち明けられた紫《むらさき》の上《うえ》は内心では動揺するものの、平静を装って女三の宮を迎える準備をする。しかし、皇女である女三の宮が降嫁《こうか》すれば光源氏の正妻となる。光源氏の愛情だけを頼りとしてきた紫の上が受けた衝撃は、計り知れないものがあった。

間もなく光源氏は四十歳を迎え、玉鬘《たまかずら》から不老長寿を願う若菜《わかな》が贈られた。

二月、光源氏は、女三の宮を六条院の春の町の寝殿《しんでん》に迎え入れるも、彼女の痛々しいほ

## 女三の宮人物関係図

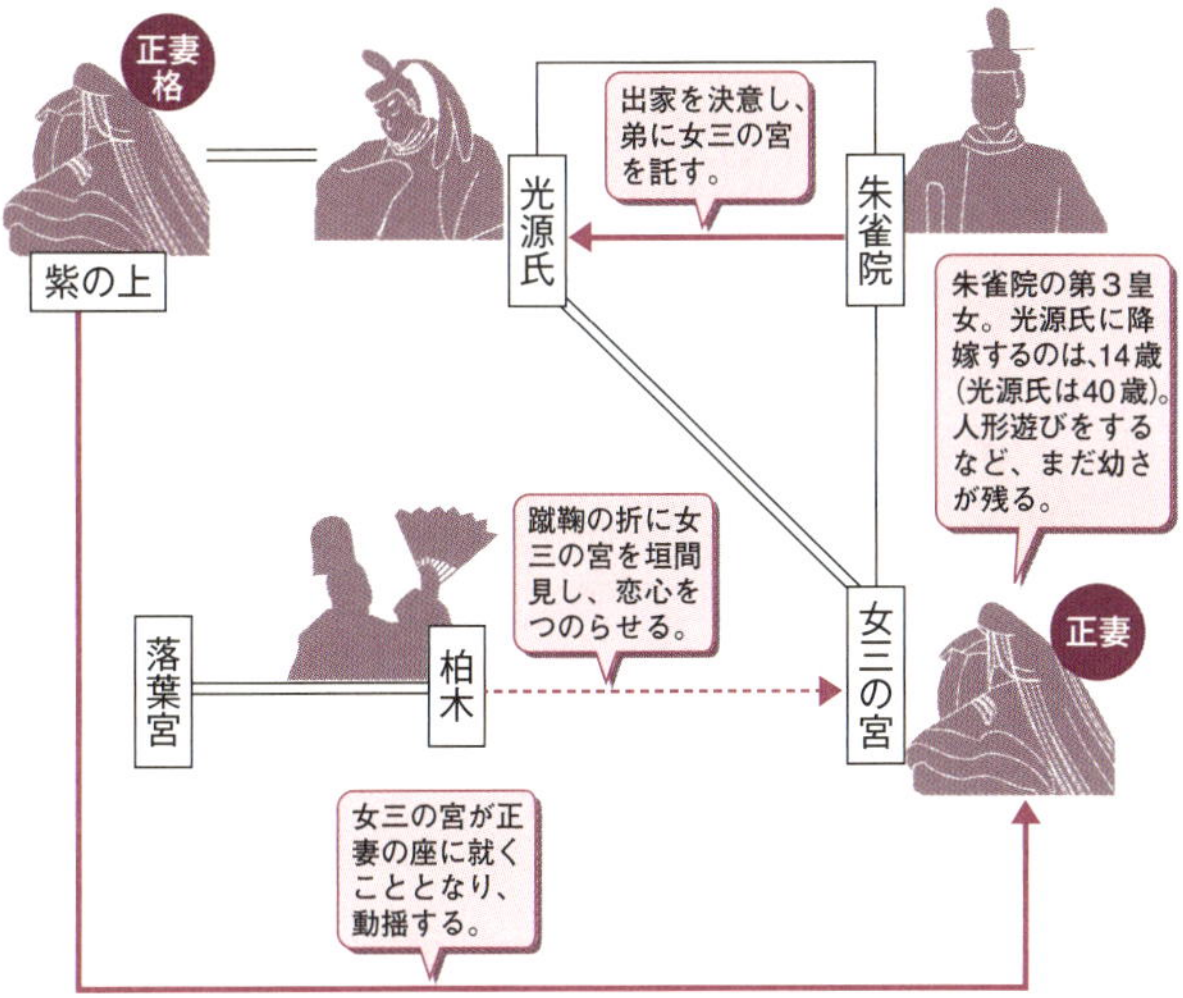


## 柏木、運命の垣間見

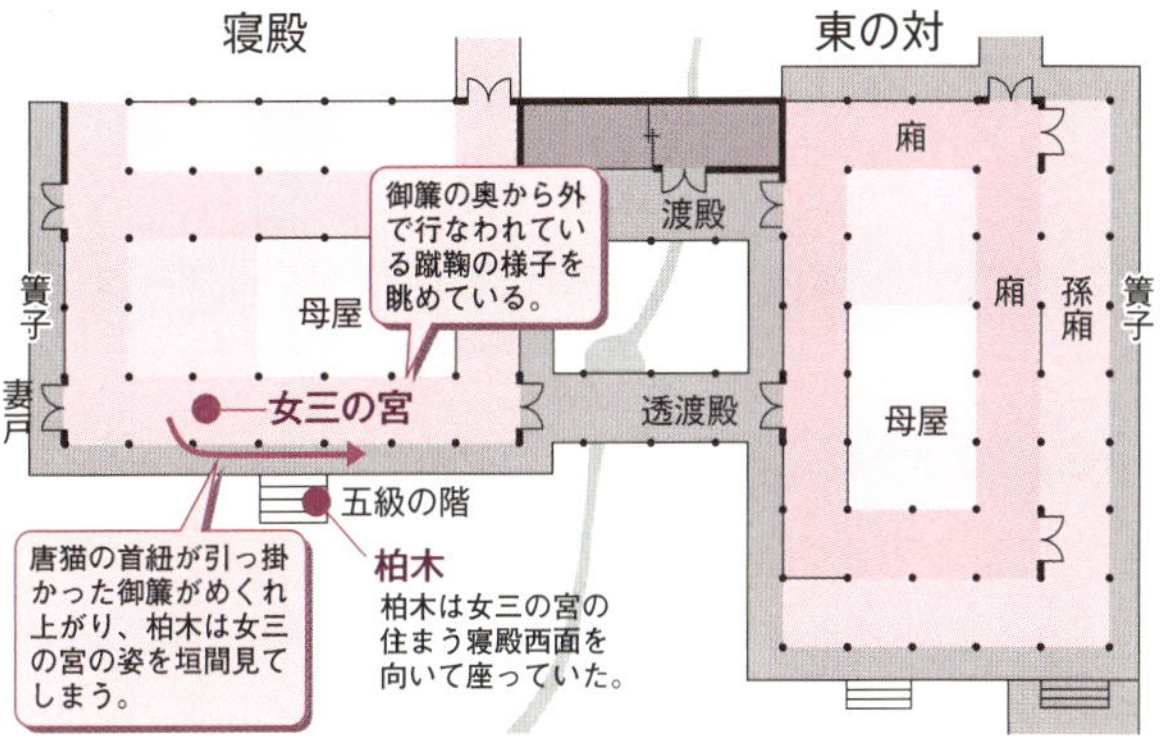


女三の宮を諦めきれないでいた柏木は、めくれ上がった御簾の奥に女三の宮の姿を垣間見、ますます恋心を募らせてしまう。

どの幼さに失望してしまう。そして、紫の上は同じ年頃でもあざやかな美しさで利発《りはつ》であったと、その素晴らしさを改めて感じるものの、当の紫の上の苦悩は深い。

平安時代には、結婚した男性は女性のもとに三日続けて通う決まりがあった。女三の宮のもとに光源氏を送り出さなくてはならない紫の上の魂は、ついに三日目の夜、光源氏の夢枕《ゆめまくら》に現われるのであった。

一方、明石《あかし》の女御《にょうご》（明石の姫君）は東宮《とうぐう》に寵愛《ちょうあい》され、やがて帝《みかど》となる皇子を出産する。遠い明石の浦で、夢の実現を確信した明石の入道《にゅうどう》は、山に籠《こ》もることを決意し、明石の君への手紙を残して姿を消したのであった。

光源氏の心が女三の宮から離れる一方で、女三の宮に熱い思いを抱く貴公子がいた。太政大臣《だじょうだいじん》（かっての頭中将《とうのちゅうじょう》）の嫡子《ちゃくし》、柏木《かしわぎ》である。以前から女三の宮に思いを寄せ、結婚も願い出ていたのだが、朱雀院は光源氏のもとに降嫁させてしまった。それでも諦めきれず望みをつないでいたのである。

そうしたなか、六条院で蹴鞠《けまり》が催されたとき、春の御殿の寝殿から走り出た唐猫の紐《ひも》が引っかかって御簾《みす》がめくれ上がり、柏木が女三の宮の姿を垣間見《かいまみ》てしまった。心奪われた柏木は、何かにとり憑《つ》かれたかのように女三の宮への恋情《れんじょう》に身を焦《こ》がすのであった。

# 紫の上の苦悩

## 出家を望み始めた光源氏最愛の女性

「若菜下」(第三十五帖)

### 明石の一族の幸い

光源氏四十六歳の年、冷泉帝《れいぜいてい》が譲位《じょうい》し、東宮が即位した。今上帝《きんじょうてい》である。

次の東宮には明石の女御の産んだ第一皇子が立った。東宮の祖父となった光源氏の宮廷における威勢《いせい》は磐石《ばんじゃく》である。帝の外戚《がいせき》である鬚黒《ひげくろ》が右大臣となり政権を担当するが、光源氏との関係は良好である。

この年の十月、光源氏は、明石の女御とその母・明石の君、さらに女御の祖母の明石の尼君《あまぎみ》と、紫の上らを伴って住吉大社《すみよしたいしゃ》へ参詣《さんけい》に出かけた。

これは、子孫から帝と后《きさき》が出るという明石の入道の宿願《しゅくがん》が確実なものになったことによる願《がん》ほどきのためである。

人々は明石の一族の幸いを言いはやした。

光源氏の正妻・女三の宮は、二品《にほん》に叙《じょ》せられてますます威勢を増していった。一方で光源氏の愛情だけを頼りとして生きてきた紫の上は、その威勢に隠れる形となり、光源氏の愛情がなくならないうちに出家したいと考えるようになる。

紫の上が出家を考えたのは、出家によって男女関係による苦悩から逃れるとともに、現世で功徳《くどく》を積み、来世《らいせ》で極楽浄土《ごくらくじょうど》に生まれることを願ったためである。

光源氏も朱雀院の手前、女三の宮を重んじなければならず、女三の宮のもとに通う夜が紫の上と同等になっていった。紫の上はそれを思っていた通りだとしながらも、平静を装うしかなかったのである。

## ●六条院での華やかな女楽

光源氏は、女三の宮に琴《きん》の琴《こと》を教えることとなった。

この物語では琴の琴は皇統《こうとう》につながる人が弾くのにふさわしい特別な楽器とされている。

光源氏と女三の宮の仲を心配した朱雀院が女三の宮との対面を望むので、朱雀院の五十の賀《が》を催し、その際に披露させ、親密ぶりを示そうというのである。

女三の宮には魅力を感じないといっても、皇女という身分の高い妻であるから粗略な扱いはできない。そのため光源氏は女三の宮のもとで過ごすことが多くなり、紫の上はまたもや孤独のまま置かれた。

## 平安時代の出家

| | | |
|---|---|---|
| 仏道 | 出家 | 剃髪して寺に入る |
| | 入道 | 剃髪するが、寺に入らない |
| 髪型 | 剃髪 | 髪と髭を剃った状態 |
| | 尼削ぎ | （女性の場合）髪を肩ほどの長さに切った状態 |

『源氏物語』における主な出家理由

| |
|---|
| ①病気のため（六条御息所など） |
| ②男女関係を断ち切るため（藤壺、空蝉など） |
| ③娘を亡くしたため（妹尼） |
| ④故人の形式的な出家（紫の上） |

出家とは、俗世を離れて仏道修行に専念すること。『源氏物語』でも多くの登場人物が出家を望むが、紫の上のように、死ぬまでそれが叶わないこともある。

## 平安時代の教養・音楽

| | | 女楽では… |
|---|---|---|
| 琴《きん》の琴《こと》 | 7本の絃を張った楽器。一条朝の頃はすでに見られなくなっていた。 | 女三の宮 |
| 箏《そう》の琴《こと》 | 13本の絃を張った楽器。最も一般的に親しまれるようになった。 | 明石の女御 |
| 和琴《わごん》 | 6本の絃を張った楽器。「東琴」や「大和琴」ともいわれる。 | 紫の上 |
| 琵琶《びわ》 | 4本の絃を張った楽器。ほかの絃楽器とは異なり、撥を用いる。 | 明石の君 |

女三の宮：光源氏が弾き方を伝授し、女楽では光源氏も感心するほどの腕前を披露した。

紫の上：新鮮な音色を響かせ、光源氏は「これほどの人はほかにいない」と感嘆した。

平安時代、楽器が弾けるということが重要な教養であった。光源氏も、琴や横笛、琵琶などの才能に恵まれていた。

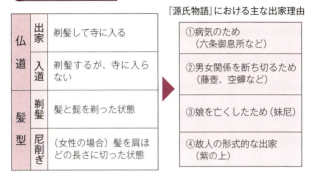

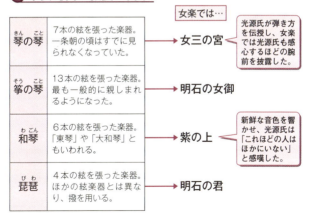

そして翌年の正月、光源氏は六条院の女性たちを集めて女楽《おんながく》を催した。紫の上の和琴《わごん》、明石の君の琵琶《びわ》、明石の女御の箏《そう》の琴《こと》、そして女三の宮の琴の琴と、それぞれ見事な演奏ぶりを見せ、華やかで風雅な催しとなった。女三の宮も特訓の甲斐《かい》あって危なげなく弾きこなし、光源氏は満足する。

その晩、光源氏と紫の上はこれまでの人生を語り合う。自分は栄華を極めたものの、ほかにない悲哀《ひあい》をも味わったとする光源氏に対して、紫の上は、耐えることができない苦悩こそが自分の生きる支えであったと答える。そして、紫の上は三十七歳という厄年《やくどし》となった今年こそと出家を願う。

それに対し光源氏は、紫の上が世を捨てたら、後に残る自分に何の生き甲斐があるのか、紫の上を思う気持ちがどれほど深いものか、見届けてほしいと懇願《こんがん》して出家を許さなかった。

その夜、光源氏が女三の宮のもとへ赴《おもむ》いている間、紫の上はいつものように夜更《よふ》かしをしながら、自分は人よりも幸せであるかもしれないものの、悩みや苦しみも人一倍のまま人生を終えなければならないのかなどと思い続ける。そして明け方、にわかに胸を苦しみ病に倒れたのだった。

# 柏木と女三の宮の恋

## 密通を光源氏に知られ病に臥した柏木

「若菜下」（第三十五帖）

### ●手紙で発覚した密通

紫の上は療養のため、六条院を出て二条院《にじょういん》に移ることとなった。最愛の女性の回復を願う光源氏はつきっきりで看病し、六条院に戻らないことが増えた。

この頃すでに柏木は、朱雀院の皇女の女二《おんなに》の宮《みや》と結婚していた。女二の宮は、柏木が恋い焦がれる女三の宮の異母姉にあたり、人柄も優れていたが、女三の宮を一途《いちず》に慕う柏木は、並一通《なみひととおり》の扱いしかできないでいた。そして女三の宮の女房の小侍従《こじじゅう》を取り込むと、光源氏の不在時を狙って女三の宮の寝所に忍び込み、驚き怯《おび》える女三の宮と密通《みっつう》する。

女三の宮は、光源氏に知られることを恐れ、どうしていいかわからずにいたが、柏木は何度も忍んできた。ついに女三の宮は、柏木の子供を身籠《みごも》ってしまうのである。

二条院の方では、紫の上の病が重く、一時は息が絶えてしまう事態になっていた。実は六条御息所《ろくじょうのみやすどころ》の死霊《しりょう》が物《もの》の怪《け》としてとり憑《つ》き、病を重くしていたのである。

しかし加持祈祷《かじきとう》の甲斐もあってか、息を吹き返し、小康《しょうこう》を得た。そうしたなかで女三の宮が体調を崩したことを聞き、六条院に戻った光源氏は、女三の宮の妊娠を知らされる。不審に思う光源氏は、ここで柏木が女三の宮へ宛てた恋文を見つけてしまうのである。

それは、女三の宮が柏木と密通を犯した確たる証拠であった。光源氏は、衝撃を受けつつ、柏木が手紙に女三の宮への思いをあからさまに書いている配慮のなさに対して、自分の若い頃は、手紙が誰の手に渡ってもいいように用心しながら書いたものだと、軽蔑《けいべつ》した。

光源氏は、こうなってもこれまでと変わりなく女三の宮を大切に世話しなくてはならないのかと思い悩む。そして、かつての藤壺《ふじつぼ》との密通に思い至り、自分と同じように、桐壺《きりつぼ》帝《てい》が何もかも知っていたのではないかと、今になって己《おのれ》の罪深さを知るのだった。

一方の柏木は事が光源氏に露見《ろけん》したことを知り、凍りつく思いでいた。彼は年末、朱雀院五十の賀《が》の試楽《しがく》に参上するが、待っていたのは、光源氏からの容赦《ようしゃ》のない皮肉《ひにく》であった。

光源氏は酔ったふりをしながら、「年をとるにつれて酔い泣きの癖《くせ》が止められなくなってきましたが、それを衛門督《えもんのかみ》（柏木）が見て笑っております。しかし、今のうちでしょう。時間は逆戻りしませんから。誰も老いからは逃れられないものです」と、柏木を見据《みす》えたのである。これが恐怖に震える柏木の心を砕いた。耐え切れなくなった柏木は、宴を途中で退出すると、そのまま病に臥《ふ》してしまった。

## 二条院と六条院の位置

仁和寺

朱雀院が出家後に居住したとされる仁和寺。『源氏物語』では「西山なる御寺」と記される。仁和寺は、皇族と深い縁をもつ格式高い寺院で、仁和２年（886）に光孝天皇が発願し、仁和４年（888）に完成させた宇多天皇が居住したため、御室御所ともいわれる。

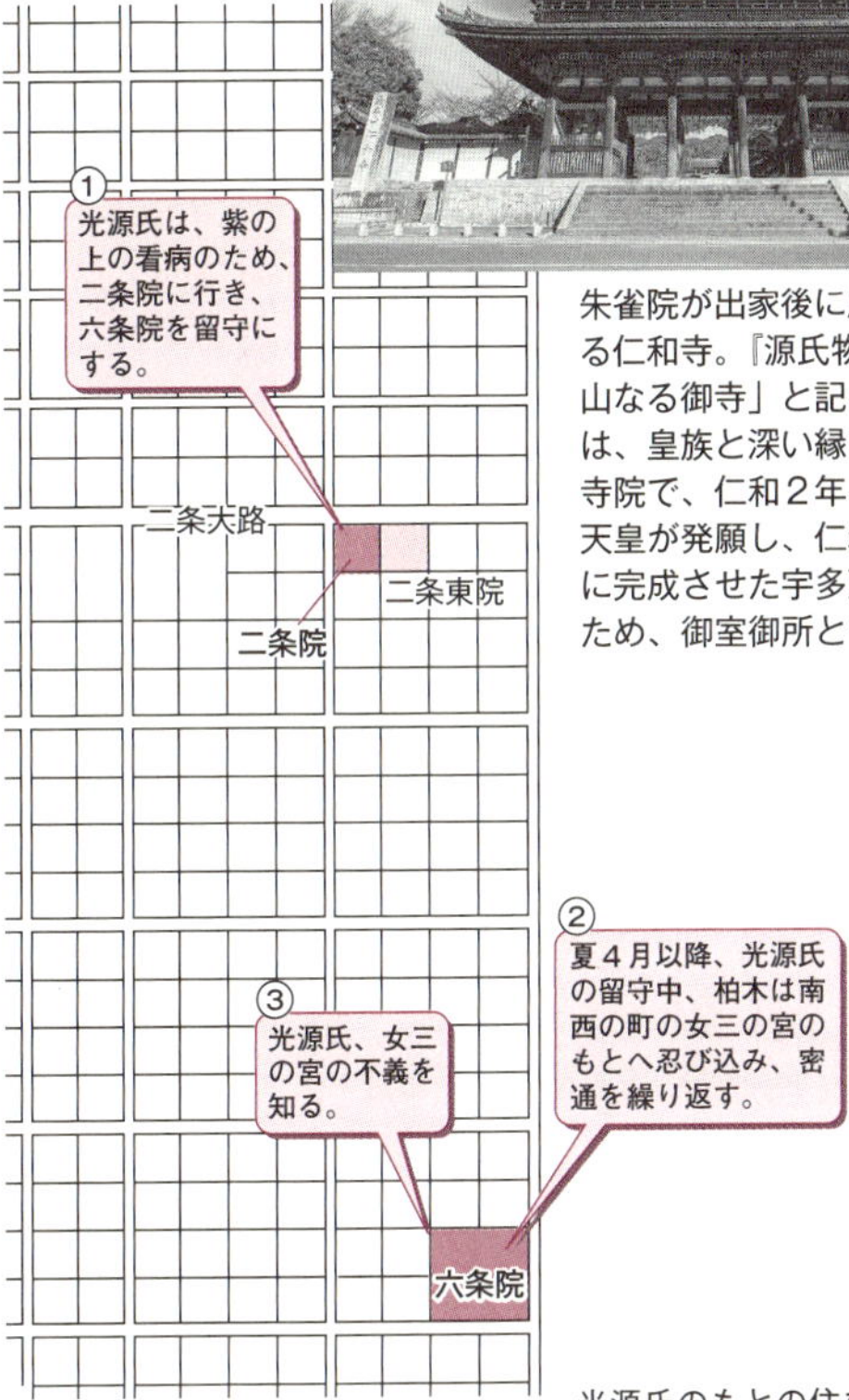
①光源氏は、紫の上の看病のため、二条院に行き、六条院を留守にする。
二条大路
二条東院
二条院
②夏４月以降、光源氏の留守中、柏木は南西の町の女三の宮のもとへ忍び込み、密通を繰り返す。
③光源氏、女三の宮の不義を知る。
六条院

光源氏のもとの住まいである二条院と、光源氏が建設した六条院の位置は離れていたため、柏木は光源氏の不在時にたびたび六条院を訪れる。

# 薫の誕生

## 自責の念にかられる柏木と女三の宮

「柏木」（第三十六帖）

### ●死を覚悟した柏木と女三の宮の出産

光源氏の怒りを買った今、もはや生きる望みを失った柏木の病状は悪化する一方だった。柏木の父（太政大臣）や母は悲嘆《ひたん》にくれて、あらゆる手を尽くさせたが、何の効き目もない。

両親に先立つのは辛いと思いつつも死を覚悟した柏木は、今自分が果てれば、女三の宮も哀れんでくれるだろうし、光源氏も許す気になってくれるに違いないと思い続ける。

だが死の床にあっても女三の宮への思いを断つことはできず、人々がそばを離れた隙に震える手で手紙を書いた。「私を葬《ほうむ》る煙は燃えくすぶって、あなたを思う火はどこまでもこの世に残ることでしょう」という歌に続けて、「せめて『あはれ（かわいそうに）』とおっしゃってください。それを死の世界に向かう頼りにします」という言葉を綴《つづ》る。

この手紙を受け取り、小侍従に責め立てられた女三の宮は、「煙となって消えてしまいたいのは自分の方です」という返歌を渋々書く。それを読んだ柏木は、「この歌を今生《こんじょう》の思い出としよう」と言って泣いた。

やがて翌年の正月、女三の宮は、柏木との子である薫《かおる》を出産。男児と聞いた光源氏は、柏木と似ていたら困るなどと思いめぐらす。誕生の祝いは盛大に行ない、光源氏は人前では取り繕《つくろ》うものの、その子の世話をしようとはしなかった。事情を知らない年老いた女房が、「なんて源氏の院は冷たいのでしょう。こんなに美しい若君なのに」と気の毒がるのを聞いて、女三の宮はこれからのことを考え暗澹《あんたん》とするのだった。

国宝『源氏物語絵巻』柏木(三)の模写

薫を抱き上げる光源氏の表情には複雑な感情がうかがえる。
(国立国会図書館所蔵)

## 出家を遂げた女三の宮

薫を産んだ女三の宮は、光源氏の冷淡さに出家を望む。光源氏はそれを許そうかと考えるものの、外聞《がいぶん》をはばかって諫めていた。

ところが、女三の宮の衰弱ぶりを伝え聞いた朱雀院が、出家の身ながら山を降り、六条院を訪ねてくる。もはや女三の宮の決意は止められない。突然の院の来訪に恐縮する光源氏の目の前で、女三の宮は朱雀院に出家させてくれるよう訴える。それはいつもと違う強い意志表示であった。

あれほど頼んだのに、光源氏の愛情が深いわけではないことを聞いていた朱雀院は、出家をさせても光源氏が粗略《そりゃく》に扱うことはあるまいと考えて許すことにする。光源氏は、御簾《みす》のなかにまで入り込んで出家を止めようとするも、女三の宮の決意は固く、朱雀院の手によって出家を果たす。すると、またしても六条御息所の死霊が物の怪として現われ、してやったりと光源氏をあざ笑うのであった。

女三の宮の出家を知らされた柏木は、重態に陥った。柏木は、見舞いに訪れた夕霧に、光源氏に不興《ふきょう》を買って許してもらえずにいることを打ち明けて、取りなしを頼むと、妻の落葉宮《おちばのみや》（女二の宮）の行く末をくれぐれも頼むと言い残して、〝泡が消えるように〟世を去った。光源氏は、若い柏木の死を痛ましく思った。五十日の祝いを盛大に行なうと、自分に似ていない赤子の薫を抱き上げて、因果応報《いんがおうほう》の思いにとらわれる。

夕霧は柏木との約束を守り、柏木の妻である落葉宮のもとに弔問《ちょうもん》に訪れる。これが夕霧の新たな恋の始まりとなってしまう。

## 六条御息所の呪い地図

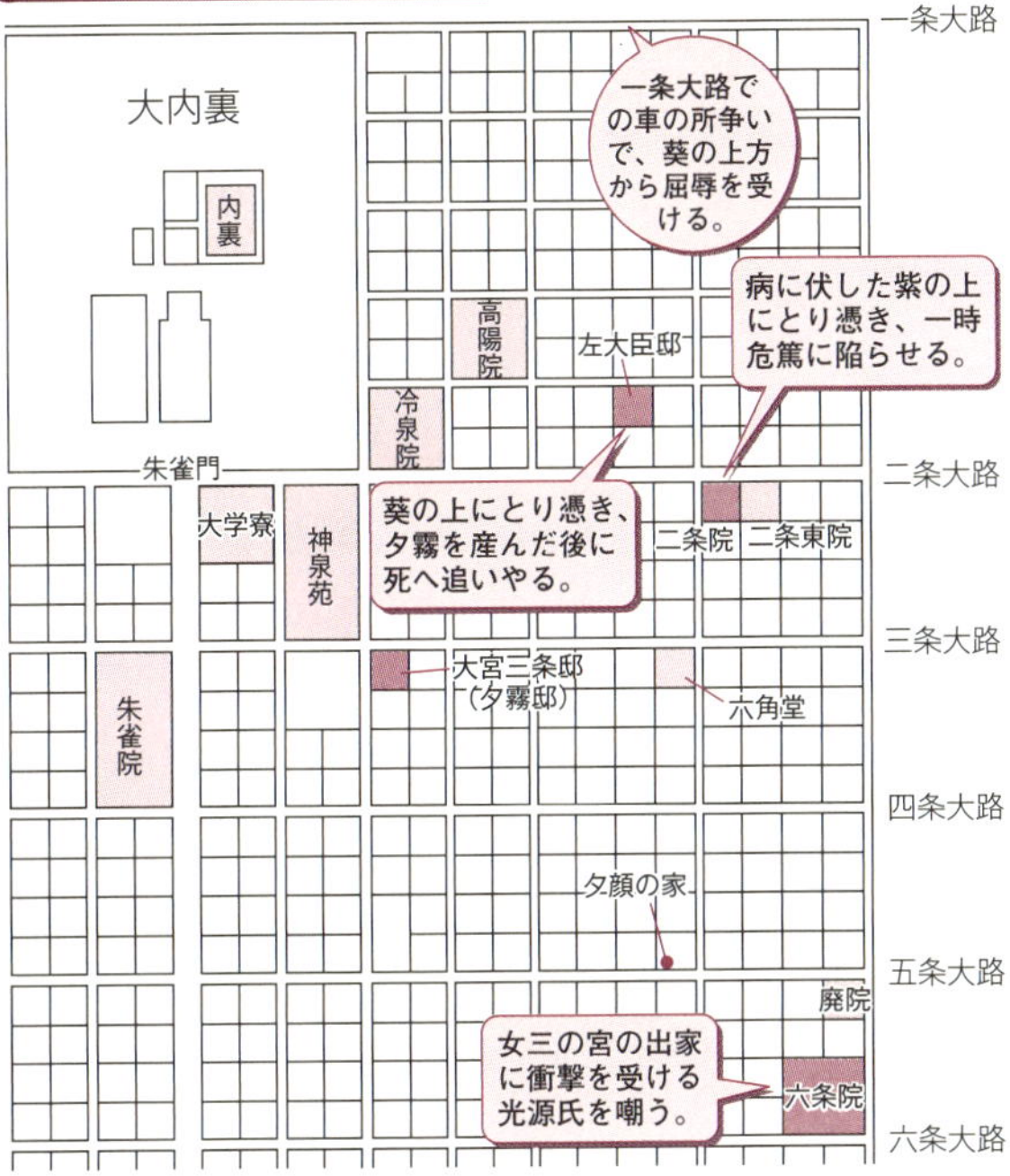


六条御息所は、光源氏と関係を持つ女性への嫉妬から、物の怪となって現われた。その物の怪は、光源氏から女性たちを奪っていく。

## 新生児の通過儀礼

| | |
|---|---|
| 湯殿の儀式 | 新生児に産湯を使わせる儀式。誕生後、7日間続き、1日2回行なう。弓の弦を鳴らして、邪気を祓う（鳴弦）。 |
| 産養 | 誕生後、3日、5日、7日、9日の夜に行なう祝宴。子の成育を願う。参加者からは食料・調度・衣服などが贈られ、詩歌管絃の遊びを行なう。 |
| 五十日の祝 | 子が生まれてから50日目に行なう儀式。新生児の口に餅を含ませる。100日目にも百日の祝いが行なわれた。 |

平安時代の出産は、女性にとって命がけの行為だった。生まれた新生児の死亡率も高く、無事の成長を祈って様々な儀式が行なわれた。

# 柏木の死後

## 亡き親友の妻・落葉宮を見舞う夕霧

「横笛」（第三十七帖）
「鈴虫」（第三十八帖）

### 柏木亡き後の人々

亡き柏木の妻・落葉宮（女二の宮）は、一条宮《いちじょうのみや》で母親の一条御息所《みやすどころ》と共にひっそりと暮らしていた。一条御息所は教養のある女性で、幸薄かった娘の結婚を嘆いていた。

その落葉宮の庇護《ひご》を託された夕霧は、子沢山《こだくさん》で、自分の邸ではいつも子供たちが走り回り、北の方の雲居雁《くもいのかり》も育児に追われている。そうした夕霧にとって、一条宮の寂しげで風《ふ》情《ぜい》ある様子は趣《おもむき》深く感じられた。

ある秋の夕暮れ、夕霧が一条宮を訪れると、落葉宮はひっそりと琴を弾いていた。そこで夕霧が琵琶を手にして、夫を思う曲「想夫恋《そうふれん》」を奏《かな》で、求めに応じて落葉宮も御簾を隔てて少しばかり合奏した。

一条御息所は、夕霧に柏木愛用の横笛を贈る。夕霧は、柏木が生前、この笛を吹きこなす人がいたら伝えたいものだと言っていたのを思い出し、吹き鳴らしてみるのであった。

夜になって夕霧が自分の邸に帰ると、格子《こうし》が下ろされ、家の者は皆寝静まっていた。夕

こらむ

## 女三の宮のその後

出家した女三の宮は、六条院で暮らし続けていた。光源氏に対して不信感を抱く朱雀院は、光源氏のもとを離れて三条宮に移り住むよう勧めたのだが、光源氏が手放そうとしないのだ。光源氏は、女三の宮の持仏《じぶつ》の開眼《かいげん》供養《くよう》を盛大に営むなど丁重な扱いを続けている。

秋の十五夜には、鈴虫の鳴き声が賑やかなところへ光源氏がやってきて、鈴虫と松虫について語ったところ、女三の宮は、「おほかたの秋をばうしと知りにしをふり棄《す》てかたき鈴虫の声」と、「秋」と「飽き」をかけて、光源氏に飽きられた意を込めた歌を詠む。

光源氏は「思いのほか」と言って心外だとしたうえで、女三の宮の美しさを賛美する歌を贈り、未練をのぞかせている。

## 夕霧と雲居雁のすれ違い

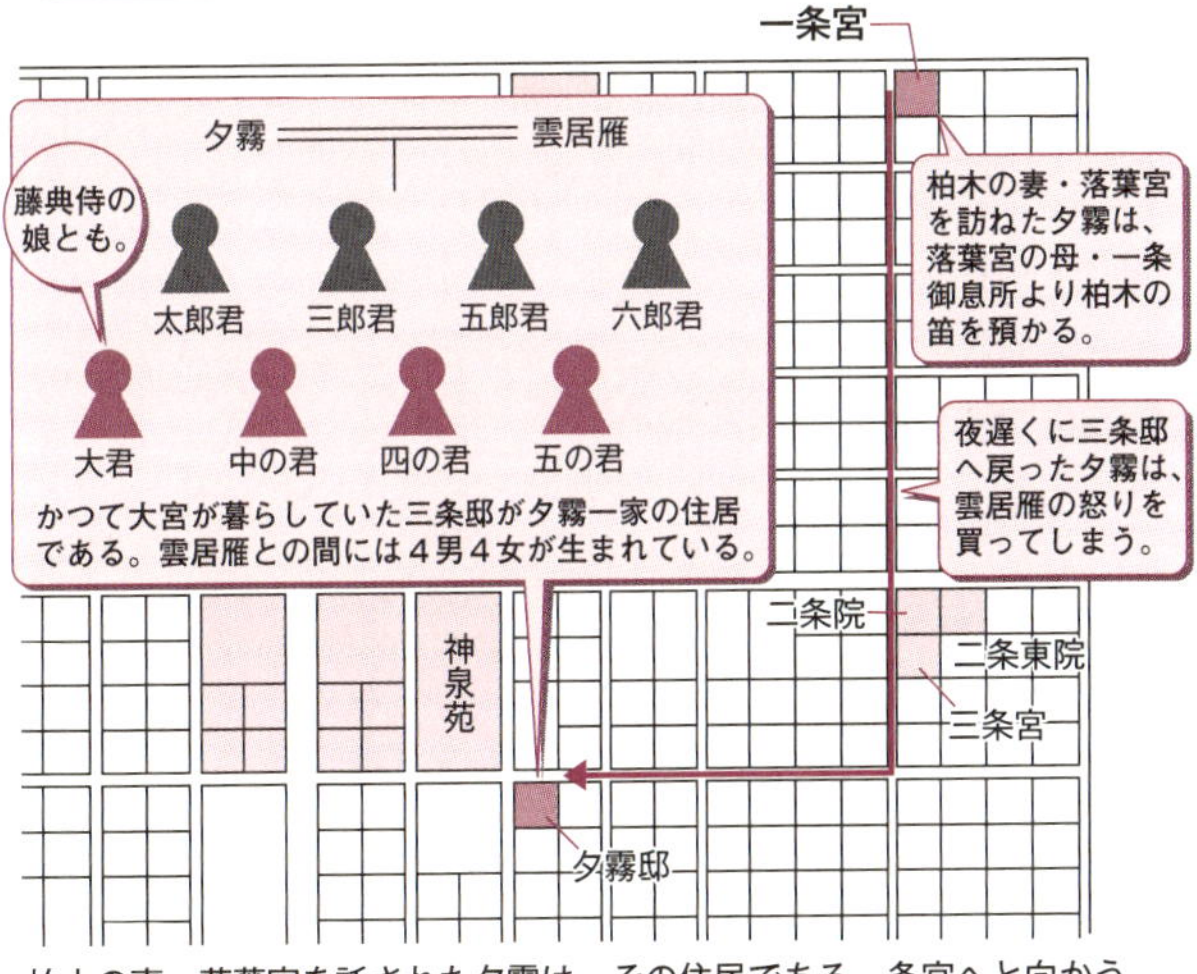


柏木の妻・落葉宮を託された夕霧は、その住居である一条宮へと向かう。

霧が落葉宮に親切なのは恋をしているからだと告げ口する者がいて、雲居雁が怒ったのだ。

その晩、夕霧の夢に柏木の霊が現われた。柏木は笛を手に取ると、これは私の子孫に伝えてほしいとの歌を口にする。夕霧は子孫とは誰のことなのか聞こうとするが、子供の泣き声で目が覚めてしまった。

雲居雁は子供をあやしながら、夕霧が目覚めたのに気づくと、「あなたが若者のように家の外をうろついて夜遅く帰ってきて格子を上げたりするから、物の怪が入ってきたのでしょう」と嫌味《いやみ》を言った。

夢のことが気にかかる夕霧は、笛をどうしたものかと六条院の父のもとに相談に行った。そこでは明石の女御の子供たちと薫が賑やかに遊んでいる。夕霧には薫の面《おも》ざしが柏木に似ているように思われた。

夕霧が光源氏に昨夜の夢のことを話すと、光源氏はその笛が由緒《ゆいしょ》ある品であることを語り、自分が預かると言う。光源氏の表情から事の真相をみてとった夕霧は、それ以上の詮《せん》索《さく》はできなかった。夕霧は、柏木が臨終の際に、光源氏に申し訳なく思っていることがあるので取りなしてくれと繰り返し言っていたことを話したが、光源氏は、何のことか思い当たらないと話をそらすばかりだった。

# 夕霧への手紙

## 誠実で真面目な夕霧、奔走の果てに思いを遂げる

「夕霧」（第三十九帖）

### ●あらゆる退路を断たれた落葉宮

落葉宮は、母の一条御息所が病みついたため、一緒に小野《おの》の山荘へ移っていた。弔問での出会い以来、落葉宮への恋を募《つの》らせる夕霧は小野に出かけ、霧が深くて帰り道がよく見えないのを口実に、一晩中留まって思いを伝えるが、結局落葉宮に拒絶されてしまう。

しかし、翌朝になって夕霧が山荘を出るのを見た者が一条御息所にそれを伝えたため、一条御息所は夕霧と落葉宮が一夜の契《ちぎ》りを結んだものと思い込む。そして、病の苦しさをおして、夕霧の真意を問う手紙を書いた。

ところが、夕霧が自分の邸でその手紙を手にし、灯火を手元に引き寄せて読もうとした瞬間、後ろから近づいてきた雲居雁に奪い取られてしまった。雲居雁は、それを落葉宮からの手紙だと思ったのである。夕霧は「あさましう、こはいかにしたまふぞ（ひどい、何をなさるのだ）」と抗議したのち、とっさに花散里《はなちるさと》からの手紙であるとして切り抜けようとした。

翌日の夕方、ようやくその手紙を見つけて読んだ夕霧は、一条御息所に誤解されているのを知って、急いで返事を書き送る。だが一条御息所は、夕霧が訪ねて来ないうえ返事まで来ないことから、娘は捨てられたのだと落嘆して病状を悪化させ、夕霧の不実を嘆きながら息を引き取ってしまった。落葉宮の嘆きようは大変なもので、母の死の直接の原因となったのは夕霧だと恨《うら》んでいる。慌てた夕霧は葬儀に駆けつけ、何くれと面倒を見ても、落葉宮は出家を望んで塞《ふさ》ぎ込んでいるばかりである。

それでも夕霧は諦《あきら》めず、一条御息所の忌《い》みが明けると一条宮を修理し、周囲の者を味方につけて落葉宮を連れ帰らせた。落葉宮は、壁土で塗り固めた塗籠《ぬりごめ》に閉じ籠《こも》ったものの、夕霧は女房たちまで手なづけて入り込み、強引に落葉宮と契りを交わす。

夕霧が一条宮に長く居座っているのを怒った雲居雁は、女の子と幼い子だけを連れて実家に帰ってしまい、夕霧が迎えに行っても頑《がん》として帰ろうとしなかった。

夕霧にはもうひとり、光源氏の従者・惟光《これみつ》の娘である藤典侍《とうないしのすけ》という妻があり、雲居雁との騒動に際して彼女は慰《なぐさ》めの手紙を贈っている。

のちの第四十二帖「匂兵部卿《におうひょうぶきょう》」には夕霧が落葉宮を六条院北東の町に迎え入れ、月の半分ずつ、雲居雁と落葉宮のもとに通うことが描かれている。

## 大原と落葉宮関連地

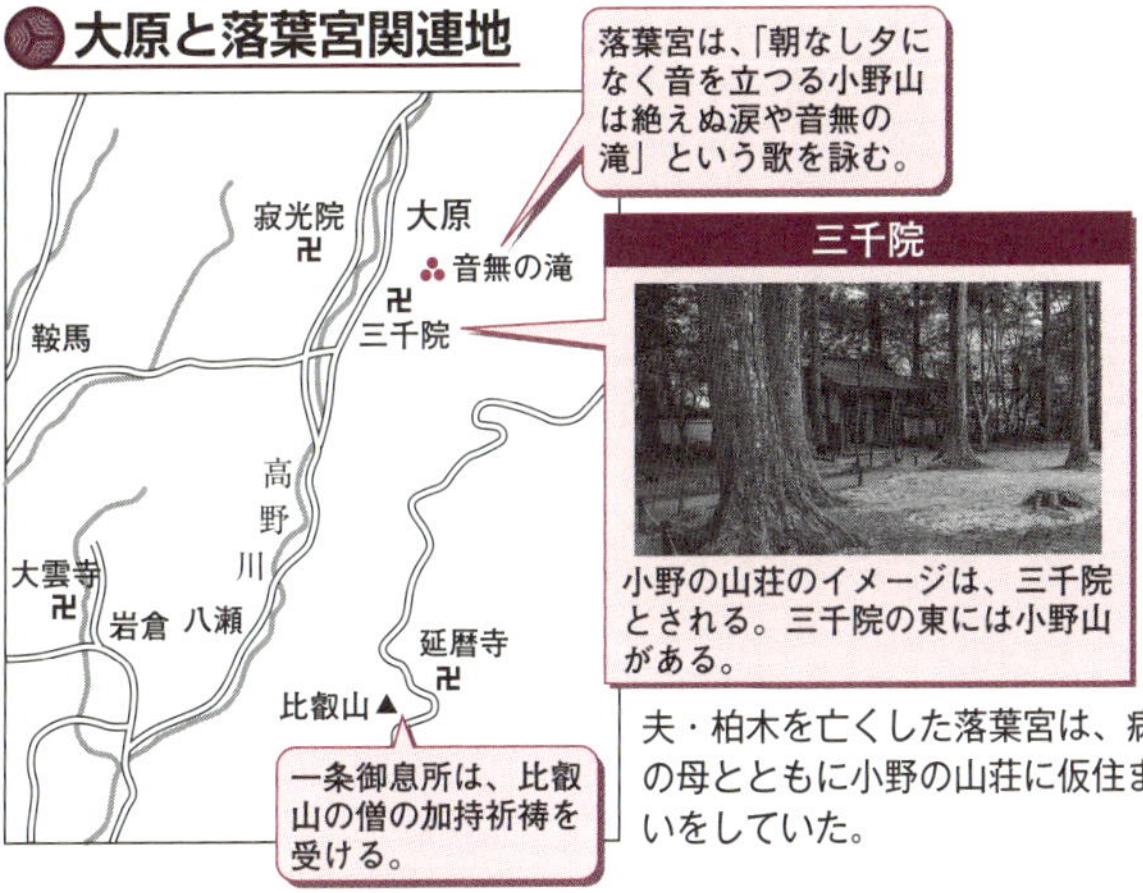


夫・柏木を亡くした落葉宮は、病の母とともに小野の山荘に仮住まいをしていた。

## 夕霧周辺の人物動向

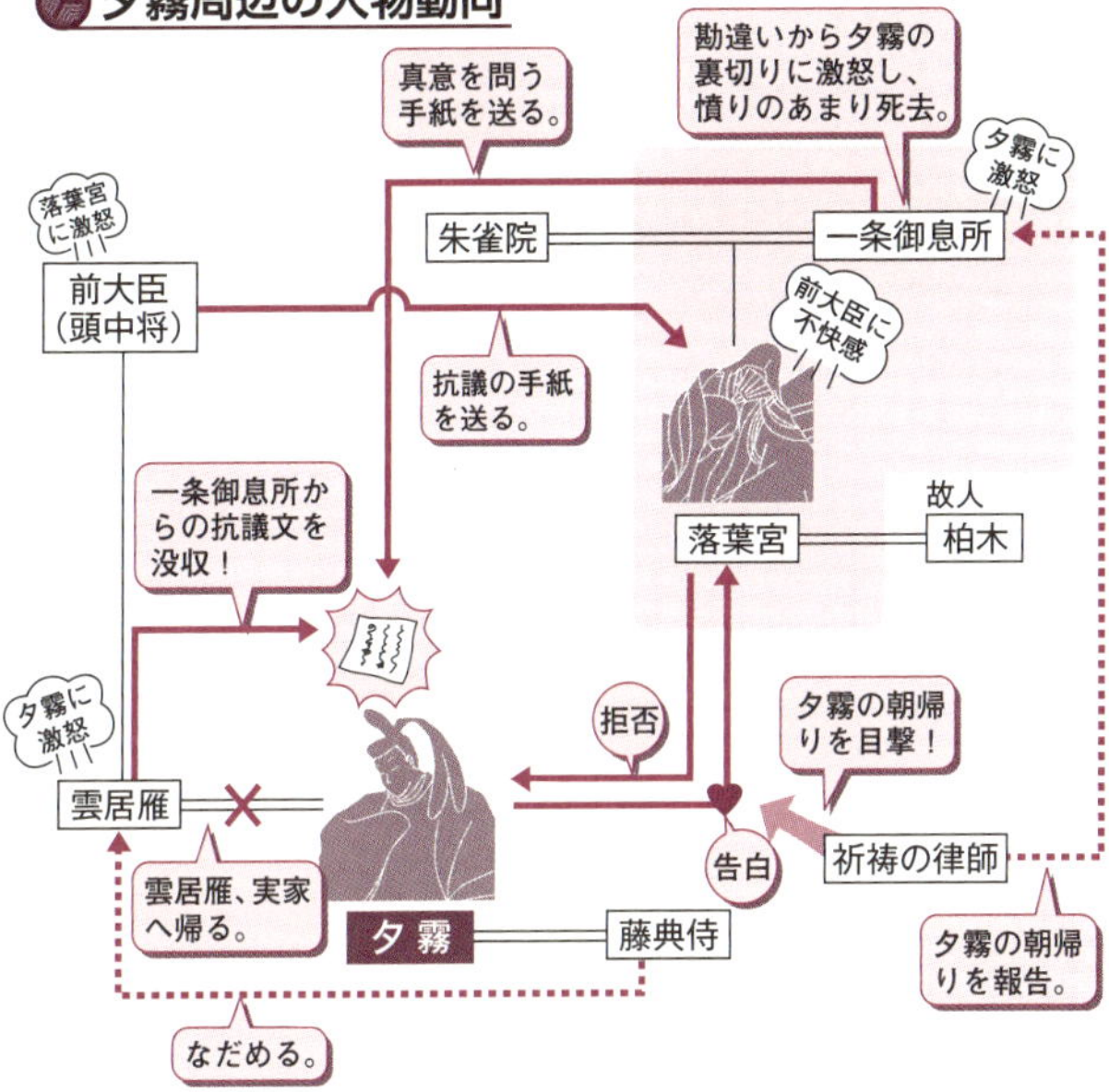

# 紫の上の死

## 露が消えるように世を去った最愛の女性

「御法」（第四十帖）
「幻」（第四十一帖）

### ●露が消えるように世を去る紫の上

紫の上は、女楽《おんながく》の後の大病以来、病がちとなり、出家を願い続けていた。

だが光源氏は、仏道に入れば夫婦は別々になると、どうしても許そうとしない。自分の命が残りわずかなことを悟《さと》る紫の上は、三月十日の桜の盛りに私邸と考えている二条院で法華《ほけ》経《きょう》千部の供養を行なう。それは今上帝や東宮をはじめ多くの人からの心寄せがある盛大さであった。花散里や明石の君も招かれるなか、紫の上は彼女たちにそれとなく別れの挨拶を送るのだった。

夏になると、暑さのなかで紫の上は衰弱《すいじゃく》し、絶え入ってしまいそうになることがしばしばある。明石の中宮も、養育してくれた紫の上の様子が心配で里下がりしてきた。紫の上の容態は秋になっても好転せず、秋風に萩が揺れる八月十四日の明け方、光源氏に見守られ、明石の中宮に手を握られながら、〝露《つゆ》が消えるように〟世を去った。

光源氏は、出家を許してやらなかったことをいたわしく思い、僧に命じて髪を削《そ》いでや

## 光源氏の妻たち

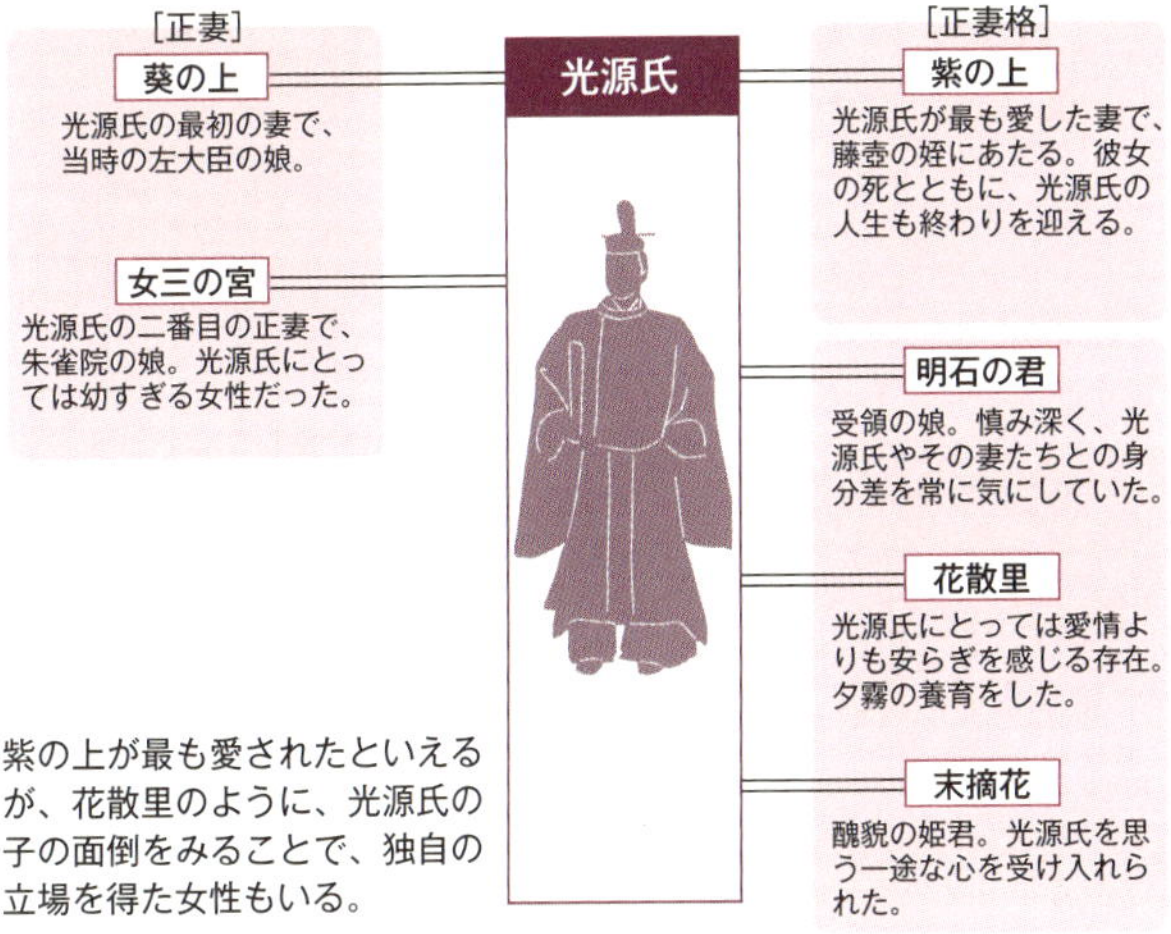
光源氏
[正妻]
葵の上
光源氏の最初の妻で、当時の左大臣の娘。
女三の宮
光源氏の二番目の正妻で、朱雀院の娘。光源氏にとっては幼すぎる女性だった。
[正妻格]
紫の上
光源氏が最も愛した妻で、藤壺の姪にあたる。彼女の死とともに、光源氏の人生も終わりを迎える。
明石の君
受領の娘。慎み深く、光源氏やその妻たちとの身分差を常に気にしていた。
花散里
光源氏にとっては愛情よりも安らぎを感じる存在。夕霧の養育をした。
末摘花
醜貌の姫君。光源氏を思う一途な心を受け入れられた。
紫の上が最も愛されたといえるが、花散里のように、光源氏の子の面倒をみることで、独自の立場を得た女性もいる。

った。それでも紫の上が亡くなったことは信じられず、その顔を見つめ続けている。駆けつけてきた夕霧は、かつて野分《のわき》の日に垣間見た紫の上の面影《おもかげ》が忘れられず、そっと几帳《きちょう》を上げて見ると、紫の上の美しさは生前にもまさるほどで、非の打ちどころがなかった。

その日のうちに紫の上の葬送が行なわれた。広い野に多くの車が立て込み、涙を流さない者はおらず、光源氏は悲しみのあまり空を歩むような心地がして、人に助けられてやっと歩くほどであった。

### 季節の移ろいと近づく出家

光源氏は、紫の上の死の衝撃があまりに強く、出家に踏み切ることも出来ないでいた。

当時、妻の喪《も》は三ヶ月とされていたが、光源氏は翌年の正月になっても年賀の人に会わず、御簾のなかに閉じ籠っていた。六条院の女性たちを訪ねることもせず、紫の上の女房たちを相手に思い出話にふけるのだが、女三の宮の降嫁《こうか》の際に紫の上がどれほど辛い思いをしたか、女房に語られると、改めて胸がふさがる思いがするのだった。

二月、三月と過ぎ、紫の上が愛した紅梅《こうばい》や桜が咲きこぼれるのを見るといっそう追慕《ついぼ》の情にとらわれ、四月の更衣《ころもがえ》、五月の五月雨《さみだれ》、六月の盛夏《せいか》、七月の七夕《たなばた》と季節が流れても、光源氏は紫の上を偲《しの》びながら時を過ごすばかりだった。

八月の一周忌には、曼陀羅供養《まんだらくよう》を行ない、九月の重陽《ちょうよう》の日の菊、十月の雁《かり》にも紫の上を追慕する。

十一月の五節《ごせち》にも心動かされることなく、年が暮れていく頃、ようやく出家の心を決めて、大切にとっておいた紫の上の手紙などをすべて焼いた。

そして仏名会《ぶつみょうえ》で、光源氏は紫の上の死後、初めて御簾の外に出て人々に会った。これが最後の別れのつもりであろう。光源氏の美しさは以前と変わらず輝くばかりだったため、人々はありがたさに涙を流した。

こうして光源氏の長い物語は終わる。光り輝く主人公の、あまりにも寂しい退場である。

こらむ

## 「雲隠」について

この後にあるのが、「雲隠《くもがくれ》」の巻である。ところが、これは本文が一行もないタイトルだけの巻なのである。平安時代には、「雲隠る」という言葉で死を暗示することがあり、以後の巻は光源氏亡きあとの子孫たちの物語になっているので、雲隠には光源氏の出家と死が書かれているはずだが、何の表現もなされていない。

この巻を置いたのが作者自身ならば、主人公の死をあえて巻名だけで示すという手法を用いたことになる。また、後世の誰かが五十四帖につけ足したのではないかとも考えられるし、古くは本文があったものの、いつしか散逸してしまったとも考えられ、さまざまな説がある。いずれにしてもこの謎についての答えは、一切不明とせざるを得ない。

### 京都の葬送地

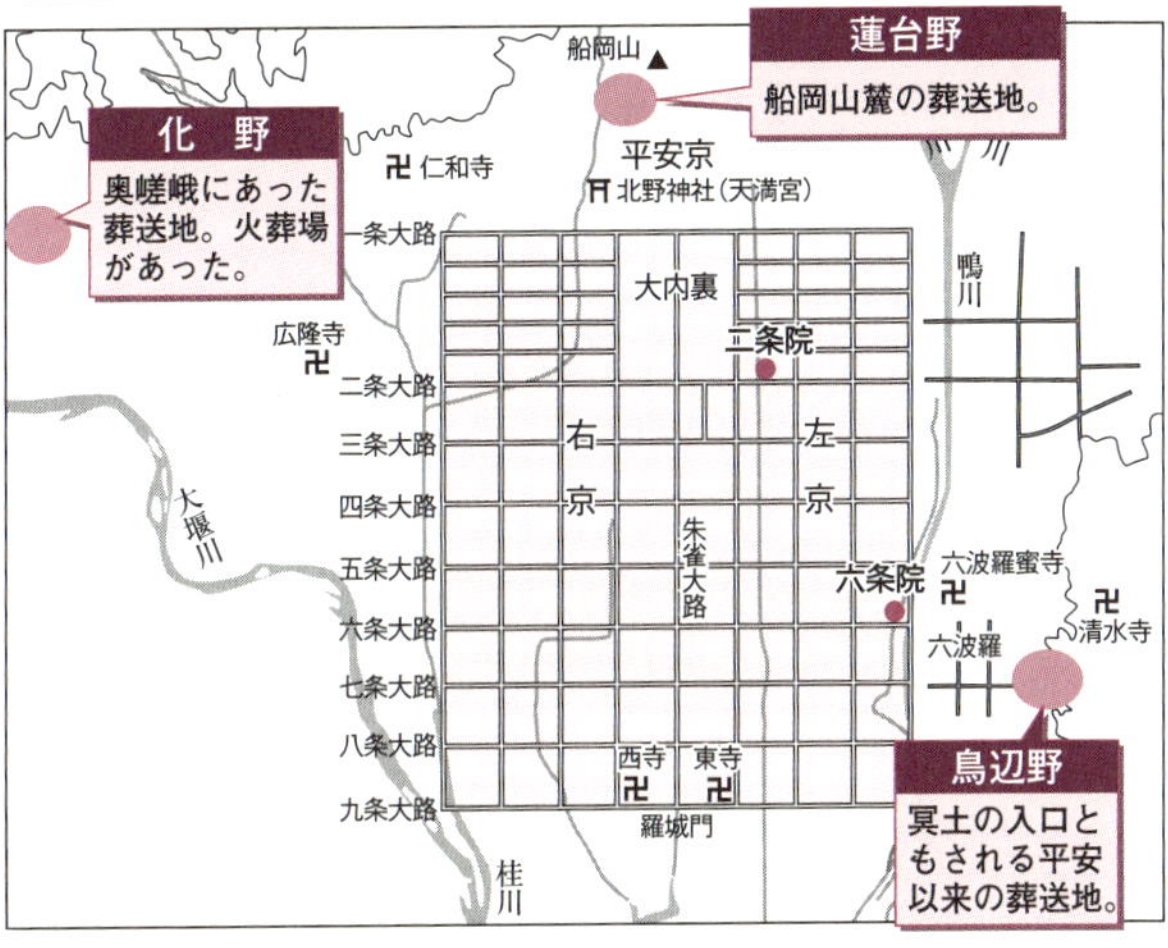


平安時代、死者は平安京周辺の葬送地に運ばれ荼毘に付された。

# 第五章

## 薫と匂宮

――宇治の姫君たちとの恋と終わりゆく物語

## 第五章のあらすじ

光《ひかる》源氏《げんじ》の死から九年後、その後継者として柏木《かしわぎ》と女三《おんなさん》の宮《みや》の間に生まれた薫《かおる》と、今上帝《きんじょうてい》の第三皇子で、母を明石《あかし》の中宮《ちゅうぐう》とする匂宮《におうみや》がもてはやされていた。

宇治《うじ》で仏道修行に励む八《はち》の宮《みや》の存在を知った薫は、宇治をしばしば訪れるなかで、八の宮の二人の姫君を垣間見《かいまみ》て、姉の大君《おおいぎみ》に心を奪われる。八の宮の没後、薫は大君と結ばれるために奔走。ついには匂宮と中の君を結婚させたが、匂宮の行動に中の君が悩まされ、薫は大君に非難されてしまう。

結局大君は薫を受け入れることなく没する。悲嘆に暮れる薫であったが、中の君から大君の生き写しである浮舟《うきふね》の存在を知らされる。

浮舟との邂逅《かいこう》を果たした薫は、浮舟に興味を抱く匂宮から浮舟を隠すべく、浮舟を宇治へと連れていく。だがその噂を聞いた匂宮は、薫を装って浮舟の部屋に忍び込み、強引に浮舟と契《ちぎ》ってしまう。

薫の庇護を受ける浮舟であったが、次第に情熱的な匂宮に惹かれていく。だが、薫のことも裏切れず苦悩の末に宇治川への入水《じゅすい》を決意する。姿を消した浮舟は入水して死んだものとされた。しかし、浮舟は横川僧都《よかわのそうず》に助けられ、回復後出家した。浮舟の存在を聞いた薫は横川を訪問する。

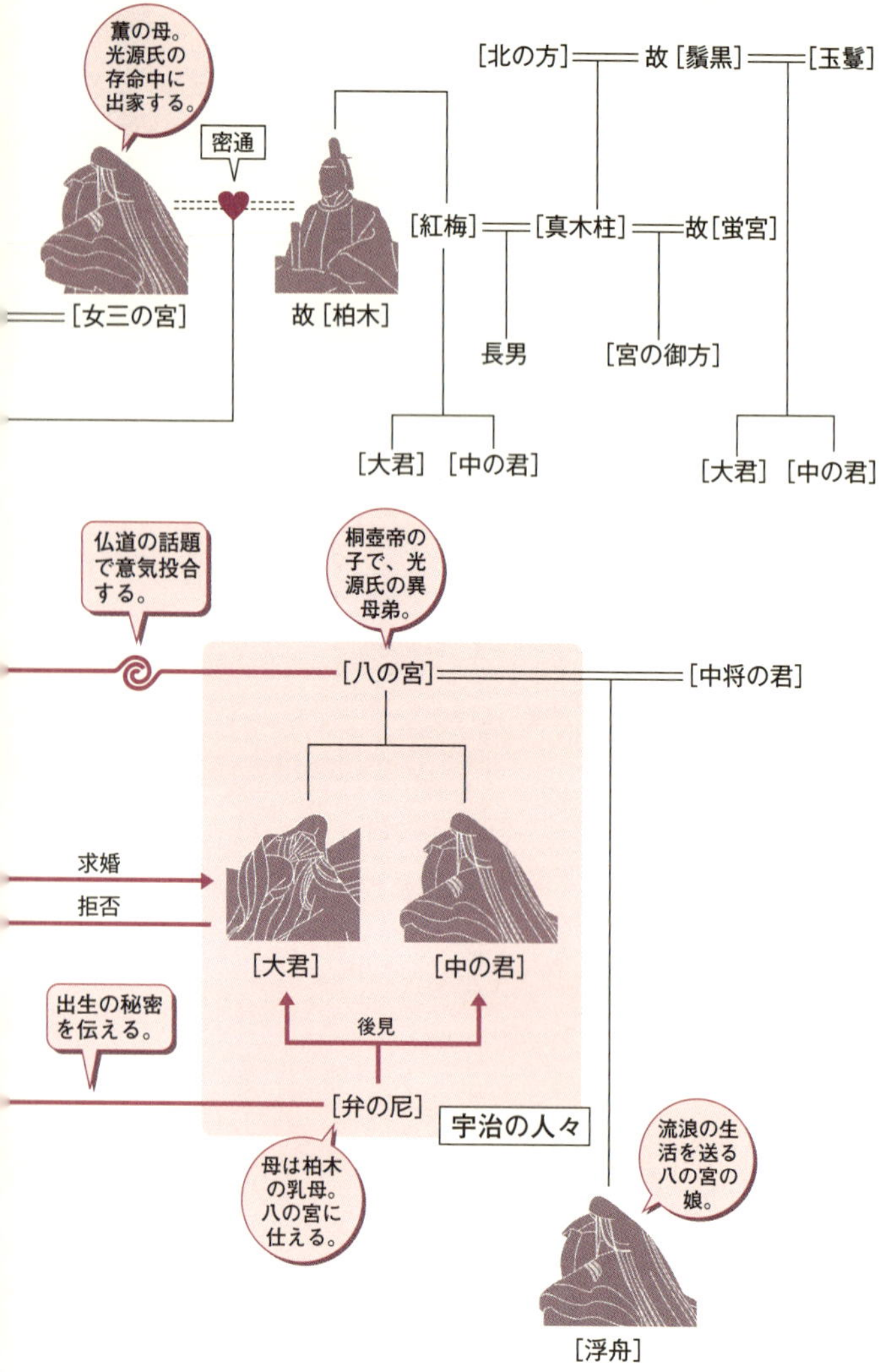
薫の母。光源氏の存命中に出家する。
密通
［女三の宮］
故［柏木］
［北の方］
故［鬚黒］
［玉鬘］
［紅梅］
［真木柱］
故［蛍宮］
長男
［宮の御方］
［大君］
［中の君］
［大君］
［中の君］
仏道の話題で意気投合する。
桐壺帝の子で、光源氏の異母弟。
［八の宮］
［中将の君］
求婚
拒否
［大君］
［中の君］
出生の秘密を伝える。
後見
［弁の尼］
宇治の人々
母は柏木の乳母。八の宮に仕える。
流浪の生活を送る八の宮の娘。
［浮舟］

## 第五章の登場人物

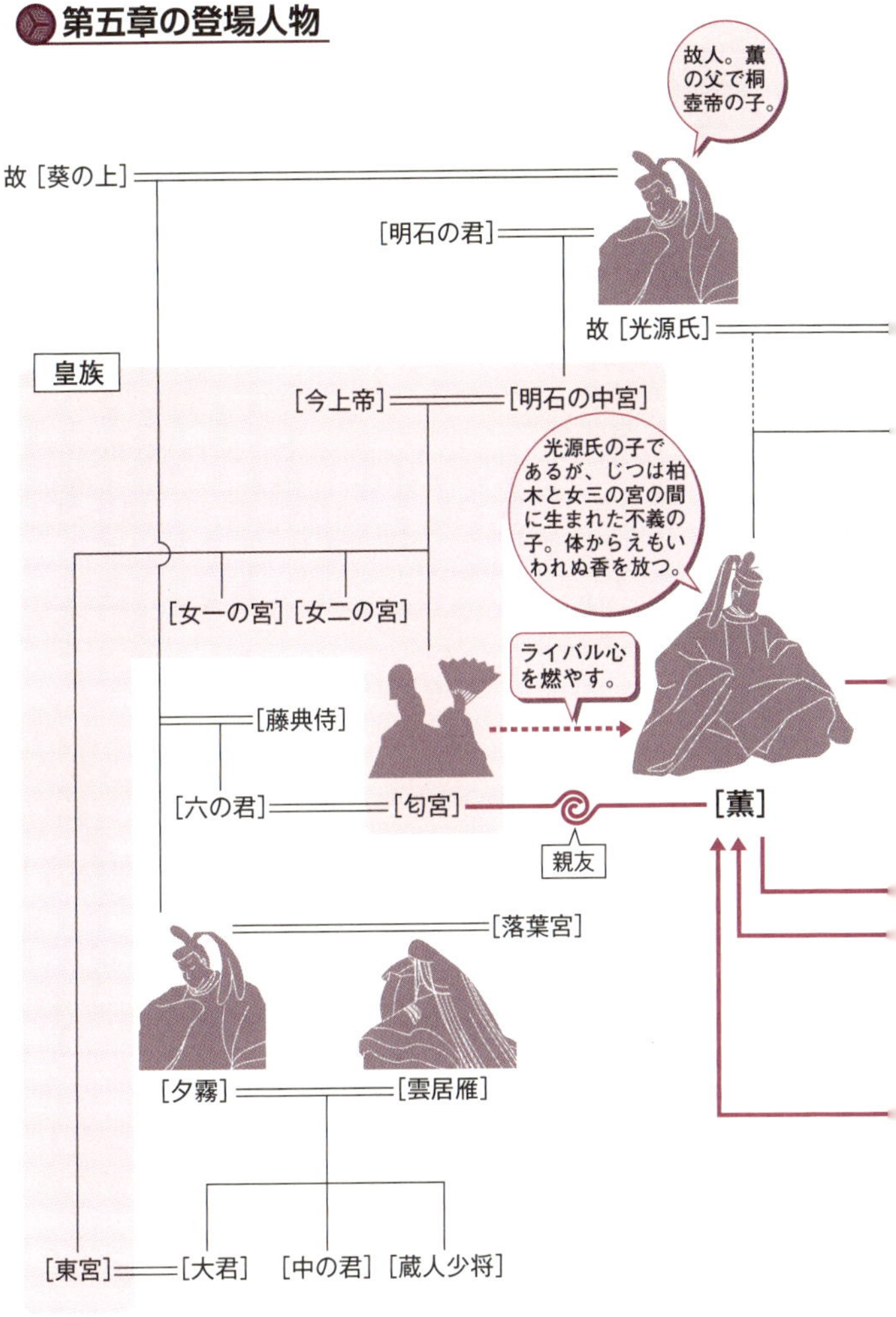
故人。薫の父で桐壺帝の子。
故［葵の上］
［明石の君］
故［光源氏］
皇族
［今上帝］
［明石の中宮］
光源氏の子であるが、じつは柏木と女三の宮の間に生まれた不義の子。体からえもいわれぬ香を放つ。
［女一の宮］
［女二の宮］
ライバル心を燃やす。
［藤典侍］
［六の君］
［匂宮］
［薫］
親友
［落葉宮］
［夕霧］
［雲居雁］
［東宮］
［大君］
［中の君］
［蔵人少将］

# 薫と匂宮

## ふたりの貴公子がもてはやされる光源氏没後の世界

「匂兵部卿」（第四十二帖）
「紅梅」（第四十三帖）

### ●対照的なふたりの貴公子

第四十二帖「匂兵部卿《におうひょうぶきょう》」の巻より、『源氏《げんじ》物語《ものがたり》』は光源氏《ひかるげんじ》没後の物語を語る。

光源氏の死から九年、輝くばかりだった光源氏の後継者としてふさわしい人物はいなかったものの、薫《かおる》と匂宮《におうみや》のふたりが格別な魅力を持つ人物としてもてはやされていた。

薫は光源氏の正妻・女三《おんなさん》の宮《みや》とかつての頭中将《とうのちゅうじょう》の子・柏木《かしわぎ》との間に生まれた不義《ふぎ》の子だが、光源氏は自分の子として育て、それを疑う者はいなかった。一方匂宮は、今上帝《きんじょうてい》と明石《あかし》の中宮《ちゅうぐう》との間に生まれた三の宮である。いずれも高貴な身分で気品があり、美しいと評判だった。

薫は冷泉院《れいぜいいん》にとりわけ目をかけられ順調に昇進しており、匂宮も今上帝や明石の中宮に寵愛《ちょうあい》され、ことのほか大切にされていた。ふたりは仲がよく、音楽の遊びを共にしては張り合うように笛を吹くなど、何かにつけては並び称され、競い合うライバルでもあった。

薫は、生まれたときから体にえもいわれぬ芳香《ほうこう》が自然に備わっていて、それが遠くまで

## 光源氏没後の六条院

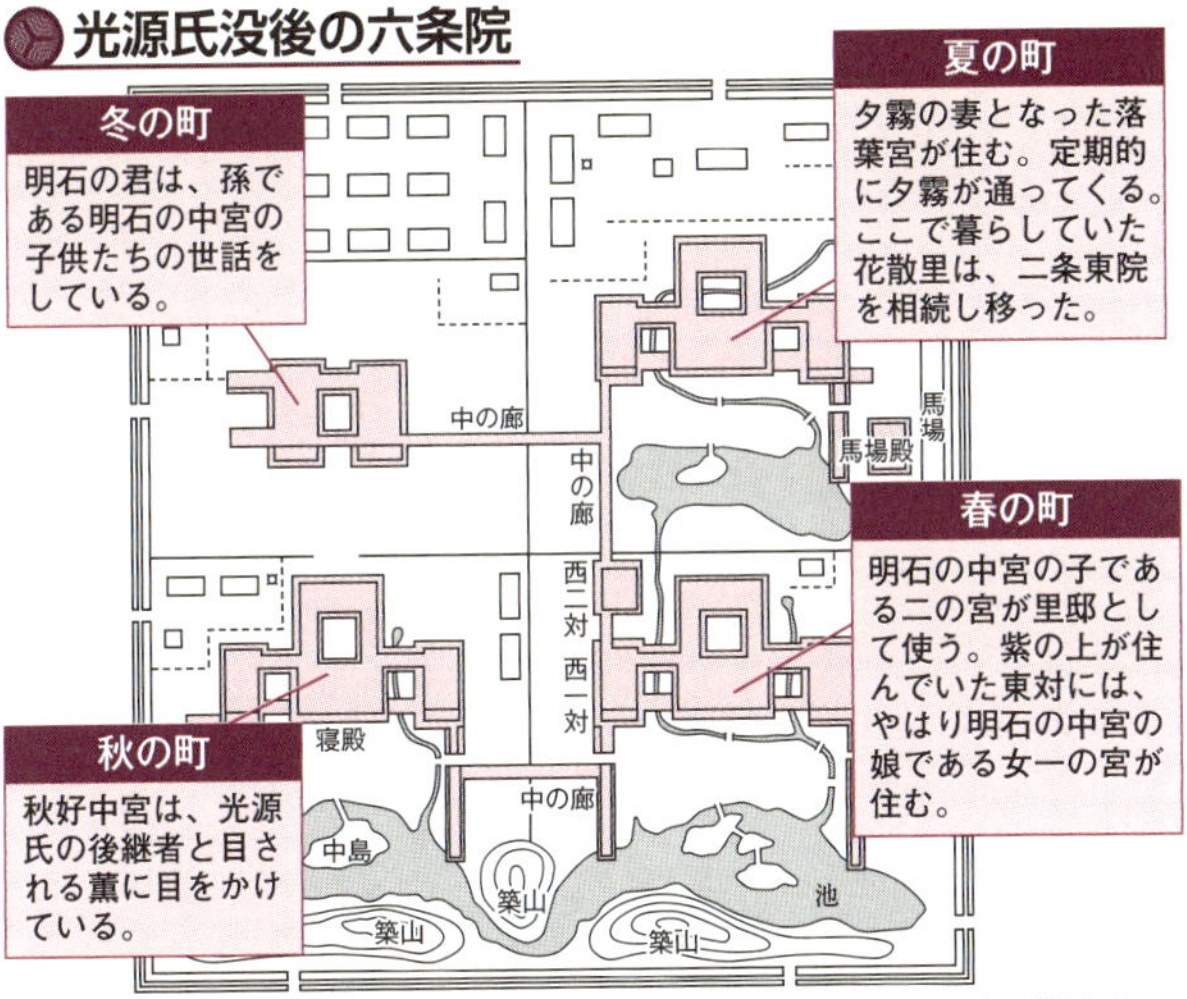
冬の町
明石の君は、孫である明石の中宮の子供たちの世話をしている。
夏の町
夕霧の妻となった落葉宮が住む。定期的に夕霧が通ってくる。ここで暮らしていた花散里は、二条東院を相続し移った。
中の廊
中の廊
馬場
馬場殿
春の町
明石の中宮の子である二の宮が里邸として使う。紫の上が住んでいた東対には、やはり明石の中宮の娘である女一の宮が住む。
西二対
西一対
寝殿
秋の町
秋好中宮は、光源氏の後継者と目される薫に目をかけている。
中の廊
中島
築山
池
築山
築山

尼になった女三の宮は、六条院を出て、三条宮に暮らしており、薫はそこをしばしば訪れる。光源氏がいた頃の華やかな六条院とは異なり、静かで少し寂しさが漂う邸宅に変わった。

漂《ただよ》い、人々を魅了した。匂宮はこれに対抗しようと、自ら明け暮れに様々な香を調合しては、それを念入りに焚《た》きしめた。そのため世の人々は、ふたりをそれぞれ「匂ふ兵部卿、薫る中将」と称して聞き苦しいほど盛んに噂をした。

女性が男性の視線から避けて生活していた平安時代において、各人が発する香りは識別ツールであり、個性を表現するものにもなった。

とくに女性のもとに通う男性は、香りを焚きしめて気を遣《つか》ったのである。薫と匂宮双方とも「香り」に関わる名であるが、「光る君」亡き後の主人公として象徴的な呼称である。

## 出生の秘密に縛られる薫

何かと比較された薫と匂宮は、その性格も対照的だった。

薫は、母の女三の宮が若くして出家《しゅっけ》し、仏事《ぶつじ》に没頭する毎日を送っているのを不審に思っていたし、幼い頃に自分の出自に秘密があるらしいことを聞いていたため、それが気がかりとなって物思いにふけることが多かった。

母の女三の宮に直接尋ねることもできず、比類のない昇進を遂《と》げ高い位についていても、何か不似合いな感じがして控え目に振る舞ったため、それがかえって世間の信望を集めた。

一方の匂宮は、香に没頭しすぎるところなどから、少し柔弱で趣味や恋に溺《おぼ》れる傾向があると世の人々に思われていた。

それでもこの二人はどちらも当代一の貴公子《きこうし》であったため、美しい娘のいる身分の高い家では、婿君《むこぎみ》になってくれるよう盛んに申し入れた。しかし薫は、俗世《ぞくせ》は虚《むな》しいものと考えていたので、女性に深く執着《しゅうちゃく》しては、いずれ出家するときの妨《さまた》げになるだろうと高貴な女性との結婚は考えていなかった。

一方の匂宮は、あちこち興味が惹《ひ》かれそうな女性に言い寄っては、その人柄や器量《きりょう》を探ってみたりはするものの、特に深く心を寄せる相手に巡り合うことがないままにいた。

# 玉鬘の姫君たち

## 娘たちの結婚に苦悩する夕顔の娘のその後

「竹河」（第四十四帖）

### 多くの男性から求婚されるふたりの姫君

多くの男性から求婚された玉鬘《たまかずら》は、鬚黒《ひげくろ》と結婚して三男二女を生んだ。鬚黒は太政大臣《だじょうだいじん》になったものの、光源氏の死と前後して亡くなってしまう。男子はそれぞれ元服《げんぷく》していたため生活の不安はなかったが、玉鬘は残るふたりの姫君の将来に思い悩むこととなった。

鬚黒は姉の大君《おおいぎみ》を入内《じゅだい》させるのが望みであり、今上帝からも参内《さんだい》させよとの御所望《しょもう》があった。だが帝には明石の中宮がいて深い寵愛《ちょうあい》を得ており、玉鬘は太刀打《たちう》ちできないと気後れするのだった。

そうした玉鬘に対し、冷泉院からも、姫君を宮仕《みやづか》えさせよと仰せがあった。かつて玉鬘が尚侍《ないしのかみ》として参内したものの、すぐに鬚黒によって退出させられてしまったのを惜しみ、その代わりに娘をというわけである。

ふたりの姫君は、美しいと評判で、多くの男性から求婚された。もっとも熱心なのが夕《ゆう》霧《ぎり》の子息である蔵人少将《くろうどのしょうしょう》で、姫君たちの弟に仲介を頼み、父の夕霧や、母の雲居雁《くもいのかり》に懇《こん》願《がん》して、玉鬘のもとに結婚の申し込みをしてもらうほどの入れ込みようだった。

ある日、蔵人少将は桜の枝を賭けて碁《ご》を楽しむ姫君たちを垣間見《かいまみ》ることができた。姉妹はそれぞれ美しいが、姉の大君のあざやかでしかも気高い様子に、ますます恋心をかき立てられるのだった。

多くの求婚者に対し、当の玉鬘は、若いながらも落ち着きのある薫を婿《むこ》にできたらいいと思っていた。

ある日のこと、玉鬘は薫の奏《かな》でる和琴《わごん》の音が、亡き柏木の楽の音によく似ていると感じた。むろん玉鬘は、薫が柏木の子であるなどと知るよしもないのだが、やはり音楽の天分《てんぶん》は受け継がれているのである。

結局、大君は冷泉院《れいぜいいん》のもとに参ることとなり、恋を失った蔵人少将は死ぬほど嘆き悲しんだ。大君に対する冷泉院の寵愛は深く、大君は女宮《おんなみや》や皇子を産んだが、女御《にょうご》方のそねみを買って気苦労が多く、ついには里に下がりがちになった。

妹の中《なか》の君《きみ》は今上帝に尚侍として出仕したが、やはり今上帝の中宮である明石の中宮には何かと遠慮しなければならなかった。玉鬘は、光源氏の形見《かたみ》として親しむ薫に、思うに任せぬ気苦労を嘆くのだった。

こらむ

## 真木柱のその後

鬚黒と北《きた》の方《かた》の娘で、母の実家に引き取られた真木《まき》柱《ばしら》は、その後、蛍兵部卿宮《ほたるひょうぶきょうのみや》のもとに嫁して宮《みや》の御方《おんかた》という姫君をもうけた。夫の死後は、亡き柏木の弟である紅梅大納言《こうばいだいなごん》と再婚し、大納言の先妻が生んだふたりの姫君と、宮の御方、それに大納言との間に生まれた若君という４人の子らと円満な家庭を築いた。

紅梅大納言は、先妻の娘のうち、姉を東宮《とうぐう》に入内《じゅだい》させて女御《にょうご》とした。妹の方は、匂宮に縁づかせたいと考え、紅梅の枝に託して話を持ちかけたのだが、匂宮は宮の御方の方に関心があるので、はかばかしい返事をせず、宮の御方に恋文を送ってくる。だが宮の御方は、実父のいないわが身を思って応じない。そうした宮の御方に匂宮はますます心惹《こころひ》かれるのだった。

## 抜け目なく出世していた夕霧

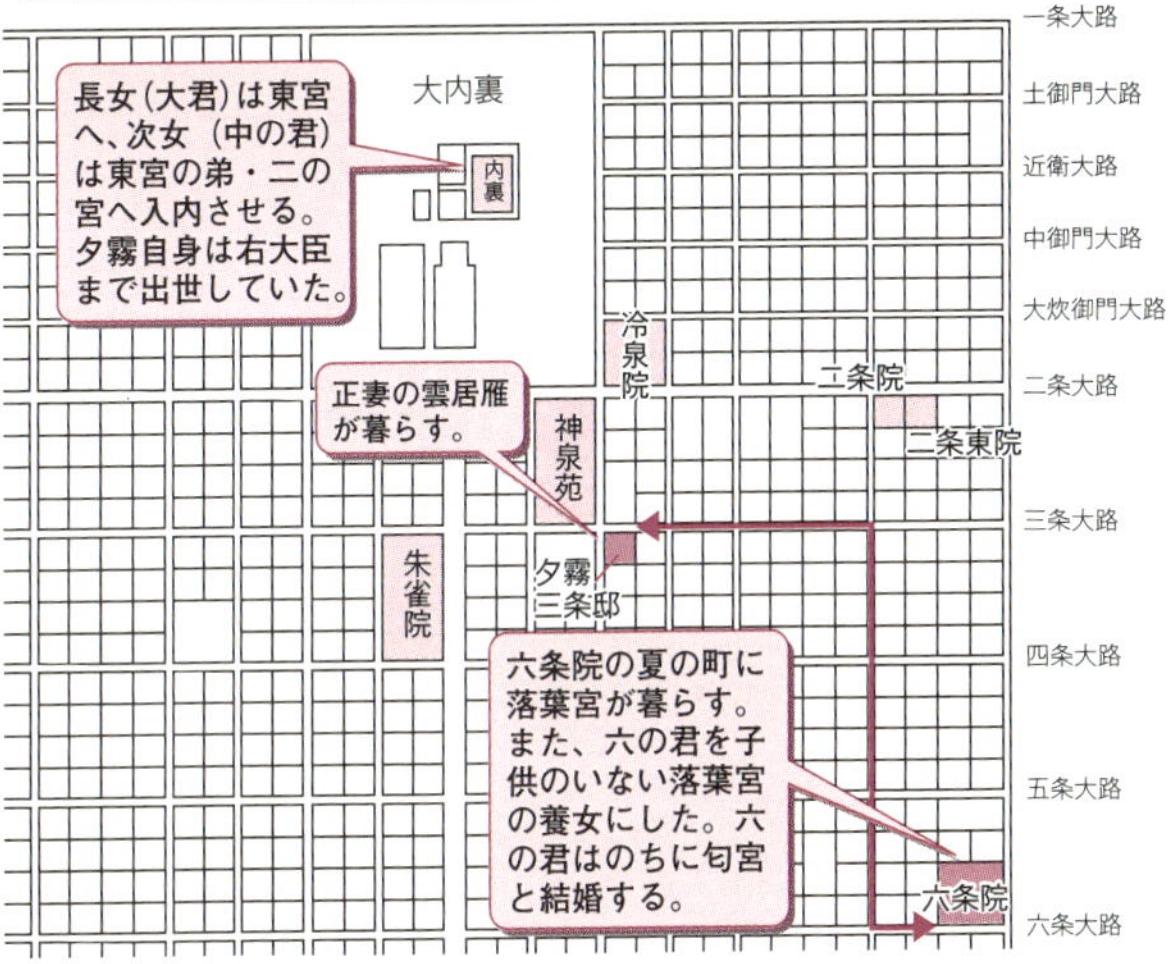


光源氏と葵の上の子・夕霧は、右大臣に昇進。三条邸に住む北の方・雲居雁と、六条院に住む落葉宮のもとを交互に通い、安定した日々を送っている。

# 薫の恋

## 仏道に興味を抱く薫が 宇治で垣間見た八の宮の娘たち

「橋姫」（第四十五帖）

### ●『源氏物語』の終盤を飾る宇治十帖の始まり

冷泉院の御前に参上した薫は、そこに居合わせた宇治《うじ》の阿闍梨《あじゃり》から興味深い人物の話を聞いた。その人物、八《はち》の宮《みや》は桐壺帝《きりつぼてい》の第八皇子で光源氏の異母弟にあたるのだが、出家しないまま宇治で仏道の修行にいそしみ、俗聖《ぞくひじり》と呼ばれているというのだ。

八の宮が隠棲《いんせい》した理由は、光源氏の若き日にまでさかのぼる。

冷泉院が東宮であった頃、光源氏を敵視していた弘徽殿大后《こきでんのおおきさき》らは、冷泉院を東宮から引きずり下ろすために八の宮を新たな東宮候補として担ぎ出した。だがその企《くわだ》ては失敗したため、人々は当てが外れたとばかりに八の宮から遠ざかり、八の宮は、都世界に復帰した光源氏が栄華を極めるのとは対照的に世の中から見捨てられたような存在となった。

しかも仲睦《なかむつ》まじかった北の方が早くに亡くなり、都の邸は火災で焼失するという不運が重なったため、失意のうちに住み慣れた都を離れて宇治の山荘に退いた。そして大君、中の君というふたりの姫君を男手ひとつで養育しつつ、念仏《ねんぶつ》に明け暮れてきたのである。

## 京から宇治へと至るルート

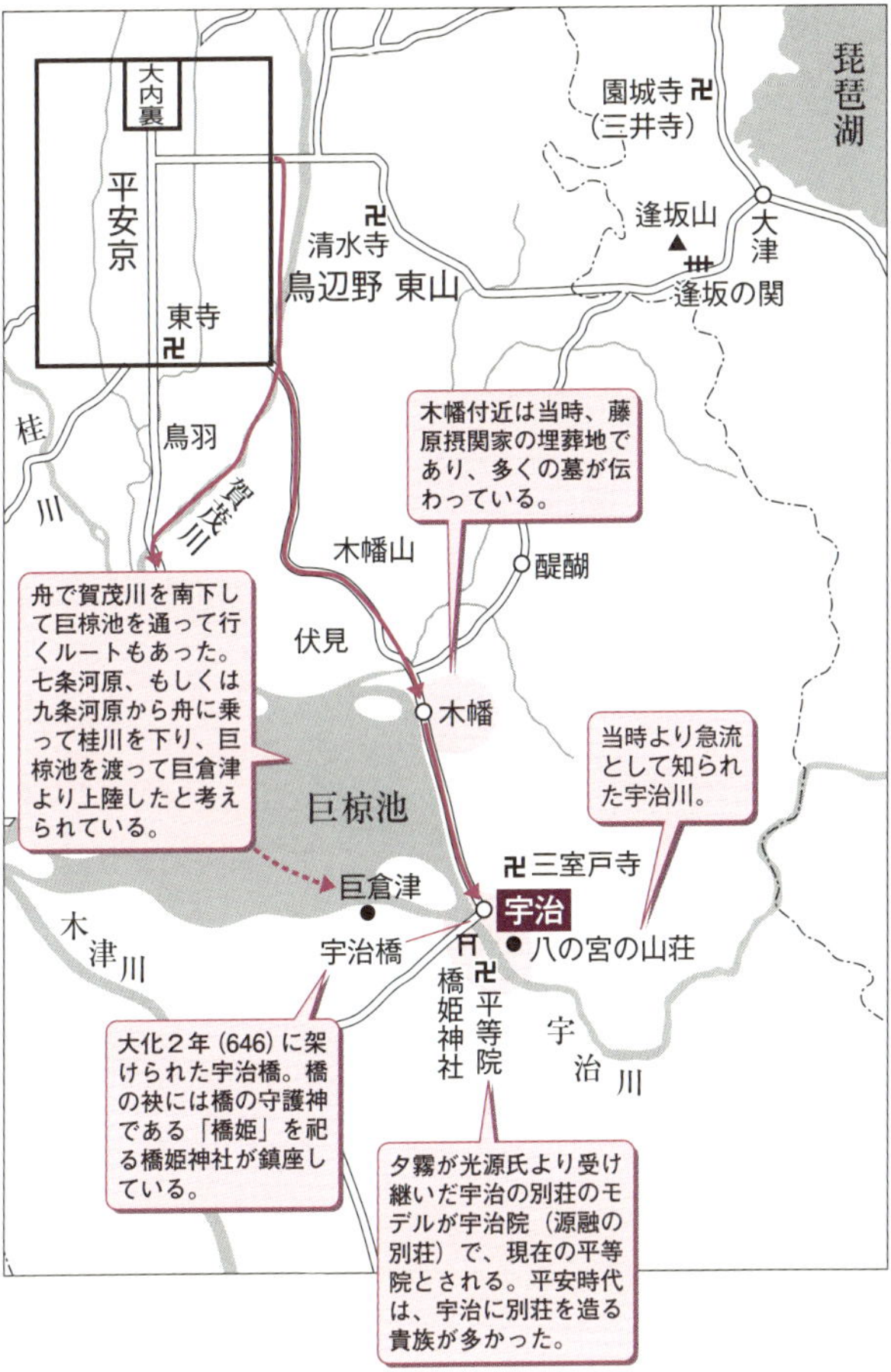


平安時代、貴族の別荘地であった宇治へ向かうには、陸路に加え、巨椋池を経由する水路があった。

興味を惹かれた薫は、八の宮と文《ふみ》を交わし、その暮らしぶりと人柄に惹かれてしばしば宇治を訪れるようになった。自分の出自に疑問を抱き、この世の無常を感じながら仏道を極めたいと思いつつも出家できずにいる薫と、姫君たちの将来が気にかかり出家を思いとどまっている八の宮。ふたりの心はすぐに通じ合い、仏の道を親しく語り合うのだった。

## 川の瀬音のなかで繰り広げられる恋

女性に消極的な薫であったが、宇治において初めての、そして真剣な恋が始まる。

薫と八の宮の交流が始まって三年目の秋、久しぶりに薫が宇治に赴《おもむ》いたところ、山荘から楽《がく》の音が響いてきた。琴《こと》の名手である八の宮が姫君たちと合奏しているのかと思ったが、八の宮は阿闍梨の山寺に籠《こも》っていて留守だという。

薫は、姫君たちの奏《かな》でる琴と琵琶《びわ》の音色を聞き、月下で語り合う姫君たちの姿を垣間見る。妹の中の君は明るく可愛らしい様子で琵琶の撥《ばち》を手にし、姉の大君は落ち着いた嗜《たしな》みのある風情で琴にもたれて、ふたりで楽しそうに機知《きち》に富んだ会話を交わしている。

昔物語のような情景が本当にあったのだと感激する薫……。それでも深い霧にさえぎられ、姫君たちの姿をはっきりとは見ることができない。やがて奥の方で「どなたかおいで

## 国宝『源氏物語絵巻』橋姫

月下で語り合う八の宮の娘たちを垣間見る薫。
（藤原隆能筆／国立国会図書館デジタルアーカイブより転載）

です」と用心を促《うなが》す声がしたため、姫君たちは御《み》簾《す》を下ろして奥に入ってしまったのだが、その所《しょ》作《さ》さえ、もの柔らかで優雅であった。

　薫は来訪したことを告げさせたものの、八の宮の邸宅に気の利《き》いた対応のできる女房《にょうぼう》もいなかった。やむなく大君が対応し、大君と歌を詠《よ》み交わした薫は、大君の歌にも心惹かれた。薫は京に戻っても、大君の面影が忘れられず、大君と歌の贈答を行なった。

　薫が宇治で大君に贈った歌のひとつが、「橋姫《はしひめ》の心を汲《く》みて高瀬《たかせ》さす棹《さお》をしづくに袖ぞ濡れぬる」で、「橋姫」という巻名はこの歌に由来する。

　薫の大君への想いはますます募り、これではとても俗世を捨てることなどできないと思うようになったのである。

# 薫の出自

## 八の宮に仕える老女によって語られた出生の秘密

「橋姫」（第四十五帖）

### 柏木の思いを伝える手紙

薫が気にとどめ続けてきたその出自が明かされる日がやってくる。

薫が大君を見初めた八の宮の邸に、弁《べん》という老女が仕えていた。薫が宇治の姫君たちを垣間見た日、この弁が薫に声をかけ、薫に会うことを祈りつつ過ごしてきたと涙ながらに告げる。薫は、年寄りは涙もろいものだと思いつつも、何か理由がありそうだといぶかしく思った。

すると弁は、その昔、自分は柏木の乳母子《めのとご》で柏木のそば近く仕えていたが、死を悟《さと》った柏木に呼び寄せられ、遺言《ゆいごん》めいたものを伝えられたというのだ。

薫は、その先を知りたいと思ったが、人目もあり、主である八の宮のいない邸で夜明かしとなるのも失礼だと、いったんは京に戻った。

改めて宇治を訪れた薫は、弁を呼び出して話を聞いた。弁は、柏木と女三の宮の恋、それに続く柏木の死の一部始終を語り、薫は衝撃を受ける。

## 薫の動揺

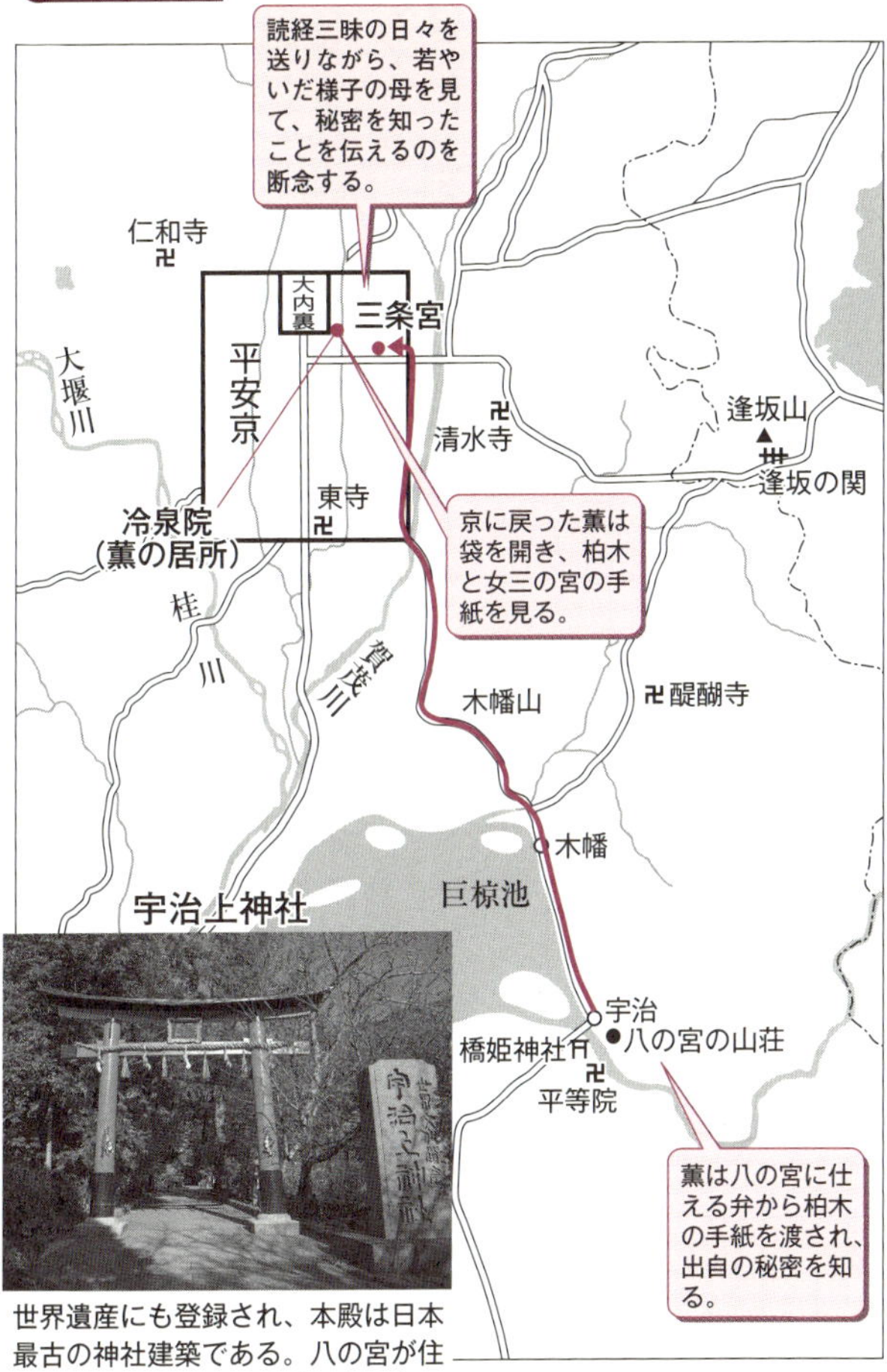


宇治上神社

世界遺産にも登録され、本殿は日本最古の神社建築である。八の宮が住んでいた山荘はこの辺りにあった。

宇治において弁からその出自の秘密を告げられた薫は、激しく動揺し、母のもとを訪ねる。

そして弁は、柏木から預かっていたものだと、薫にかび臭い袋を渡した。京に戻った薫が、固く封印《ふういん》をしてあったその袋を開いてみると、古い手紙が入っていた。それらは、柏木の恋文に対する女三の宮の返事、それに柏木が臨終《りんじゅう》の床でやっと書いたと思われる手紙だった。

手紙のなかの父・柏木は、病が重くなり、もう手紙を書くことも出来ないが、恋しい思いは募《つの》るばかりであり、女三の宮が出家してしまったことも悲しいと嘆いていた。そして、自分が生きていれば、せめてふたりの間に生まれた子の成長を見守ることもできただろうに、それもかなうまいと悲しんでいた。

それは、薫が光源氏の子ではなく、柏木と女三の宮との間に生まれた不義《ふぎ》の子だということの証拠だった。薫はもしこれが世間に漏《も》れていれば、大変なことになっただろうと思うのであった。

出生の真実を知った薫は、参内《さんだい》する気持ちにもなれず、母の女三の宮のもとを訪ねると、女三の宮は若やいだ姿で読経《どきょう》をしており、それを息子に見られたことを恥ずかしがるのだった。

これを見た薫は、秘密を知ったことはこの母宮にも言うことはできないと思うのであった。

# 大君への恋

## 悲劇的結末を迎えた薫の初めての恋

「椎本」（第四十六帖）
「総角」（第四十七帖）
「早蕨」（第四十八帖）

### 薫を拒み続けて亡くなった大君

宇治の姫君たちのことを薫から聞いた匂宮は、自分もぜひ会ってみたいものだと考えた。日頃はあまり女性に興味を持たない薫がこれほど夢中になるのだから、よほど美しい姉妹に違いない。そこで二月二十日過ぎ、初瀬《はつせ》への参詣の際に宇治へ赴き、八の宮の邸の対岸にある夕霧の別荘に泊まって管絃《かんげん》の宴を開いた。聞こえてきた楽の音に、八の宮は昔を懐かしみ、これをきっかけに匂宮と中の君の間で文が交わされるようになった。

その年の秋、薫が宇治を訪れると、八の宮は薫を待ちかねた様子で、「わが亡き後、娘たちをお世話ください」と薫に後見《こうけん》を依頼する。まもなく八の宮は、信頼できる人のもとに嫁《とつ》ぐのでなければ宇治を離れてはいけないと姫君たちに言い聞かせると、山寺に籠って世を去った。姫君たちは悲しみにうち沈み、薫も懇《ねんご》ろに弔問《ちょうもん》する。

八の宮の死後、薫は大君に繰り返し恋情《れんじょう》を訴えるようになる。ところが大君は応じない。薫が弁の手引きで大君の寝所に侵入した時には、気配を察して中の君を残し逃れてしまう。

ただし拒み続ける大君の側にも事情がある。

宇治を離れてはいけないという八の宮の遺言の存在が大君を縛り付けているのはもちろんだが、大君は男女の間柄を超えた心の交流を求めていたのだった。それを実現するためには、結婚を断念するしかない。大君は中の君の後見に徹することにしたのである。

そうとは知らず薫は、大君をなびかせるため、まず中の君を匂宮と結婚させようと考え、匂宮を宇治へ伴って山荘に案内。匂宮は中の君と契りを交わす。

大君は薫の画策《かくさく》を知って強く非難するが、匂宮は多忙の身ながらも三日続けて宇治に通い、中の君と夫婦となった。

ところが匂宮は、身分柄、そう簡単に宇治に行くことはできない。十月、匂宮は紅葉狩《もみじがり》を理由にやっと宇治に行ったものの、京から呼び戻されてそのまま帰ることになってしまった。事情を知らない姫君たちは、素通りした匂宮を怨《うら》み、嘆き悲しむ。

一方の匂宮も出歩いてばかりいることを今上帝に諫《いさ》められ、宇治へ通うことができなくなる。しかも匂宮には、夕霧の娘である六《ろく》の君《きみ》との縁談が進んでいたのである。

大君は、父宮の遺言を思い出しながら自分を責め、心労のあまり病床につくと、薫に看取られながら帰らぬ人となってしまった。

こらむ

## 中の君のその後

　父と姉を失った中の君は、匂宮によって京に迎えられ、二条院《にじょういん》で暮らすこととなった。だが、匂宮は気の進まない結婚ながらも、夕霧の娘・六の君の婿《むこ》となったところ、その美しさに新鮮な魅力を感じ、そちらで夜を過ごすことが多くなった。中の君は、懐妊して体調がすぐれないこともあり、不安な日々を送る。

　中の君の後見役として二条院を訪れては、語らうようになった薫は、中の君を匂宮に譲ったことを悔《く》やむ。そのうちに中の君へ好意を寄せるようになった薫は、中の君の袖を捕らえて恋心を告白する。匂宮は、薫の香りが残されていることから薫と中の君との仲を疑う。だが、匂宮との間に男児が生まれると、中の君は安定した立場を得ることになる。

## 匂宮と宇治訪問

薫から話を聞き、中の君が気になって仕方のなかった匂宮は、初瀬詣の帰路、宇治を訪問。夕霧の別荘に宿泊して管絃の宴を開いた。

# 浮舟の登場

## 父に認められず婚約も破棄、日陰で育った姫君

「宿木」(第四十九帖)
「東屋」(第五十帖)

### ●八の宮に認知されなかった身の上

大君の死後も彼女を忘れられずに過ごしていた薫は、大君によく似た女性がいることを中の君から知らされる。宇治に大君の「人形《ひとかた》」を据《す》えて偲《しの》びたいとする薫の言葉を契機として、中の君がその存在を教えたのである。

宇治を訪ねた薫は、尼となった弁から、浮舟《うきふね》と呼ばれる女性のことを聞き出す。浮舟は八の宮の娘で、大君らの異母妹にあたるが、母親である中将《ちゅうじょう》の君の身分が低いため認知されなかった。いづらくなった中将の君は受領《ずりょう》の男と結婚し、その相手が常陸介《ひたちのすけ》となったので、浮舟を連れて東国に下った。それから歳月が経ち、この春、都に戻ってきたようだ。浮舟は二十歳ぐらいになっているのではないか……。弁の尼はそのように語った。

四月二十日過ぎ、薫は、初瀬詣《もうで》の帰りに宇治の山荘に来合わせていた浮舟を垣間見る。薫は、浮舟が大君の生き写しであることに驚き、弁の尼に仲介を頼んだ。だが弁の尼から薫の意向を聞いた中将の君は、薫の身分が高すぎるため、それを信じられずにいた。

## 浮舟の周辺関係

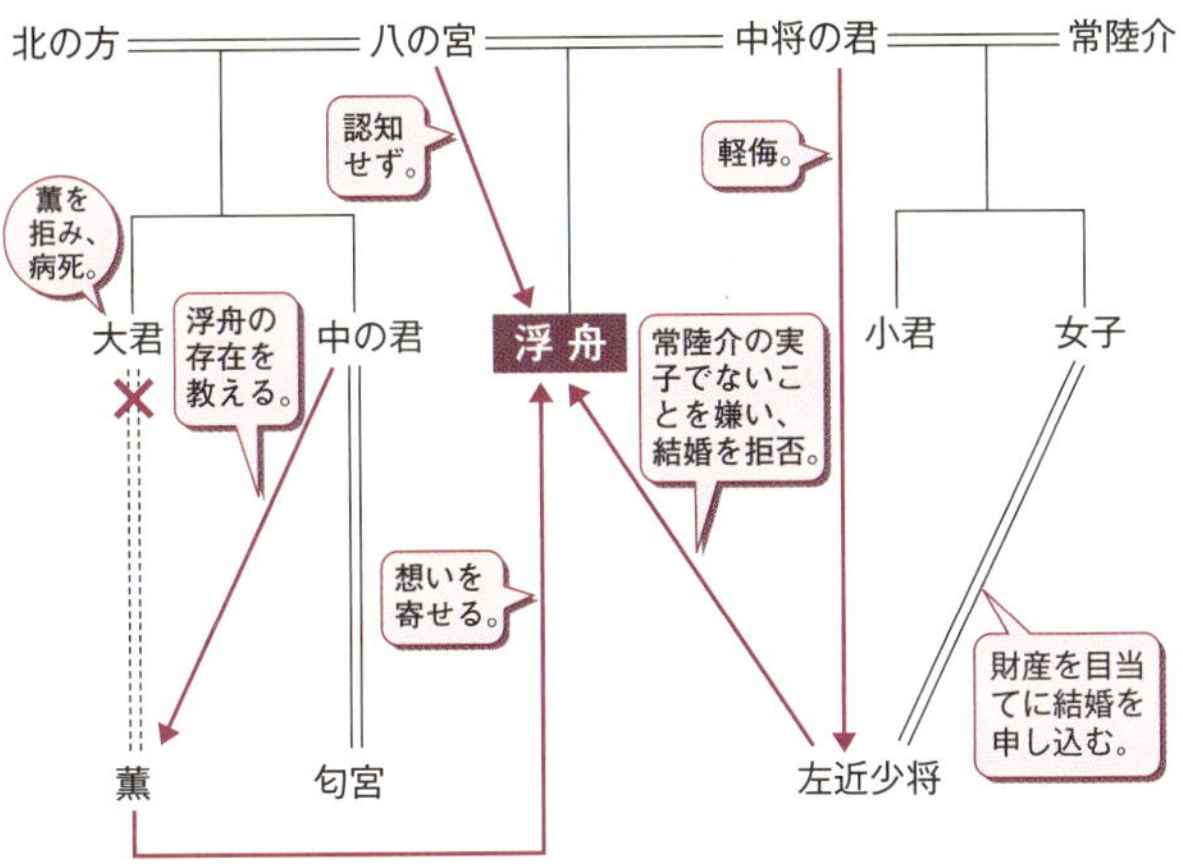


### 実子でないからと婚約を破棄される

美しいと評判の浮舟に言い寄る者は多く、なかでも熱心なのが左近少将《さこんのしょうしょう》だった。

常陸介には亡き先妻との子のほか、中将の君との間に女子もいたが、中将の君はとくに浮舟を慈《いつく》しんでいた。中将の君は左近少将なら身分相応と考えて、浮舟との間に手紙のやり取りをさせ、その縁談を受けることとした。中将の君の公認を得た左近少将は、約束の期日を待ちきれず、催促するほどだった。

ところが左近少将は、結婚の直前になって突然に婚約破棄を申し伝えてくる。そもそもが、財産目当ての結婚申し込みだったのだ。

常陸介は卑《いや》しい身分の出身ではなく、暮らし向きは豊かであった。左近少将は常陸介の婿《むこ》になって金銭的な援助を受けることを目論んでいたものの、浮舟が常陸介の実子でないことを知り、結婚を取りやめたのである。しかもすぐさま常陸介に、実子との結婚を申し込むという節操《せっそう》のなさを見せる。常陸介も妻が浮舟ばかりを大切に扱うのを苦々しく思っていたので、その縁談を受けてしまった。

余りの露骨《ろこつ》さに、浮舟の母・中将の君は、娘が不憫《ふびん》でたまらず悔し涙に暮れる。浮舟の乳母は、せっかく薫に望まれているのだから、思い切って薫に世話してもらうよう奨《すす》める。だが母親は、自分も身分違いのために娘を認知してもらえなかった過去から、娘にはそのような思いはさせたくないと迷っている。常陸介は粗野《そや》な人物だが、ほかに妻を作らなかったため、自分は幸福であった。だから娘も、身持ちのよい男と結婚させたいのである。しかも浮舟が今まで通り常陸介の邸にいると、かつて結婚を約束した男が、自分の妹のもとに通ってくるのを見ることになる。思い悩んだ母親は、中の君に手紙を書いて、浮舟を置いてくれるよう頼み込む。

中の君は、腹違いの妹である浮舟を、二条院の西の対に迎えることにした。浮舟を連れて二条院に赴いた中将の君は、そこで中の君の夫・匂宮の立派さに目を見張る。そして従者のなかに左近少将を見つけ、匂宮の足もとにも及ばないその姿を見下すのであった。

### 国宝『源氏物語絵巻』東屋（二）

雨のなか、浮舟を訪ねた薫は、「さしとむるむぐらやしげき東屋のあまりほどふる雨そそきかな」と歌を詠む。（藤原隆能筆／国立国会図書館デジタルアーカイブより転載）

## 浮舟の流浪と東国

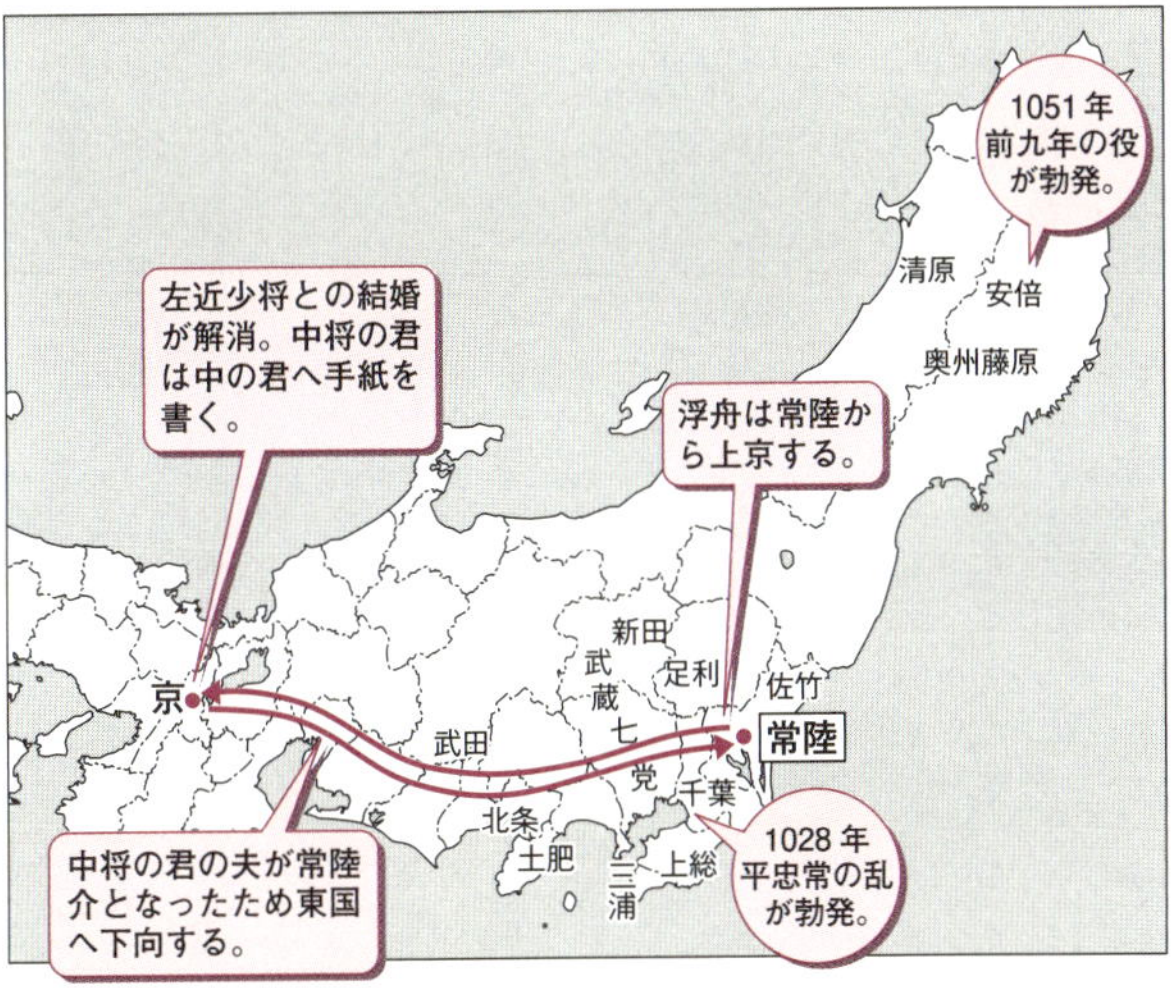


浮舟は、母・中将の君が常陸介の妻となったため、その赴任先である常陸国へ向かう。当時の東国は平忠常の乱や前九年の乱が起こるなど、政情不安が続く土地柄であった。

# 身代わりの浮舟

匂宮の横恋慕を察した
薫によって宇治に移される

「東屋」（第五十帖）

## ●浮舟、薫と匂宮に出会う

匂宮の姿に目を見張った中将の君であったが、同じく二条院で薫を見かけると、その真《ま》面目《じめ》そうな様子に、やはり娘を任せようと考えた。

中の君もまた、大君によく似ている浮舟を、姉の「人形」を求めている薫に会わせようと考えた。

そうしたなか、浮舟を見かけた匂宮が、誰か知らぬが美しい女性がいると部屋に忍び入り、強く言い寄った。そこにちょうど宮中からの使者が来たため、浮舟は危うく逃れることができた。

匂宮が参内した後、中の君は浮舟を居間に招く。中の君は、「姉の大君に先立たれて寂しいので、私とは本当の姉妹の間柄だと思ってください」と浮舟をもてなし、絵などを取り出して見せてやる。そして、「亡き大君は八の宮に、自分は母親に似ていると言われたものだが、この浮舟は八の宮に似ているから大君に生き写しなのだろう」と、懐かしさに

## 宇治十帖のモニュメント

舟上に佇む浮舟と匂宮の像。宇治川周辺には『源氏物語』をテーマとした古跡が点在する。

涙ぐむのだった。

　だがその一方で、「大君はどこまでも気高くも弱々しい様子であったが、浮舟はまだ幼くて世慣れていないせいか、恥ずかしそうにしているばかりだ。それでも、これから風情《ふぜい》をつけていったら薫の相手としてふさわしくなるだろう」と、中の君は姉らしく気を回していた。

　浮舟は、母親の連れ子として遠慮しながら東国《とうごく》で育ち、縁組が持ち上がっても結局は裏切られてと、身の置きどころのない日々を送ってきたが、中の君のもとでやっと落ち着くことができたといえる。

　しかし、浮舟の安寧《あんねい》はすぐに終わりを告げた。

## ●大君と比較されてばかりの浮舟

匂宮が浮舟に迫ったことを聞いた中将の君は、それでは中の君に申し訳ないし、中の君が薫との仲立ちになってくれるという話もうまくいかなくなると、浮舟を二条院から三条あたりの小家に移してしまう。

浮舟のことが気になってたまらない薫は、弁の尼に仲介を頼み、その小家を訪れた。

翌朝、薫は浮舟を牛車に乗せて宇治へ向かう。すぐに京の邸に住まわせるのは世間体《せけんてい》が悪いし、かといって大勢抱えている女房たちと同じ扱いをするのも不本意なので、ひとまず宇治に連れて行ったのである。

だがその道すがら、思い出すのは大君のことばかりである。

大君への恋慕にかられて何度もこの道を通ったのに、ついに結ばれることはなかったと無常の思いにとらわれる。

そして腕のなかにいる浮舟についても、大君に比べて見劣りするわけではないが、何事も遠慮がちで素直すぎて物足りないなどと感じつつ、これから教育していけば大君のような教養に富む女性になるかもしれないと考えていた。

薫にとって浮舟は、あくまで大君の「人形」に過ぎなかったのである。

## 浮舟の宇治への道

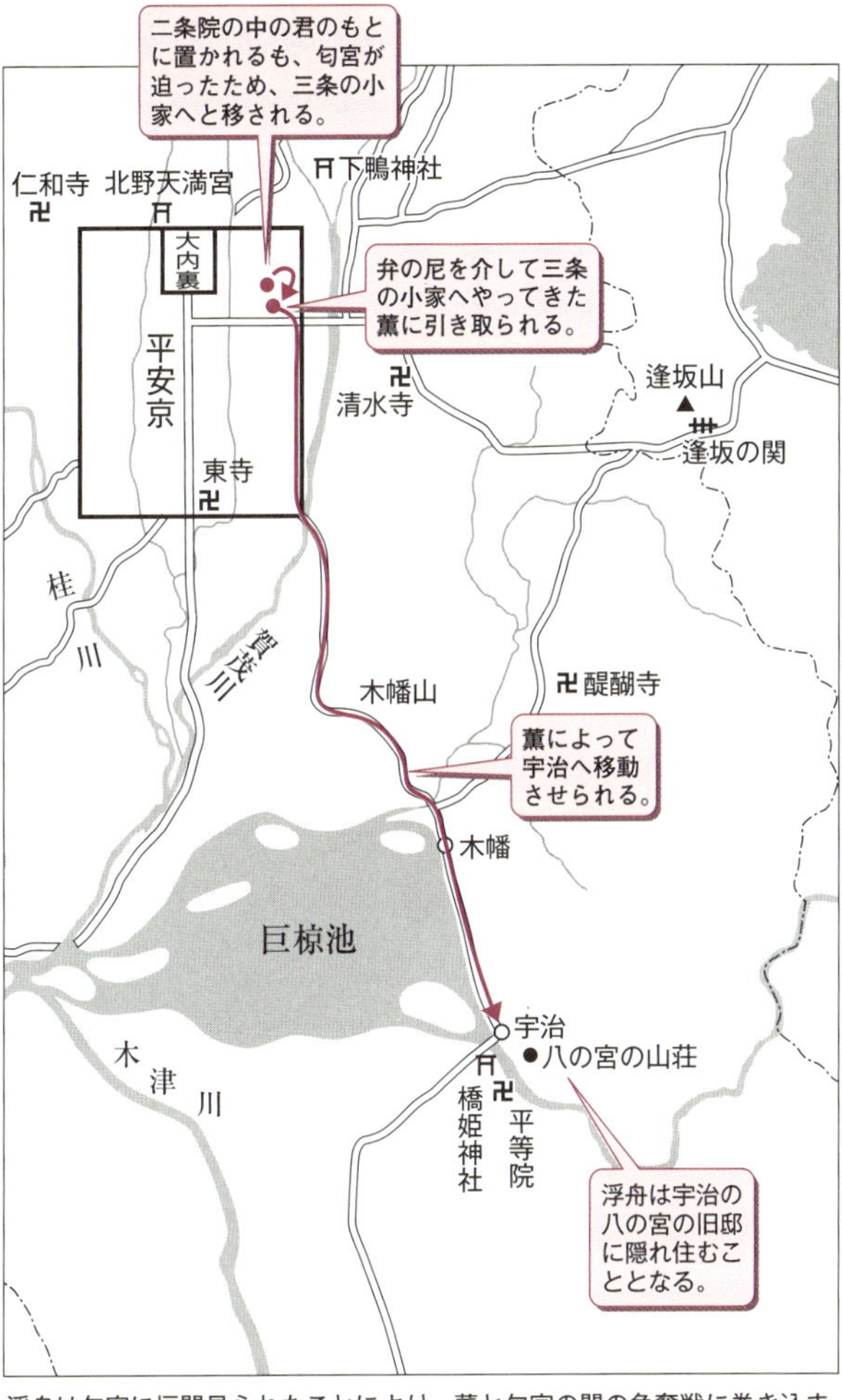


浮舟は匂宮に垣間見られたことにより、薫と匂宮の間の争奪戦に巻き込まれてしまう。

# 浮舟の死の決意

## 宇治川に佇み、薫への裏切りを自ら責める浮舟

「浮舟」（第五十一帖）

### ●薫のふりをして浮舟を手に入れた匂宮

浮舟を宇治に住まわせたものの、薫はその後、なかなか宇治に行くことができなかった。匂宮も、二条院で一度見ただけの浮舟にまた会いたいと思っていた。そして薫が宇治に行くのを怪《あや》しく思っていたところ、中の君のもとに来た手紙から、浮舟は中の君の異母妹で、薫によって宇治に隠されていることを知ったのである。

思い立ったら我慢のできない匂宮は、薫への対抗心もあって宇治へ赴くと、闇《やみ》に紛れ、薫の声音《こわね》を真似て浮舟の女房たちを騙《だま》し、まんまと浮舟の部屋に入り込んだ。浮舟は迎え入れた男が薫でないと分かったものの、匂宮は声さえ立てさせず契《ちぎ》りを交わす。浮舟はあまりのことに泣くばかりであった。

やがて二月になった。浮舟は匂宮との過ちが薫の耳に入ったらどうなってしまうだろうと打ち沈んでいる。宇治を訪れた薫は、その憂《うれ》いを含んだ様子に大君の面影を見出して喜んだ。薫は浮舟のために京に邸《やしき》を新築していることを語るが、浮舟は匂宮からも邸を用意

## 薫の動きと匂宮・浮舟の裏切り

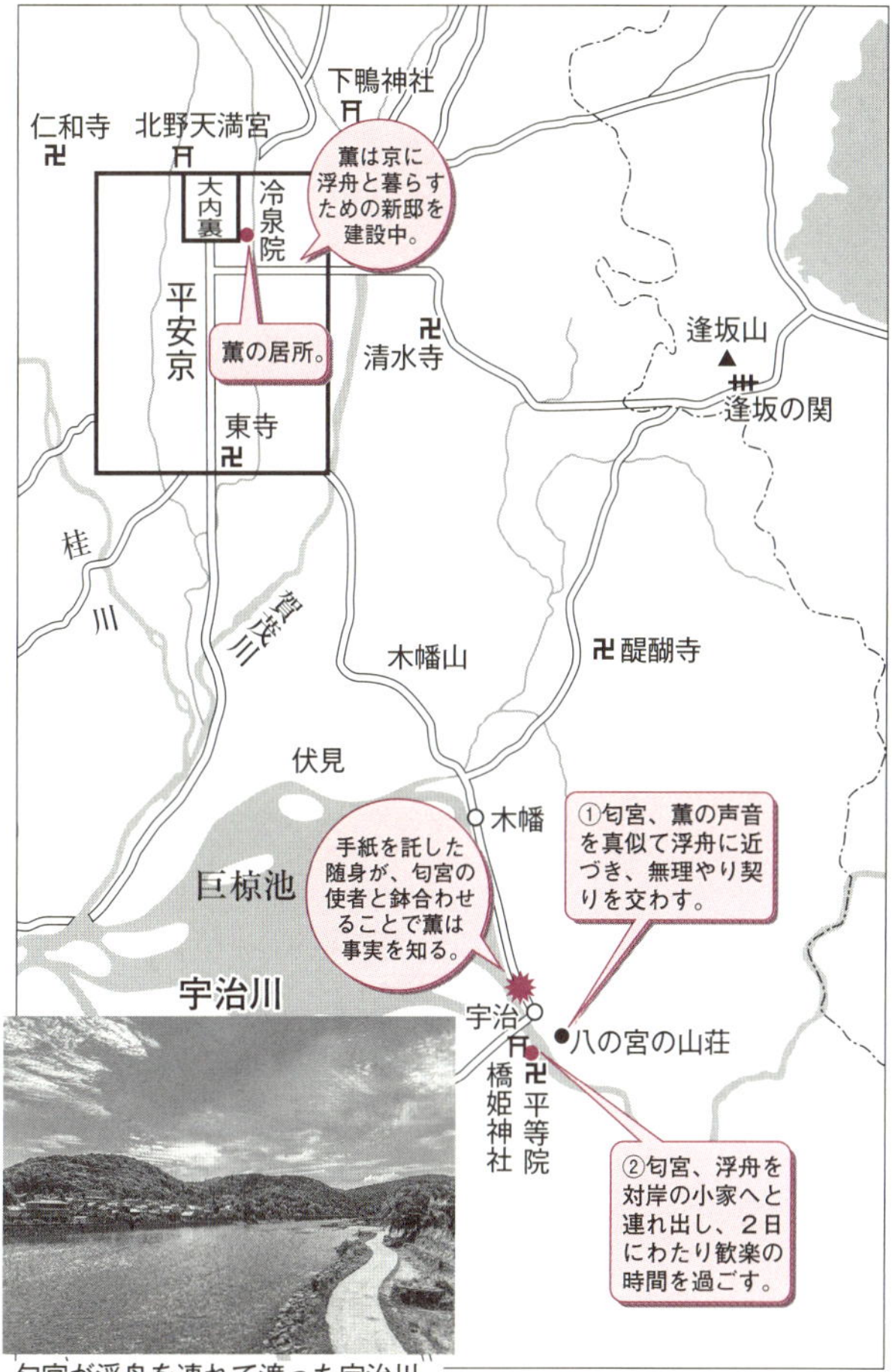


匂宮が浮舟を連れて渡った宇治川。

匂宮は、薫の宇治通いを不思議に思い、その真相を知った。匂宮は薫が宇治を訪ねられない間隙を突いて宇治へ赴くと、薫を装い、浮舟の部屋に忍び込むという大胆な行動をとる。

したとの手紙をもらっていたのだった。

薫は、大君との過ぎ去った日のことを思い、浮舟の方はこれから先、厭《いと》わしいことになるだろうと、それぞれの物思いにふけっていた。

## ●奔放な匂宮に傾いてゆく浮舟

浮舟は薫に申し訳ないと消え入りそうな思いを抱きつつ、情熱的な匂宮に惹かれていく。匂宮は、雪の夜にまたもや宇治を訪れると、女房たちが驚き騒ぐのにもかまわず、浮舟を抱きかかえて小舟に乗せ、対岸の家に連れていった。

宇治川の流れを渡る舟のなか、浮舟は心細さに匂宮にぴたりと寄り添って抱かれていた。匂宮はそんな浮舟をいじらしく思い、向こう岸に着いて小舟から降りるときも自ら浮舟を抱いて家に入り、人々があきれて眉をひそめるほどである。風も雪も十分に防げない粗造《あらづく》りの家に籠ると、匂宮と浮舟は二日間、歓楽のかぎりを尽くした。

一方、そうした匂宮の行動と浮舟の裏切りを知らない薫は、浮舟を迎え入れる支度《したく》を進めていた。それを聞いた匂宮は、薫によって京に迎えられる前に奪い取ってしまおうと考え、四月頃に薫による浮舟の邸宅が完成すると知るや、三月中に入居する邸を手配した。

だが薫の使者と匂宮の使者が宇治で鉢合《はちあ》わせしたことから、浮舟と匂宮の関係は薫の知るところとなった。薫は、匂宮と隔てなく付き合ってきたのにと、友の裏切りに衝撃を受け、浮舟を譲ってしまおうかとも思うが、それはできない。薫は浮舟に対し、裏切りを責める手紙を書くのであった。

匂宮は、浮舟からの返信が途絶えたので宇治に急いで行ってみたものの、薫の警護の武者に阻まれて虚《むな》しく帰ってきた。

浮舟は、母親の願いにもかかわらず、末永く信頼できる薫を裏切ったことで自らを責め、さりとて匂宮の激しい求愛も忘れることができない。だが薫が浮舟に求めているのは、あくまでに大君の身代わりであり、匂宮の方も生来の色好《いろごの》みと薫への対抗心で浮舟を我がものとしたのである。浮舟がそれを知る由《よし》もないが、運命に流されているばかりだった浮舟は、ここでついに死を決意する。自分が死んだら、薫と匂宮の関係も事なく収まるだろうし、悲しむのは母くらいのもの。このまま死ぬのは悲しいが、世の笑いものになるよりはいいと、手元にあった手紙を焼き捨てたり、細かく裂いて宇治川に流したりした。

侍女《じじょ》たちは、京への引っ越しを楽しみに、忙しそうに立ち働いている。そうしたなか、浮舟は入水《じゅすい》を決意して宇治川の瀬音《せおと》を聞いていた。

# 恋の終わり

## 遺骸のない葬儀と浮舟の出家

「蜻蛉」（第五十二帖）
「手習」（第五十三帖）
「夢浮橋」（第五十四帖）

### ●遺骸のないままの葬儀

浮舟が姿を消したため、宇治は大騒ぎとなった。女房たちのなかには、浮舟が薫と匂宮の板挟《いたばさ》みになっていたことを知る者もいたので、入水したのではということになった。駆けつけて来た中将の君も悲嘆に暮れ、浮舟の衣裳を遺骸《いがい》の代わりにして葬儀が行なわれた。

そのとき石山寺《いしやまでら》に籠っていた薫は、知らせを聞いて驚き悲しみ、宇治に手紙をやって軽率に葬儀をしたことをたしなめつつ、浮舟を放っておいた自分を責めた。薫は匂宮が悲しみで病に臥したのを知ると、浮舟が姿を消した原因が匂宮にあることを確信して、匂宮を見舞いながらも皮肉を言って涙を流した。薫は中将の君に子供たちの後見役《こうけんやく》になることを約束し、四十九日《しじゅうくにち》の法要は立派に営まれた。

### ●ひたすら出家を願う浮舟

時は遡《さかのぼ》って浮舟が入水した頃のこと。横川僧都《よかわのそうず》という人物が、宇治院《うじのいん》の木陰で倒れ

## 横川中堂

浮舟が出家・隠棲した比叡山の横川の中心。

ている女性を発見し、助けた。女は、「川へ流してください」と言ったきり四、五カ月もの間、意識がはっきりせず記憶もなかったが、僧都の加持《かじ》でやっと正気に戻り、宇治院にたどりついた夜のことを思い出した。

激しい風と宇治川の瀬音に怯《おび》え、入水するのをためらっていると、匂宮かと思われる貴《き》公子《こうし》が招き寄せて、しっかりと抱いてくれたと思ううちに気が遠くなったのだという。

浮舟は生きていたのだ。

死ぬこともできなかった身を嘆く浮舟は、尋ねられても素性を明かさず出家を願うだけ。僧都の妹の尼君《あまぎみ》が浮舟の若さと美しさを惜しんで親切に世話をしてくれたため、少しずつ元気を取り戻した浮舟であったが、相変わらず音曲《おんぎょく》の誘いにも乗らず、勤行《ごんぎょう》と手習《てならい》で日を送っていた。

そのうち、浮舟を見かけた横川僧都の縁続きの男が、妹尼《いもうとあま》を通じて結婚を申し込んできた。妹尼も交際を勧めるのだが、浮舟はもう男女のことは厭わしいと思うばかりで、横川僧都に懇願してついに出家を果たした。

やがて浮舟の一周忌を迎えた頃、薫の耳に横川僧都が宇治で助けた女性を出家させたという噂が届く。浮舟だと直感した薫は、比叡山《ひえいざん》に向かい、横川僧都を訪ね、浮舟を発見してから出家させるまでの経緯を聞き出した。僧都も浮舟が薫の思い人であることを知ると、出家させたことを悔やむのだった。

薫は、浮舟のもとに案内してほしいと頼むが、僧都は、そのようなことをしては出家したばかりの浮舟の信心《しんじん》を揺るがすことになると断った。薫の一行が松明《たいまつ》を灯《とも》して帰るのが浮舟の居場所からも見えたが、浮舟は一心に阿弥陀仏《あみだぶつ》を念じて思いを振り払うのだった。

それでも諦《あきら》めきれない薫は、浮舟の弟の小君《こぎみ》に手紙を持たせて浮舟のもとに遣《つか》わす。浮舟は母親の消息を聞きたいが、人違いだといって会うことを拒《こば》み、手紙を手に取ろうとすらしない。妹尼もとりなしようがなく、小君も姉に会えないまま虚《むな》しく帰って行った。

その報告を聞いた薫は、誰かが浮舟を隠しているのではないか、などと疑うのだった。

## 宇治十帖にちなんだ古蹟

宇治橋の袂に設けられた紫式部の像。

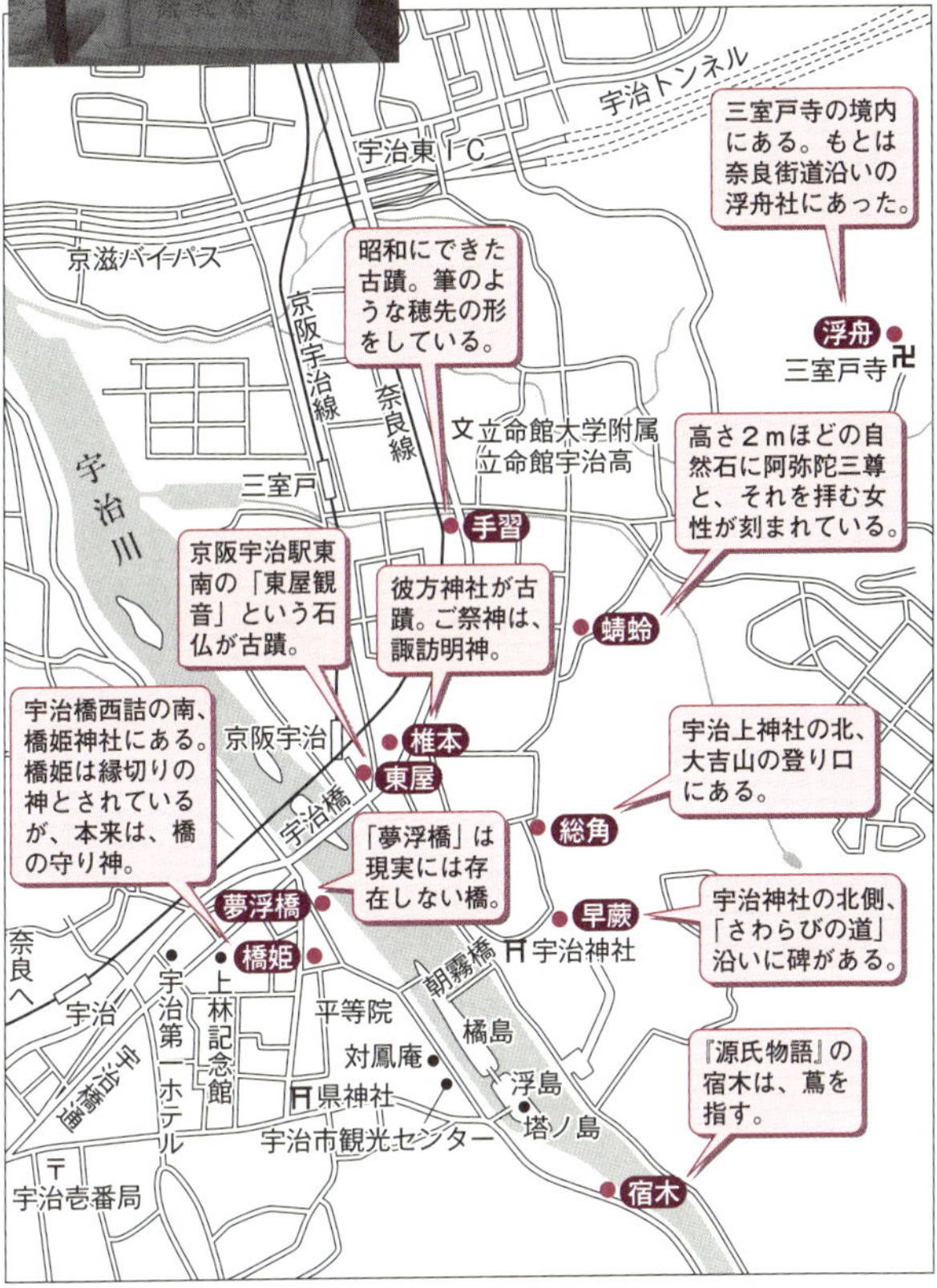
宇治トンネル
宇治東ＩＣ
京滋バイパス
京阪宇治線
奈良線
三室戸
宇治川
三室戸寺の境内にある。もとは奈良街道沿いの浮舟社にあった。
浮舟
三室戸寺
昭和にできた古蹟。筆のような穂先の形をしている。
文 立命館大学附属立命館宇治高
高さ２ｍほどの自然石に阿弥陀三尊と、それを拝む女性が刻まれている。
手習
京阪宇治駅東南の「東屋観音」という石仏が古蹟。
彼方神社が古蹟。ご祭神は、諏訪明神。
蜻蛉
宇治橋西詰の南、橋姫神社にある。橋姫は縁切りの神とされているが、本来は、橋の守り神。
京阪宇治
椎本
東屋
宇治上神社の北、大吉山の登り口にある。
宇治橋
総角
「夢浮橋」は現実には存在しない橋。
夢浮橋
早蕨
宇治神社の北側、「さわらびの道」沿いに碑がある。
橋姫
宇治神社
朝霧橋
奈良へ
宇治
宇治第一ホテル
上林記念館
平等院
橘島
対鳳庵
浮島
県神社
塔ノ島
『源氏物語』の宿木は、蔦を指す。
宇治市観光センター
宇治橋通
宇治壱番局
宿木

京から離れた宇治を中心に展開される光源氏没後の物語。宇治十帖にちなんだ古蹟は現在も宇治の各地に点在している。

# 『源氏物語』年表

| 巻名 | 光源氏の年齢 | 出来事 |
| --- | --- | --- |
| 桐壺 | 1 | 光源氏、桐壺帝の皇子として誕生する |
| | 3 | 夏、桐壺更衣が死去し、光源氏、宮中を退出する |
| | 4 | 桐壺帝、勅使を立てて更衣の母を弔問。光源氏、宮中へ戻る<br>弘徽殿女御を母とする第一皇子（朱雀帝）の立太子 |
| | 7～11 | 光源氏、臣籍降下。この時帝から源の姓を与えられる<br>藤壺、桐壺帝に入内する |
| | 12 | 光源氏、左大臣の娘・葵の上と結婚する<br>桐壺更衣の邸宅を改装し、私邸（二条院）とする |
| | （13～16） | |
| 帚木 | 17 | 夏、雨夜の品定め |
| 空蝉 | | 光源氏、空蝉と出会う |
| 夕顔 | | 光源氏、夕顔と出会う<br>秋八月、夕顔、廃院で急死する |
| 若紫 | 18 | 春三月、光源氏、瘧病にかかり、北山で若紫（紫の上）と出会う<br>夏、光源氏、藤壺と密通する<br>夏、六月、藤壺が懐妊する<br>冬、光源氏、若紫を二条院に引き取る |
| 末摘花 | | 秋、光源氏、末摘花と出会う<br>冬、光源氏、末摘花の容貌に驚く |
| 紅葉賀 | 19 | 冬十月、朱雀院行幸<br>春二月、藤壺が皇子（冷泉帝）を出産する<br>秋七月、藤壺が立后し、光源氏が宰相となる |

| | | |
|---|---|---|
| 花宴 | 20 | 春二月、南殿の花宴。光源氏、朧月夜と出会う<br>春三月、光源氏、藤の宴で朧月夜と再会する |
| | （21） | 桐壺帝が譲位し、朱雀帝が即位。藤壺の生んだ皇子が東宮（冷泉帝）となる |
| 葵 | 22 | 夏四月、葵の上方と六条御息所方との車の所争いが起こる<br>秋八月、葵の上、夕霧を出産後急死する<br>冬、光源氏、紫の上と新枕を交わす |
| 賢木 | 23 | 冬十一月、桐壺院が崩御する |
| | 24 | 冬十二月、藤壺が出家する |
| | 25 | 夏、光源氏の密会が露見する |
| 須磨 | 26 | 春三月、光源氏、須磨へ退去する |
| 花散里 | | 夏、光源氏、花散里を訪問する |
| 明石 | 27 | 秋、光源氏、明石の君と出会う |
| | 28 | 秋八月、光源氏、帰京する |
| 澪標 | 29 | 春二月、朱雀帝が譲位し冷泉帝が即位し、朱雀院の皇子が東宮となる<br>春三月、明石の君が女児を出産する<br>秋、六条御息所、死去する |
| 蓬生 | | 夏、光源氏、末摘花を訪問 |
| 関屋 | | 秋、光源氏、逢坂の関で空蝉と再会する |
| | （30） | |
| 絵合 | 31 | 春三月、絵合が行なわれ、梅壺女御側が勝利する |
| 松風 | | 明石の君ら、大堰の山荘へ転居する |
| 薄雲 | 32 | 冬、明石の姫君、二条院に迎えられる<br>春三月、藤壺が没する<br>夏、冷泉帝が出生の秘密を知る |
| 朝顔 | | 秋、光源氏、朝顔の姫君を訪ねる<br>冬、光源氏、亡き藤壺の夢を見る |

| 巻名 | 年齢 | 出来事 |
|---|---|---|
| 少女 | 33 | 夏、夕霧が元服し、大学寮に入学する |
| | | 秋、梅壺女御（秋好中宮）が立后し、光源氏が太政大臣となる |
| | 34 | 春二月、朱雀院行幸。夕霧が進士に及第 |
| | 35 | 秋八月、六条院が完成する |
| 玉鬘 | | 夏四月、玉鬘が筑紫から上京 |
| | | 秋九月、玉鬘、長谷寺にて右近と出会う |
| | | 冬十月、光源氏、玉鬘を六条院に迎える |
| 初音 | 36 | 春正月、光源氏、六条院の女君たちのもとを巡る |
| 胡蝶 | | 夏、光源氏、玉鬘への懸想文を批評する |
| 蛍 | | 蛍兵部卿宮、蛍の光によって玉鬘の姿を見る |
| 常夏 | | 内大臣（頭中将）、近江の君の処遇に悩む |
| 篝火 | | 秋、光源氏と玉鬘、篝火に寄せて歌を贈答する |
| 野分 | | 秋八月、夕霧、紫の上を垣間見る |
| 行幸 | | 冬十二月、大原野行幸が行なわれる |
| 藤袴 | 37 | 秋、玉鬘の尚侍出仕が決まる |
| 真木柱 | 38 | 冬十月頃、玉鬘が鬚黒と結婚する |
| | | 玉鬘、参内するも鬚黒に連れ戻され、冬十一月、鬚黒の男児を生む |
| 梅枝 | 39 | 春二月、六条院で薫物合が行なわれる |
| | | 明石の姫君の裳着が行なわれる |
| 藤裏葉 | | 夏四月、夕霧が雲居雁と結婚する |
| | | 明石の姫君、東宮に入内する |
| | | 秋、光源氏、准太上天皇となる |
| | | 冬十月、光源氏、六条院に冷泉帝と朱雀院を迎える |
| 若菜上 | 40 | 春二月、光源氏、女三の宮と結婚 |
| | 41 | 春三月、明石の女御、第一皇子（東宮）を出産。明石の入道が入山する |

| 巻名 | 薫の年齢 | 出来事 | 竹河 |
|---|---|---|---|
| | | 春三月、柏木が女三の宮を垣間見る | |
| | （42～45） | （この間、空白） | |
| 若菜下 | 46 | 冷泉帝が譲位し、今上帝が即位する<br>冬十月、光源氏、願ほどきのため住吉に参詣する | |
| | 47 | 春正月、六条院で女楽が催されるも、この月、紫の上が発病する<br>夏四月、柏木が女三の宮と密通する<br>紫の上のもとに六条御息所の死霊が現われる | |
| 柏木 | 48 | 春正月、女三の宮、薫を出産後、出家。また柏木が死去する | |
| 横笛 | 49 | 秋、夕霧、落葉宮を訪れ、一条御息所から柏木遺愛の笛を託される | |
| 鈴虫 | 50 | 秋八月、女三の宮方で鈴虫の宴を行なう | |
| 夕霧 | | 一条御息所が死去する<br>冬、夕霧、落葉宮と結婚。憤慨した雲居雁、実家に戻る | |
| 御法 | 51 | 春三月、紫の上、法華経千部供養を行なう<br>秋八月、紫の上が死去する | |
| 幻 | 52 | この年、一年を通じて光源氏が紫の上の喪に服して籠る | |
| （雲隠） | （53～55） | この間に光源氏、出家し嵯峨に隠棲後、死去する | |
| 匂兵部卿 | 14 | 春二月、薫が元服する | |
| | 15 | | 夏四月、玉鬘の娘・大君が冷泉院に出仕する |
| 橋姫 | 16 | | 夏四月、大君、冷泉院の姫宮を出産する |
| | 20 | 薫、宇治の八の宮を初めて訪問する | |
| | 22 | 秋、薫、大君と中の君を垣間見る<br>冬十月、薫、出生の秘密を聞く | |
| 椎本 | 23 | 春二月、匂宮、宇治に中宿りする。 | |

| 巻名 | | 出来事 |
| --- | --- | --- |
| 椎本 | 24 | 秋八月、八の宮が死去する<br>夏、薫、宇治で姫君たちの姿を垣間見る |
| 総角 | | 秋八月、薫、大君に求婚するも拒絶される<br>冬十一月、大君、死去する |
| 早蕨 | 25 | 春二月、中の君、匂宮の二条院へ転居する |
| 紅梅 | | 春、紅梅が匂宮を婿に望む<br>匂宮、宇治に通う |
| 宿木 | | 秋、薫、帝から女二の宮の降嫁の内意を受ける<br>秋八月、匂宮、夕霧の娘六の君と結婚する<br>薫、中の君から浮舟の存在を知らされる<br>春二月、中の君、匂宮の男児を出産する<br>薫、女二の宮と結婚する<br>夏四月、薫、宇治で浮舟を垣間見る |
| | 26 | |
| 東屋 | | 秋、浮舟、二条院の中の君に託される<br>秋、匂宮が浮舟に言い寄る<br>秋九月、薫、浮舟を宇治に移す |
| 浮舟 | 27 | 春、匂宮が薫を装って浮舟と逢う<br>春三月、浮舟入水を決意する |
| 蜻蛉 | | 春、浮舟が失踪する。 |
| 手習 | | 春、横川僧都が浮舟を発見し、保護<br>浮舟は六月に回復する<br>秋九月、浮舟が出家する |
| 夢浮橋 | 28 | 夏、薫、横川の僧都を訪問して事情を尋ねるも、浮舟は対面を拒絶する |

**【参考文献】**

『新編日本古典文学全集20源氏物語1』『新編日本古典文学全集21源氏物語2』『新編日本古典文学全集22源氏物語3』『新編日本古典文学全集23源氏物語4』『新編日本古典文学全集24源氏物語5』『新編日本古典文学全集25源氏物語6』阿部秋生・秋山虔・今井源衛・鈴木日出男、『日本の古典をよむ9源氏物語（下）』阿部秋生・秋山虔・今井源衛・鈴木日出男（以上、小学館）／『源氏物語入門』『源氏物語大辞典』編集委員会、『王朝生活の基礎知識―古典のなかの女性たち』川村裕子、『王朝の恋の手紙たち』川村裕子（以上、角川学芸出版）／『源氏物語（角川ソフィア文庫―ビギナーズ・クラシックス）』角川書店編、『王朝生活の基礎知識―王朝のなかの女性たち』川村裕子（以上、角川書店）／『2時間でおさらいできる源氏物語』竹内正彦、『源氏物語事典』林田孝和、植田恭代、竹内正彦、原岡文子、針本正行、吉井美弥子編（以上、大和書房）／『源氏物語の世界』日向一雅、『平安女子の楽しい！生活』川村裕子（以上、岩波書店）／『「源氏物語」禁断の恋に苦しむ女たち』八坂裕子（PHP研究所）／『逢瀬で読む源氏物語』池田和臣（アスキー新書）／『源氏物語の時代―一条天皇と后たちのものがたり』山本淳子（朝日新聞社）／『平安大事典』倉田実編（朝日新聞出版）／『源氏の女君　増補版』清水好子（塙書房）／『源氏物語の和歌』高野晴代（笠間書院）／『源氏物語ハンドブック』秋山虔・渡辺保・松岡心平（新書館）／『源氏物語への招待』（新人物往来社）／『源氏物語を知る事典』西沢正史（東京堂出版）／『源氏物語五十四帖を歩く』朧谷壽監修（JTBキャンブックス）／『紫式部　源氏物語　全一巻』島村洋子（双葉社）／『時代が見える人物が解る源氏物語』谷沢永一・風巻景次郎・清水好子（ビジネス社）／『図説　源氏物語』石井正己（河出書房新社）／『瀬戸内寂聴さんと行く「源氏物語」こころの旅』家庭画報編集部（世界文化社）／『痛快！寂聴　源氏塾』瀬戸内寂聴（集英社）／『明解　源氏物語五十四帖　あらすじとその舞台』池田弥三郎・伊藤好英（淡交社）／『面白くてよくわかる！源氏物語』根本浩（アスペクト）

青春新書
*INTELLIGENCE*

こころ涌き立つ「知」の冒険

# いまを生きる

〝青春新書〟は昭和三一年に——若い日に常にあなたの心の友として、その糧となり実になる多様な知恵が、生きる指標として勇気と力になり、すぐに役立つ——をモットーに創刊された。

そして昭和三八年、新しい時代の気運の中で、新書〝プレイブックス〟にその役目のバトンを渡した。「人生を自由自在に活動《プレイ》する」のキャッチコピーのもと——すべてのうっ積を吹きとばし、自由闊達な活動力を培養し、勇気と自信を生み出す最も楽しいシリーズ——となった。

いまや、私たちはバブル経済崩壊後の混沌とした価値観のただ中にいる。その価値観は常に未曾有の変貌を見せ、社会は少子高齢化し、地球規模の環境問題等は解決の兆しを見せない。私たちはあらゆる不安と懐疑に対峙している。

本シリーズ〝青春新書インテリジェンス〟はまさに、この時代の欲求によってプレイブックスから分化・刊行された。それは即ち、「心の中に自らの青春の輝きを失わない旺盛な知力、活力への欲求」に他ならない。応えるべきキャッチコピーは「こころ涌き立つ〝知〟の冒険」である。

予測のつかない時代にあって、一人ひとりの足元を照らし出すシリーズでありたいと願う。青春出版社は本年創業五〇周年を迎えた。これはひとえに長年に亘る多くの読者の熱いご支持の賜物である。社員一同深く感謝し、より一層世の中に希望と勇気の明るい光を放つ書籍を出版すべく、鋭意志すものである。

平成一七年

刊行者　小澤源太郎

監修者紹介

竹内正彦（たけうち まさひこ）

1963年、長野県生まれ。國學院大學大学院博士課程後期単位取得満期退学。博士（文学）。フェリス女学院大学文学部日本語日本文学科教授。専攻は、『源氏物語』を中心とした平安朝文学。主な著書に『2時間でおさらいできる源氏物語（だいわ文庫）』（大和書房）、『源氏物語発生史論―明石一族物語の地平』（新典社）がある。


図説《ずせつ》 あらすじと地図《ちず》で面白《おもしろ》いほどわかる！
源《げん》氏《じ》物《もの》語《がたり》

青春新書 INTELLIGENCE

2018年4月15日　第1刷

監修者　竹《たけ》内《うち》正《まさ》彦《ひこ》

発行者　小澤源太郎

責任編集　株式会社プライム涌光

電話　編集部　03(3203)2850

発行所　東京都新宿区若松町12番1号 〒162-0056　株式会社青春出版社

電話　営業部　03(3207)1916　振替番号　00190-7-98602

印刷・大日本印刷　製本・ナショナル製本

ISBN978-4-413-04537-7